JN072901

忙しすぎる
文官令嬢ですが
無能殿下に気に入られて
仕事だけが増えてます
1

登場人物紹介
OFFのマーリカ
フリードリヒ
（フリードリヒ・アウグスタ・フォン・オトマルク）
オトマルク王国の第二王子。
文官組織を管轄し、
功績も上げるが怠惰で現場を振り回す。
通称“無能殿下”。
マーリカ
（マーリカ・エリーザベト・ヘンリエッテ・ルドヴィカ・
レオポルディーネ・フォン・エスター＝テッヘン）
王国成立前から続く由緒ある伯爵家の三女。
王宮に出仕を認められ上級官吏として
激務の部署に勤めていたが、
ある事件をきっかけに第二王子付
筆頭秘書官に抜擢される。

クリスティーネ
（クリスティーネ・フォン・メクレンブルク）
五大公爵家筆頭
メクレンブルク家の長女。
フリードリヒの友人で
婚約者候補。
アンハルト
（アンハルト・フォン・クリスティアン）
侯爵家嫡男の武官。
フリードリヒ付近衛騎士
班長。
ヴィルヘルム
（ヴィルヘルム・アグネス・フォン・オトマルク）
王太子。
武官組織を管轄している。
シャルロッテ
（シャルロッテ・フランツ・フォン・オトマルク）
第一王女。
五人兄妹の末っ子。
アルブレヒト
（アルブレヒト・カロリーネ・フォン・オトマルク）
第三王子。
フリードリヒの補佐についている。

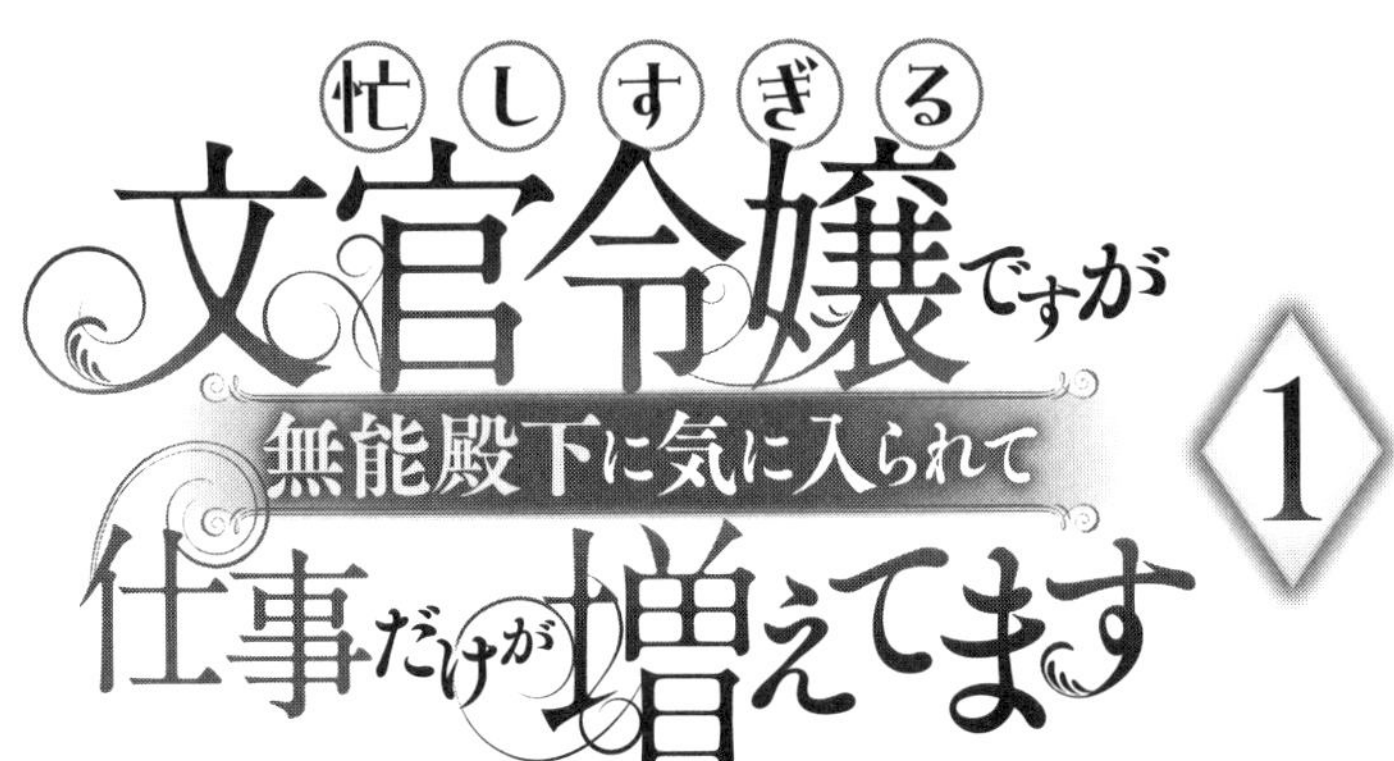

Contents

一　文官令嬢、不敬罪で無能殿下に気に入られる

終わった――。

わたしの文官人生、終わった……。

近衛騎士に指示された猫足の華奢な椅子に座って項垂れ、マーリカは虚ろに呟いた。

結い上げている黒髪が一筋こぼれて目の端にかかっても、耳にかけて直す気も起きない。

長いまつ毛を伏せて彼女は、髪と同じ黒い瞳の眼差しをわずかに細める。髪だけでなく、縁飾りの刺繍が施された上着の襟も乱れているとは思ったがやはり直す気が起きない。

通された小部屋は、マーリカが想像していたような恐ろしい尋問部屋ではなかった。

小花柄の壁紙やカーテンが可愛らしい、貴族女性がちょっと装いを直したり、あるいはお供の侍女達が待機する場所として使われるような部屋である。窓から差し込む黄昏時の光に照らされて、壁も、白い窓枠も、淡く黄色に染まっている。

（お金も権力もない、ただ古くから続く弱小伯爵家の三女でも、このように気遣っていただけるとは）

胸の内で呟きながら、この部屋へ連行される半時間前のことをマーリカは回想する。王家の権威を示すが如く、その紋章を最も目立つ柱に掲げる王族の執務室での出来事を。

二人の近衛騎士に床に押さえつけられて膝をつき、マーリカは我に返った。肩で息をしながら、騎士達に両側から腕を取られて引き離された人物を彼女は見詰める。

彼女の目の前には、壁を背に、床に尻餅をついた美貌の第二王子の姿。

緩く波打つ淡い金髪が美しい彼は、少々赤く腫れぼったくなった両頬を手で挟むようにさすりながら、信じられないといった驚きに空色の目を見開いてマーリカを凝視していた。

二十歳になったばかりであるマーリカの五つ年上なはずだが、その仕草と呆然とした表情のためか、彼は妙に可愛らしく見えた。まるで叱られた幼子（おさなご）。彼が身勝手な言動で現場の文官武官を振り回すことへの怒りと、それを誰も止める者がいないことへの憤（いきどお）りは行き場を失い、後はただ、大変なことをしてしまったという事実だけが残った。


「マーリカ・エリーザベト・フォン・エスター＝テッヘン嬢」

低く固い声に名前を呼ばれ、回想から現在へとマーリカは引き戻される。

「……はい」

一拍の間を置いて返事をし、彼女が俯（うつむ）けていた頭をのろりと持ち上げれば、視界に短く整えた赤髪の近衛騎士の姿が入る。濃い茶色の瞳、年の頃は三十前後の、マーリカが腰掛けているのと同じ華奢な椅子に座るには体格の良過ぎる美丈夫（びじょうふ）。

隊長然とした雰囲気で、その容姿の色に合わせたような、焦茶色の縁取りに金糸の装飾を施す、臙脂色の近衛騎士の制服がこれ程似合う人もない。

間に小さなテーブルを挟み、真正面からマーリカを見るその眼差しは、彼女を気遣うようでもあり、些細なことも見逃さないといったようでもある。

おそらく彼が、これから取り調べを行う人なのだろうとマーリカは思った。

（疲労し過ぎて若干正気を失っていたとはいえ。あの無能――第二王子の胸ぐらを掴んで、平手打ちを往復で数回）

本当にどうかしていた。望み叶って王宮勤めの官吏になれたのにどうしてこんなことにと考えては、両手で顔を覆いたくなるのをかろうじて堪える。公の場で動揺や心の内を見せないようにといった、十五歳までの淑女教育がまさかこんな場面で役立つとは。

マーリカが赤髪の騎士を真っ直ぐに見れば、彼の肩越しに彼より幾分か若い茶髪の騎士の姿も見えた。少し離れた場所の書物机に向かい、調書のための紙とペンを用意している。

部屋に、近衛騎士は三人。もう一人は、マーリカの右斜め後ろに護衛のように立っている。おそらく不審な動きをしないか見張っているのだろうと彼女は思った。

マーリカは、いま、王族に危害を加えた現行犯としてこの部屋にいる。

それにしては丁重な扱いなのだけれど。

少なくとも、普段の、文官組織での扱いよりはずっといい。

「貴女のようなご令嬢を、このような狭い部屋で大の男が取り囲むものではないのですが、事が事であるがゆえ」

小部屋といっても、マーリカが所属する部署の殺風景な部屋より広いし、いま座っている椅子一つとってみても、耐久性重視なものではなく、王宮の客間や夜会の場に用意されるような優美な絹張りの椅子だ。なによりマーリカに対する敬意を感じる。

王家直属、王族の警護が主な任務である近衛騎士は、罪人に対してまで礼儀を失することはないのだなと感心すると同時に、悪人に舐(な)められるのではと余計な心配もしてしまう。

「取り返しのつかないことをしたと自覚しております。罪に身分は関係ないかと。どうぞわたくしが王家に仕える臣下、伯爵家の人間だからなどと思わず尋問くださいませ」

だからマーリカは本心からそう申し出た。彼等の態度に呼応するように、彼女としては久しく使っていなかった令嬢の言葉遣いが口から滑り出る。

マーリカは王宮勤めをするにあたり、女だからと侮(あなど)られぬよう男装で、話す言葉も男性の言葉を遣(つか)っている。効果の程は残念ながらいまひとつだけれど、動きやすさや働きやすさの面でも利点があるからそうしている。

王宮に勤めるようになってそろそろ二年が経つけれど、もしかすると当たり前の敬意でもって立場相応に扱われたのは、いまこの時が初めてかもしれない。

（文官組織の人達の、女如きが出しゃばるなって本音の見え隠れする態度とは全然違う）

「私が取り押さえた上級官吏の数は、両手の指をゆうに超える。皆、こうだと楽なのだが」

「はい……？」

「上級官吏は国の要職に就く資格を持つ。まして王家の直の臣下として仕えるのは普通は当主かその嫡男。王家に忠誠を誓い、己の家より優先して時に命を賭して王族と国を支える者であるがゆえの特権もある。ご令嬢でもかような立場なことは自覚された方がいい」

王家に仕えし臣下と認められるのは家格や実績ある高位貴族だけだ。弱小でも古くから続く伯爵家はかろうじてその中に入っていた。

当主である父親の推薦状や論文など書類を揃えて手続きし、まるで口頭試問のような謁見を終えて国王陛下に臣下として認められ、マーリカは上級官吏に任命された。

それがどれほど異例中の異例であり、その重みを理解しているのかということだろう。

王宮の官吏、特に文官組織はほぼ男性で占められる。平民登用の下級事務官や雑務従事者はともかく、マーリカのような貴族女性の上級官吏はいない。身分が問われ、箔付けにもなる、女官や女性王族の側仕えなどは別として、そもそも貴族女性が働く考えが一般的ではない。

それなのに臣下と認め、任命して下さった国王陛下にこれでは顔向けできない。

「申し訳ありません！」

赤髪の騎士の言葉が胸に刺さり、たまらずマーリカはテーブルに額を擦り付ける勢いで頭を下げた。驚いたのかガタッと彼が膝を打つ音がしてテーブルが揺れる。

「わたくしが軽率でした。あのような非礼極まりない振る舞い、許されないことです！」

「違っ、何故そうなる……たとえ現行犯でも慎重な対応をするといった……いえ、どうぞ貴女はそのままで。あーいや、顔は上げて。話ができない」

そのまま平伏していろと言ったわけではないようだ。マーリカが顔を上げれば、赤髪の騎士は何故かほっとしたような表情を見せ、軽く後ろを振り返り、書物机に向かいペンを持って待機している若い騎士に頷いた。

「フリードリヒ殿下のことは、私も知らぬわけではない。貴女のような人があの無能――ゴホン、失礼。殿下にこれ以上なにかといった心配はないでしょう。今日はもう遅い。一通りの事実確認だけで」

ちらりとマーリカは窓へ視線を送る。季節は秋へと移り、いつまでも薄明るい夏の夕べから日の入りも早くはなっている。部屋も入った時より薄暗くなりつつあるが、しかし。

「遅い？」

マーリカは上着の内ポケットから、繊細な紋様が彫られた小さな銀時計を取り出す。出仕が決まった際、父親から譲られた時計だ。その針が示す時間を確認し、彼女はわずかに眉を顰めた。

「まだ定刻から一時間ほどしか経っていませんが？」

事実確認だけとはいくらなんでも手ぬるくはないだろうか。

「わたしの身分や立場がどうであれ、尋問の手を緩める理由にはなりません」

完全に令嬢から文官に戻った口調でマーリカが毅然とした態度で言えば、取調官であるはずの彼は今度は憐れむような色を浮かべた眼差しで彼女を見て、緩く左右に首を振る。

「あの、それから」

その手で取り押さえた罪人であるはずのマーリカに対し、なんだか同情的な態度を見せる赤髪の騎士を少々訝(いぶか)しみつつ、ふと調書について思い至ったマーリカはついでとばかりに言葉を続ける。

「なにか？」

「先程、仰いましたわたくしの名前は規定に則(のっと)った省略名です。調書には正確な名前を記すのがよろしいかと思いまして。マーリカ・エリーザベト・ヘンリエッテ・ルドヴィカ・レオポルディーネ・フォン・エスター＝テッヘン。長い名前ですが、枝分かれた複数の親族から名を取る慣わしで。紙とペンをお借りできれば、綴(つづ)りを書きますが」

もはや職業病といえる几帳面さで一息に伝えたマーリカに、赤髪の騎士はため息を吐く。

「いえ、結構。それには及ばない。貴女の情報は照会済みです」

「……それもそうですね。差し出がましいことを申しました」

「貴女は、その――」

不意に部屋の扉がノックされ、赤髪の騎士は会話を中断し、「入れ」と許可の声を上げる。

室内にまた一人、近衛騎士が増える。使いの者らしく、足早に赤髪の騎士に近づき耳打ちした。

なにやらぼそぼそと話す彼等のやりとりが、マーリカの耳に断片的に届く。

なっ、たしかか。はい。そんなことがあっていいのか……。

（どうしたのだろう）

馬鹿な、人事院はなにを考えて……。ですが、そうとしか。陛下が……。

「あの、なにか大変なことでも？」

陛下と聞こえて、自分の尋問などしている場合ではないのではとマーリカは声をかける。尋問は後日に、牢にお連れてくださってもとマーリカが提案すれば、今度は何故か二人からものすごく気の毒そうな目で見られた。

「……貴女が心配するようなことはなにもない。ええ、なにも！」

ふと、後方からも視線を感じて、マーリカが護衛のように控え立つ近衛騎士を軽く仰ぎ見れば、彼もなにか複雑そうな面持ちでマーリカを見下ろしている。

正面に向き直れば、書物机の騎士もなにか察したような様子でこちらを見ている。

マーリカは彼等の様子に内心首を傾げ、ふと顔にかかる髪に気がついた。

（そういえば……連日の激務であまり身の回りを構っていなかった。暴れて取り押さえられて、貴族としてあるまじき姿になっているだろうし……）

令嬢としてはそれだけでも十分ありえないことだ。おまけに二十五連勤の激務の疲労で肌荒れして、目の周りには隈が浮かんでいるはずである。瞳の色が黒いから一層暗く見えるかもしれない。加えて、引っ詰めていた黒髪も、衣服も、マーリカを制止しようとした近衛騎士に抗ったために乱れてよれよれの姿になっている。

（彼等が普段接するような伯爵令嬢といえば、美しく装い、微笑みながら淑やかに振る舞うような女性だもの）

「そういえば痛むところなどは？　ご令嬢には幾分手荒なことをした」

「平気です。問題ありません」

マーリカの考えを裏付けるような赤髪の騎士の気遣う言葉に、やはりそういうことかと、テーブルの下、膝の上で重ね合わせた手を軽く握りながら彼女は淡々とした口調で答える。

掌に嫌な熱を帯びた痛みの余韻が微かに残っているけれど、それは彼等のせいじゃない。

マーリカの返答に赤髪の騎士は頷いて、使いの騎士を「承知した」の一言で下がらせた。

使いの騎士が去った後、部屋の扉が完全に閉まるのを待って、赤髪の騎士は取調官らしい様子でテーブルの上で組んだ手に口元を近づけ、頭の位置を低くし、マーリカと目線を合わせる。

「なんと言えばいいか」

「罪を犯した者に遠慮は無用です。はっきり仰ってください」

「あーいや、そういったことではなく……貴女の行為は褒められたものではないが、色々と行き違いもあって起きてしまった事のようで」

「行き違い？」

「手早く済ませましょう。いま我々が貴女に与えるべきは裁きや罰ではなく〝休息〟だ」

「は？」

「命大事に」

「はあ、どうも」

かくして彼女は、簡単な事実確認だけで解放された。

とはいえ王宮内で見張り無しとはいかないらしく、官舎まで護送はされたけれど。

（彼等の常識から見て、わたしは激務で疲れ果てた末に錯乱して罪を犯した、哀れな令嬢なのかもしれないけれど。でも、情状酌量にしても流石に……後日、召喚命令がかかるとか？）

官舎へ向かうマーリカに、護衛のように付き従っている若い騎士に尋ねてみたが、はっきりした返答は得られなかった。

それはそうだ。尋ねてぺらぺら喋るようでは職務上問題である。

護送の騎士は、取り調べの時に彼女を見張っていた近衛騎士。褐色の髪を襟足でひと束ねにしていて、若いといってもマーリカより二つ三つ年上に見える。

伯爵令嬢なら王都にも屋敷があるのではと、護送を指示した赤髪の騎士に不審がられたが、理由を説明したらそれ以上追及はされなかった。

エスター＝テッヘン家の王都屋敷は、社交期間に領地から王都へ両親が出ることもなく、二人の姉も嫁いで使う者がいない。そのため経済的に恵まれない、芸術家を志す者や中等・高等教育機関の学生に食事付下宿として無償提供している。

マーリカ一人の事情で彼等に退去を迫るわけにはいかず、彼女は官舎の部屋を申請して使っていた。

（ほぼ寝るだけになっているし、王宮の部屋より費用もかからないし）

高貴なる者の義務を果たす姿勢は立派である。しかし望めば王宮に部屋を持てる身分と立場で、平民・下級貴族の独身者向けの官舎は、護身諸々含めどうなのかと。

マーリカの説明を聞いた近衛騎士達が困惑していたことには気付かないまま、彼女は護送の騎士に官舎まで送ってもらった礼を言う。

官舎は、王城の敷地を取り囲む外壁の内側にあり、取り調べを受けた部屋から大した距離ではないけれど、彼にいらぬ定刻外勤務をさせてしまっている。

「わたしのために申し訳ありません」

「いえっ、夜警当番ですっ。お気になさらず。その、なにかお力になれることがあれば、自分でよければいつでも相談に……っ」

唐突な気遣いにマーリカはきょとんと彼を上目遣いに見る。女性や弱者を守る騎士の精神に溢れる人であるらしい。手提げランプの灯りに照らされた顔が若干紅潮して見える。

（お力にと言われても……この方、取り調べ側では？）

彼は、マーリカを取り押さえた側の騎士だ。

癒着を疑われるようなことはしてはならないと思う。

マーリカは王族に不敬を働いたのである。いまのところ厳しい追及も拘束もないのは、貴族令嬢で陛下が認めた臣下であるため。王家の威信に響かないよう慎重に対応しているようだが、本来なら即幽閉塔の牢に入れられてもおかしくない。

「お心遣い痛み入りますが、あらぬ誤解を受けて貴方の将来が台無しになっては大変です」

「最初は秘書官に異議申し立てし、筆頭秘書官が現在空席で平の秘書官では話にならず、殿下に物申されたわけでしょう？　貴女にはその権限もある。非があるとは……」

取り調べの際、事実確認で話したことを繰り返した彼に、やはり近衛騎士達の認識は甘いとマーリカは眉を顰める。

「殿下を壁際に追い詰め、平手打ちしている時点で十二分に非はあります」

「っ、それは。たしかに幾分か勇ましいものでしたが、あの方には我々も困惑させられることが多々あり……」

(側について警護する護衛騎士といえどもそうなのか。お気の毒に)

マーリカだって普通に話すつもりだったのだ。けれど、訪ねた時が悪かった。

第二王子は、丁度マーリカが異議申し立てしようとしていた視察に関して、子供が駄々をこねるが如く赤髪の騎士にごねていた。

茶菓子を自分で選びたいとか、下町のどこそこに行けないならやる気が出ないだとか。執務室にマーリカを通しておいて、ちょっと待っててと言って、彼女の目の前で。

机の上には手をつけていなさそうな書類が山積みで、現場が大慌てで右往左往させられている元凶はやはり貴方かっと思った瞬間、二十五連勤の疲労で若干意識がぐらぐらしていたマーリカの理性は吹き飛んだのだった。

「その、失礼ながら、貴女のようにお綺麗で健気(けなげ)なご令嬢がなぜ文官に？　理不尽なまでに忙しく働き、辛くはないのですか？」

官舎の門の前で、完全に立ち話になっている。

そのことが気になりつつ、問われてマーリカは考えた。

理不尽……たしかに理不尽なことは多い。出仕早々に、実質的な実務担当者はマーリカ一人の部署に配属されたことなどその最たるものだ。

その部署の役目は、王都のあらゆる行事に関する連絡事項を関係各所に伝達し、様々な部署の仕事が円滑に連携されるよう調整を図ることであった。

あちらの部局はこのような対応、こちらの部局はこのように。なにそれの式典が来賓都合で参列者や序列が変更になるためその対応を、などといった具合である。

各所の間で板挟みになり、急な変更に文句や嫌味を言われることも多い。

特にいまの時期――王都の様々な場所で式典や王家主催の夜会も開かれる、豊穣祭の準備期間は関わる部署が多すぎて、なにがなんだかわからないくらい奔走することになる。

対応事項の多さに、いくらマーリカが上級官吏だからって、よくこんな部署の仕事を新任一人に任せようと考えたものだと思う。

しかし、文官組織はどこも人手不足。それに最終の書面上は長官職の認めを必要とするものの、上級官吏には単独の判断で多くのことを処理できる裁量がある。

これも適材適所と考えたら、任された以上はやるしかない。

「たしかに仕事は大変で辛くないといえば嘘になりますが、国や人のためにできることをしたいと考えて文官を志しそうなったわけですから……人員は欲しいですけど。一人増えるだけでも全然違うといいますか。ええ本当にっ、人員補充さえあればっ」

「はあ……」

ぽかんとした表情で相槌（あいづち）を打った近衛騎士に、いけない、つい拳（こぶし）など握って訴えてしまったとマーリカは反省した。文官組織の人員不足は深刻なのである。

「ええと……それに少し面白くもあって」

「面白い？」

「最初はなにもわからず途方に暮れましたが、必死にやれば片付いて形になるものだと」

式典やお祭りの大掛かりな飾り付けも、大勢の人出が混乱しないのも、華やかな夜会も、すべて日々の仕事が形となって実を結んだものである。毎日慌ただしく細々（こまごま）したことをやっていればそうなる仕組みは魔法のようだ。けれども魔法ではない。

ここもあそこもなにもかも、王宮の文官や武官の仕事によって成り立っている。

華やかな催し物のどこにどんな配慮がされているか、マーリカはその全部を知っている。だって関係各所の連携を支えているのはマーリカなのだから。文句を言い、怒りながらも仕事は進めてくれる人が大半であるし、着任したてで戸惑うマーリカを見兼ねて助けてくれる人もいた。

王都の豊穣祭なら、姉の誘いで一緒に何度か見て回ったことがあるマーリカだったが、文官になって最初の年のそれはまったく違うものに見えた。

夕暮れ時に灯る祭りの明かりの一つ一つ、当たり前にある光と思っていたそれは人の手が入っていて、きらきらと眩（まぶ）しく、とても綺麗だった。

「わたし達の働きが、王家の権威や国力を民や諸国に示すことに繋がり、また王都の経済活動が盛んになれば、様々な物の産地である地方も潤う……」

正直、理不尽と忙しさで九割くらい占められているといって過言ではない日々だけれど、仕事が一区切りつく度に味わえる充実感や達成感はそれを一瞬で帳消しにしてしまう。

なんだか騙されているような気もするけれど、その快感は癖になるものだ。

「無事に終われば楽しく、豊穣祭のような仕事ではこちらの大変さなんてなにも知らずに人々が楽しんでいる様子も見られてうれしいものですし。答えになっていますでしょうか？」

「あ、はい！」

「では、失礼いたします」

「はっ。どうぞゆっくりお休みください」

敬礼までされてしまったが、よく考えたら身分と立場はマーリカの方が上であったのかもしれない。文官組織の中では若輩の小娘が上位であるのが我慢ならないと嫌厭されることも多いのに、やはり近衛騎士というのは礼儀に厚いと感心しながら、マーリカは官舎の門をくぐった。食堂で夕食をとれるまともな時間に帰れたのはかなり久しぶりだ。

（ああ、だめだこれは……）

官舎に入った途端に気が抜けて、いまにも倒れそうなほどの眠気に抗いながら自室に辿り着き、ベッドの上で力尽きたマーリカはそのまま朝まで泥のように眠った。

翌朝、特に謹慎や召喚命令なども届いていないことを確認し、マーリカはいつも通りの早朝出勤で職場へと向かう。

王族に不敬を働こうが、拘束されることもなく、命令もない以上。

仕事は待ってはくれないのである――。

オトマルク王国、王都リントトン。

その日、賑わう街を見下ろす高台に立つ、王城の朝は早かった。

普段なら、王都屋敷でそろそろ朝食をとる頃なはずの大臣や長官達が一室に集まって、一人の令嬢の処遇を巡って会議を開いていた。

「マーリカ・エリーザベト・ヘンリエッテ・ルドヴィカ・レオポルディーネ・フォン・エスター＝テッヘン」

よく通る声で書類に記された名前を読み上げて、議長席に座る青年は、彼の顔の前で貴婦人の扇のように広げていた書類をテーブルに置いた。

「かわいいけど、長い名前だねえ」

それぞれ孫が何人かいそうな年代の高官達が揃う中、彼一人だけが若い。

窓から差し込む朝の光に輝く、淡い金色の髪の艶が美しい。彼だけ明るく照らされているかの如く、会議室に集まる者の中で一際目立っている。

「朝からこのような場に恐れ入ります。フリードリヒ殿下」

「いいよ。昨晩気が昂(たかぶ)っちゃったからか、早く目が覚めちゃって。どうしようかなあって思っていたところだったたし気にしないで」

澄んだ空色の目を穏やかな微笑みと共に細めての言葉に、どう答えたものか。

青年から見て左側の席につき、この会議の進行役を任されている法務大臣は、言葉の真意をはかりかねて、ふさふさの豊かな白い巻毛を後ろに流すように己の額を撫でた。

「はあ。まあ。その、昨日のようなことがあれば……」

「昨日のようなことって？」

問われて、法務大臣は少しばかり困惑する。

我ながら要領を得ない返しをしたものだが、まるで何事もなかったかのように、きょとんとした顔で尋ねてくるのはどういうわけか。なにを考えているのか、あるいはなにも考えていないのか。よくわからないのはいつものことではあるものの、流石に昨日の今日で普通その様子はないと彼は思う。

（常人の普通が通用しない御方ではあるが……）

「ええと、それがあってのこの場なわけでして」

（この場がどういった会議の場か、理解しているのかこの方は？）

法務大臣は胸の内でぼやきつつ、細長いテーブルの向こう側に座る、内務大臣の脂（あぶら）の浮いた広い額が目立つ顔へと視線を送る。しかし、その視線に気がついた内務大臣は涼しい顔で目を伏せ、さっさと進めろといった意を示しただけだった。まったくこやつはすぐ面倒事を押し付けると、法務大臣はごほんと軽く咳払いした。

「昨日、殿下の執務室で起きたことです」

「ああ。うん、続けて」

「はい。では、調書によると、殿下の執務室に入室後、護衛騎士と討議中であった殿下に、待機の命を無視して詰め寄り、『なにが手土産の茶菓子は自分で選びたいだ、この無能殿下！　貴様の考えなしの言動でどれだけの文官武官が迷惑を被っていると思ってる！』と、至極正論……いえ、暴言を吐き、その上で壁際へと殿下を追い詰めたとのことですが」

「うん。台詞の朗読上手いね、大臣」

「……恐縮です。更には殿下の両頬を数発ずつ平手で打ちながら、近衛騎士が取り押さえるまで、王都の豊穣祭関連の準備、視察における警備や段取りにどれ程の人員が割かれ、関係各所が労力を費やし、苦心を重ねているかを滔々と語っていたと」

「うん。皆を労わないとねえ」

「ご立派なお心掛けです。マーリカ嬢の蛮行は看過できるものではありませんが」

「王子を叩いてしまっているからねえ」

　緊張感のない返答。なにをどう言えばいいと、苦々しい思いで押し黙る大臣達とは対照的に、議長席に座る青年はにこにこ上機嫌な微笑みを浮かべている。

　フリードリヒ・アウグスタ・フォン・オトマルク。

　言わずと知れたこの国の第二王子。

　深謀遠慮を要求される文官組織を管轄し、現場を振り回す言動と、執務へのやる気のなさが評判の〝無能殿下〟。

（ただの無能なら、捨て置くことや完全なるお飾りとして公務から外せるものを）

とにかくこの第二王子、見た目は大変に素晴らしい。美の女神に愛されたと言っても過言ではない。涼やかで優しく賢しげな、平伏したくなる高貴さを持つ容姿をしている。

常に穏やかに泰然自若として掴みどころのない様は、金髪碧眼の美貌と相まってなにか底知れぬものを秘めていると人に思わせ、これが外交や交渉事の場において嘘のような効力を発揮する。

ただ微笑んで会話しているだけで、「腹の内で一体なにを考えている？」と相手を惑わし勝手な深読みをさせて、こちらに都合のよい誤解を与えるのだ。

（おまけにおかしなまでの引きの強さと類稀なる強運の持ち主……）

十八歳で公務について早々、緊張状態にあった国と会談の場で相手の勘違いと偶然が重なりあっさり状況を一転させる奇跡のような功績を上げた。

初めての地方視察では、周囲に黙って市中へ抜け出して領主の不正現場に偶然遭遇し、丁度、彼を探しにきた護衛の近衛騎士を使いお手柄といった具合に。

それらの功績は周辺諸国に瞬く間に伝わり、彼を若いが優秀で侮りがたい王族と印象付けた。

結果、警戒心からますます一挙手一投足を深読みされ、その後も大小様々な成果を上げ続け、信じられないことに、いまや〝オトマルクの腹黒王子〟、〝晩餐会に招かれればワインではなく条件を飲ませられる〟とまことしやかに囁かれ畏怖されている。

民の人気もそこそこあり、公務から外したくても外すことができない。

しかし、フリードリヒと直接関わる者達は知っている――。

「恐れながら殿下。エスター＝テッヘン家は、我がオトマルク王国の前身から続く由緒ある伯爵家です」

「王宮とは疎遠な弱小伯爵家だよね？　資力もそうない」

「はい。しかし、その血縁を辿れば、遠く細いとはいえ周辺諸国の様々な王侯貴族と繫がります。その歴史と血筋は蔑ろにできるものではありません」

「それはすごいね。由緒正しさでいったらオトマルク家よりすごくない？」

――この殿下、本当になにも考えてはいない！

「殿下！　滅多なことを言うものではありません！」

「えー、君たちでそういうこと言っておいてー」

「たとえ取るに足らない伯爵家でも、歴史ある家を軽んじるのは得策ではないとお伝えしたまでです」

（本当に、このうつけ具合はどうにかならないものか……）

見限って切り捨てるには功績が多い。現に直接彼と関わらない貴族の評価は高く、周囲を振り回すことも非凡であるが故と受け止められている。

（存外人たらしなところも含めて、まったくもって質の悪い）

天真爛漫で妙に人懐っこく、素直で憎めない。

臣下や目下の者に対する傲慢さのない、鷹揚な人柄はこの王子の美点である。

常識の枠から外れたところがあるがゆえの公正さは、国や王家に対する忠誠心を抱く者を絶妙な加減でくすぐる。
（儂のように殿下の幼少期の利発さと難しさを知る者なら尚更、よき青年に育ったと子や孫を見るような気持ちも多少ある）

結局のところ、この場にいる者達はフリードリヒを支えることを選んでしまっている。

フリードリヒの無邪気さに、しばし黙考していた法務大臣を見兼ねて内務大臣はごほんとわざとらしく咳払いをした。場の注目は自然彼へと集まる。

「殿下、恐れながら一部の現場を担う文官の疲弊は深刻です。マーリカ嬢も二十五連勤による心神耗弱があった模様。それ故のあっぱれな……いえ、まったく遺憾な振る舞いをしてしまったようで」

「殿下、マーリカ嬢は貴族令嬢でありながら、平民階級の部下の信頼も厚く、高い実務能力を持った将来有望な文官。責任感の強さ故、それ故の過ち！」

「殿下、まだ二十歳を迎えたばかりの令嬢です。ここは一つ寛大さを見せ、より一層王家の為に働かせることで過ちを贖わせては」

内務大臣の言葉を皮切りに、他の大臣達は前もって決めていた通りに、口々にマーリカを擁護し、処分について進言する。

その日、王城の朝はとても早かったのである。

フリードリヒが会議の場に現れる一時間も前から彼等は集まり、由緒ある血筋を示すような長い名前を持つ一人の令嬢の処遇を巡って話し合っていたのだから。

その令嬢は、文官組織としては初の女性上級官吏。国王陛下と宰相が直々に審査し、王家に仕えし臣下と認められた者でもある。

「よろしく頼むと人事院に伝えたはずがどうして」

「報告内容を見る限り、意図を真逆に解釈したとしか言えんな」

頭を抱える法務大臣の豊かな白髪の巻毛を若干羨ましいと思いながら、つるりと脂ぎった額が目立つ頭をゆるく振って、内務大臣は報告の書面を眺める。

「調整官とは……陛下任命の上級官吏が持つ裁量をこれほど活用できる部署もないが、どこからも文句を言われ、各所の間で板挟みとなる仕事など新入りに任せる職務じゃない」

「元は三名いた人員すべて他の部局兼務にするなどと露骨な……要らぬところで丁寧な仕事をしおって」

「なに常套手段ではないか。後に本人が訴え出ても体制上問題ないと言えるよう書面上は人を残し、実質一人で頼る者のない環境に置く。辞めさせるのが目的であれば」

優秀な人材確保のため、新たな登用の流れを作りたい。

さらには貴族男子が中心なのは他国も同じなのに女性が数人いるかいないかの違いで、大国といっても所詮は新興、教育や思想は旧弊で遅れていると嘲笑されるのも避けたい。

他国にも縁者がいる由緒ある伯爵家でありながら、王宮とは疎遠でどの派閥にも属さず王宮勢力を左右する恐れもない貴族女性。王宮の思惑にこれ以上ない人材であったのに。

「どうしてそうなった……っ」

苦悩する法務大臣に、通達も出ていたからわかるだろうと説明を省き、後の確認をしないのが悪いと集まった面々は胸の内で呟く。丁度その頃、さる公爵令息による詐欺の情報提供を受けた第二王子に、その対処を丸投げされて大変だったにしてもだ。

前例のない貴族令嬢の文官など潰せ、と解釈しての人事院の対応。

きちんと指示していなかった以上、彼等を責めることはできない。

しかし——令嬢は優秀だった。

新任で配属などありえない部署で、実質の実務担当者は彼女一人といった仕組まれた環境で、二年も大きな問題もなく業務を遂行していたのだから。

「辞めるどころか、元は三人がかりでやっていたのを一人で回してしまうとは。そこらの令息より使える。陛下と宰相閣下が認めたのは都合の良さばかりではないということか」

顎下の短い髭を掴みながらぽつりと呟いた外務大臣に、場がにわかにざわつく。

使えぬ部下を嫌うことでは有名な男が、そのようなことを口するのは大変に珍しい。

「いくら優秀でも協力者なくしては難しい。そこそこ下の立場なら甘い顔をする者もいるだろうが、己より上位となれば女如きがと風当たりは強いはず。古参の事務官を味方につけたか？　大抵見て見ぬ振りで動かぬ平民の彼奴等を掌握するとは、幽閉塔送りにするには惜しい。身代わりでも用意するか？」

「……勝手に幽閉にするな。あと儂に真顔で違法なことを言うな」

「冗談だ。こんなくだらん経緯と理由で処罰など馬鹿馬鹿しい」

「まあ……殿下にしたことを除けば、権限に則った令嬢の行動そのものに非はない」

外務大臣と法務大臣が険悪になりかけたのを止めるように、内務大臣は調書に記された事の経緯に触れ、法務大臣は大きくため息を吐いた。

「調整官ならどことも関わりがある。我々の誰も令嬢の境遇を知らずにいて、このまま処罰などと陛下にどう説明する！」

「貴殿の指示が悪いせいだろう、巻き込み事故もいいところだ」

「非は認める。だが、陛下からのお達しは貴殿らにもあったはず。外務大臣、其方にも」

たしかに誰も関心を払っていなかったのは事実だ。正直、小娘一人に構っていられない。特にこれといった悪い話も聞かず、適当な部署で適当な仕事に従事している認識でいた。

「いっそ当事者の殿下に判断させたらどうだ？」

「うむ？」

「現場の鬱憤を代弁した意味で大した令嬢だ。二十五連勤では日頃の冷静さを失っても不思議じゃない。情状酌量の余地は大いにある。感情任せに暴力はいただけないが、令嬢の平手で数発程度、・・・無能殿下にはいい薬だ」

第二王子に辛辣な外務大臣の言葉に、外交で法務大臣と内務大臣の次に振り回されているからなと集まった面々は囁き合う。それでいて気に入ってもいる癖に、とも。

「成程。寛大な処置になるよう我々で誘導――いや、説得するということか」

はっきり言葉にした内務大臣に、おおそれはいいと一同賛成の声を上げた。

事態を穏便に処理し、使える者は一人たりとも失いたくない。

文官組織の人手不足は深刻なのである。

そのような訳で――。

いま、彼等は派閥や利権の垣根も越えて一致団結していた。

（若く、優秀で、他国との伝手にもなりそうな家の者を、貴様のせいで失ってなるものか！）

この一件の被害者たるフリードリヒの納得さえ得られたら、寛大に処すべき理由は貴族であれば屁理屈でもなんでもつけられる。

「殿下がお怒りになるのも至極ごもっともかと存じますが――」

「別に怒ってないよ」

「は？」

気を取り直し、再び場をまとめにかかった法務大臣は、不思議そうな表情でそう返したフリードリヒの言葉に、つい素の声を漏らした。

「男装の麗人って、きっとマーリカ嬢みたいなのを言うのだろうねえ。私の執務室に颯爽と現れた時の美しさには目を奪われたよ。なにより伯爵令嬢とはいえ、一介の文官の身で王族に物申しにくる勇敢さ。実に惚れ惚れする」

「はあ……」

己の頬を張り倒した令嬢のことを誉め称えだしたフリードリヒに、法務大臣だけでなく誰もが呆気にとられたが、彼は気にせず語り続ける。

「だって第二王子だよ、私。進言にしたって普通は王子に説教なんてしないでしょう。でもさあ、人間叱られなくなったら終わりって、兄上もよく仰っているじゃない」

「はあ、王太子殿下が……左様で」

「聞けば、いちいちごもっともな話だったし」

「では、彼女を罰する気は殿下にはない、と」

「暴力はよくないけど、そもそも進言に来るだけの非が私にあった。君たちときたら、こんな欠席裁判みたいな会議開いて……老害って言われちゃうよ？　人は大事にしないと！」

（いや、元凶のお前が言うな！　そもそも我々は彼女を庇っていた！）

大臣達は絶句し、その心の声は完全に一致する。

しかし、心の声なのでフリードリヒの耳には聞こえるはずもない。

室内は奇妙な静寂にしばしの間包まれる。どこかうっとりした響きを含む美声がその静寂を破り、内務大臣が眉を顰めるまで。

「――欲しい」

「殿、下……？」

「マーリカ・エリーザベト・ヘンリエッテ・ルドヴィカ・レオポルディーネ・フォン・エスター＝テッヘン嬢が、欲しい」

「――っ!!」

組んだ両手に顎を乗せ、令嬢の長い名前を正確に、にこやかに呟いたフリードリヒに場は一気に騒然となった。

「いや、そんな急に申されましてもっ！」

「手続きっ、手続きというものがあるっ……」

「そもそも殿下の一存ではっ！」

「え、そんなに大変？」

当たり前でしょうっっ――！

大臣達の声が、今度は人の耳に聞こえる形で重なる。

貴族の娘だからといって、王子妃になど簡単になれるわけではない。

様々な審査、様々な手続き、様々な調整が必要なことは、二十半ばを迎えても婚約者すら決まっていない、フリードリヒ自身がよくわかっているはずだ。

「えーそうなの⁉　私の筆頭秘書官なのに？」

「秘書、官……？」

「うん。前任者が辞めて三ヶ月経つけど、まだ後任決まってなかったよね？」

はああっ……と、大臣達の誰もが大きく息を吐く。気が抜けてテーブルに突っ伏した者もいた。

「ああ……その、そういうことでしたら」

「なんとかしましょう」

「ええなんとか」

口々にそう答えて大臣達は、フリードリヒが見ている前でテーブルの上に身を乗り出し、額を突き合わせるようにして相談し始める。

しかし、ひょっとすると調整官より辛い職務かもしれんぞ。

王族付はこの上ない栄誉というのに、絶対任命されたくないと肩書きを聞いただけで震える者もいるらしい。

現に一年と保った者がおらんしな……無理ならどこか適当な部署に異動させればよい、ある意味処罰として妥当では？　殿下に説教した責任を自らの働きで贖う。

大臣達は頷き合った。

「ひそひそ話し合っているけど、なんとかなりそう？」

「殿下の御心のままに」

「やった！　愛情の反対は厳しさではなく無関心。兄上もよく仰っているよ……うふふ」

「殿下、御身が善良なお方であるのは重々承知しておりますが、くれぐれも破廉恥事案だけは起こさないでください」

「起こさないよ。これでも私は社交界で〝いい人止まり〟なんだよ」

「それは、自慢されることではございません」

「……難しいねえ」

腕組みしてうーんと唸るフリードリヒをよそに、大臣達は彼等の思惑通りに事が運び、ほっと胸を撫で下ろしていた。

王宮の人手不足は深刻なのである。

少しばかり予想外の方向に物事は進んだが、大きな問題はない。

こうして、一人の令嬢の処分は決まった。

――マーリカ・エリーザベト・ヘンリエッテ・ルドヴィカ・レオポルディーネ・フォン・エスター＝テッヘン。貴殿を第二王子付筆頭秘書官に任命する。

二　忙しすぎるので一年が早い、つらい

執務室の窓から、木々の葉が色づく庭園の風景が見える。

もうそんな季節かとマーリカは思った。

「早いものだ」

マーリカ以外に人のいない執務室で書類仕事の手は休めずに、ぽつりと彼女は呟く。

忙しすぎて季節の移ろいを気に留める余裕もあまりなかったけれど、気がつけばすっかり秋だ。

マーリカが第二王子付筆頭秘書官になって、早くも一年が過ぎたということである。

大臣達がそのことに歓喜し、高官専用食堂で祝杯を上げていたことなど知らないマーリカはため息を吐いて、確認し終えた書類を机の決まった位置に伏せた。

上着の胸元から時計を取り出し、彼女の上司であり仕えてもいる主がこの部屋に戻ってくるまでの時間を確認する。

あと半時間と少しばかりといったところだ。彼女は次の書類の確認に取り掛かる。

残念ながら、マーリカには時の流れを思い感慨に浸る暇も余裕もない。

仕事に集中できるうちにできるだけ片付けておきたい。でなければマーリカの仕事は積み上がっていく一方である。

「本当にっ、気儘で怠惰極まりない人のおかげで……」

一日に捌く書類だけでも大変な量なのだ。書類だけならまだしも、この時期は式典やら視察の予定も多く控えている。公務における関係各所との連絡や折衝、王家の慈善事業の一環で理事に名を連ねて支援している施設や団体への対応もある。

また社交界では意外と人望があるらしく、二十代半ばを過ぎて婚約者が決まっていないのが不思議なほど多くの貴族令嬢と交流がある。彼女達からの相談事やごく稀に王宮内や貴族の不祥事に関する情報提供などもあるらしい。

マーリカはまだその機会に遭遇してはいないけれど、過去の例で、彼女が王宮に出仕するより少し前、懇意の公爵令嬢からの情報提供を受け、その対応で大変だったと聞かされた。

「五大公爵家の内、当時序列三位な家の令息による詐欺事案なんて、王子の私に持ち込まれてもねえ。持ち込んできたのも五大公爵家筆頭の家の令嬢でさ……」

「それはまた。少々勢力闘争の気配がしますね」

「とはいえ複数の令嬢が被害にあっている、なんて言われちゃったらねえ……無視もできない。件の令息の家は先代国王の外戚で王家の信頼にも関わるし、面倒だから法務大臣に任せた」

「……大変って、ご自分ではないのですか」

大変だったのは、その対処を丸投げされた法務大臣である。

「私はね、第二王子である私でなければ絶対駄目なこと以外は、可能な限り人に任せることにしているのだよ」

「自慢気に言うことですか……」

「言うことじゃない？　だって皆ー、私よりよっぽど優秀で頼りになる」

多くの者を従え動かすことは王族として必要な資質ではあるものの、それとはなにか違う気がする。大体、人に任せたことはすっかり自分の手を離れたものとなる。

（これはもう、ただの怠惰だ）

五大公爵家の一つで、王家と外戚関係の家の不祥事なんて考えるだけでも頭も胃も痛くなりそうな事案だとマーリカは心底から法務大臣に同情した。

実はマーリカが文官になって早々、普通は新人が配属されない部署に配属されて激務の洗礼を受けることになった遠因でもあるのだが、そのことを彼女は知らない——。

「いつの間にか、ご令嬢方の手紙への返事を代筆するのも仕事の一つになりつつあるし……」
いまや大臣達を差し置いて、「可能な限り人に任せる」の被害筆頭になりつつあるマーリカは、ペンを持たない左手で額を押さえる。
「本当にっ、この仕事量っ」

マーリカは驚くべき速さで書類に目を通し、ペンを走らせ、却下や要確認の書類にその理由を書き入れていく。却下が六割、要確認が三割、決裁に回す書類が一割といったところだ。却下や要確認の書類は部下に渡して返却。内容によりマーリカ自ら各所へ出向くことや調査することもある。

マーリカが決裁するわけではないのだからと多方面から言われるが、そのように対応せざるを得ない理由があるのだ。

（そもそも殿下の仕事なのに。いいのか、こんな丸投げ⁉）

マーリカが秘書官として仕えるのは、第二王子付筆頭秘書官の肩書きにある通り。

深謀遠慮を要求される文官組織を管轄する、オトマルク王国の第二王子。

フリードリヒ・アウグスタ・フォン・オトマルク。

そう。彼の考えなしの言動と執務へのやる気のなさに、振り回される立場にある文官達が〝無能殿下〟といくら揶揄しようと、文官組織の長はフリードリヒである。

ありとあらゆる重要書類、提案書や決議書あるいは国民からの嘆願書等々の行き着く先も彼のところであれば、国王陛下の名の下に決裁を行うのも彼である。

流石に署名したり印章を押したりすることはないものの、マーリカが決裁に回していいと判断した書類を、フリードリヒはほぼ九割九分の確率で躊躇うことなく承認してしまう。

着任初日に書類の精査や仕分けを任せられて、いまこの状態だけれど、これでは秘書官であるマーリカが実質決裁してしまっているのも同然だった。

フリードリヒは、周囲の者に任せられることは任せる考えのようだが、いくら筆頭秘書官だからって、本当になにか事が起きた際に「秘書が勝手にやりました」とされたら反論できないこの状態はいくらなんでもちょっと待てと思う。

前任者が胃の不調を訴え、長期療養の末に退職したのもわかる。

「前の筆頭秘書官殿は、九ヶ月なのでよく保った方ですけどね」

いまの内にと隣室の秘書官詰所にいる部下の主任秘書官を呼び出し、確認済みの書類を渡しながらマーリカがこぼせば、そんな言葉が返ってきた。

オールバックに整えた栗色の髪と眼鏡が特徴的な、カミル・バッヘムという名の中級官吏の彼は、フリードリヒが公務に就いた年に十九歳で登用されて以来、ずっと第二王子付秘書官でいる一番の古株である。

上司となる筆頭秘書官の入れ替わりが激しいためか、八年勤め、業務に精通しているのに昇進機会を与えられずにいた。マーリカが推薦し、この春から主任秘書官となっている。

「エスター＝テッヘン筆頭秘書官殿が最長記録更新中で、お偉方はさぞ喜んでるかと」

マーリカには彼を含め、直属の部下が五人いる。

「却下は王宮内配達でいいですね？　いつもながらご丁寧な却下事由つけてくださってますから。あとはこっちで適当に割り振りますよ」

「お願いします」

若干嫌味っぽい口調は仕方ない。マーリカというより、着任してはすぐ去っていく筆頭秘書官など信用できないだろうし、まともな体制ではない状態が長く続いてもいる。

彼の他は、平民登用の下級事務官の女性が二名、上級事務官の男性が一名、嘱託雇用の元王宮侍従職の儀礼監修役の初老男性が一名。事務官は官吏ではない。侍従職は王宮使用人であるから、官吏の秘書官はカミル一人だけである。

いくら人手不足だからって、第二王子の秘書官の構成ではない。

王族の補佐である、普通は側近の貴族や上級官吏や中級官吏が複数いるものだ。王太子殿下はもちろん、最近公務に入り始めた第三王子もそのはず。

フリードリヒには、彼に仕事を丸投げされて動く、大臣他高官が複数いるから特殊な扱いになっているのかもしれない。だからといって日常の種々雑多な業務は秘書官なしには回らないというのに、この体制。マーリカが着任前の約三ヶ月間、指示判断をする監督者である筆頭秘書官も空席だったのだから破綻している。

増員要請は出しているが人事院からの回答はない。

（王族付になるくらいの上級官吏が過去何人も辞めていて、人事院からしたらこの人手不足にふざけるなだろうけど）

「豊穣祭関連の調整もまだ続いていますが」

「昨年より全然マシです。まだ諦め悪く官吏の増員考えてます？　いくら筆頭秘書官殿が鉄の精神の持ち主でも、ここでそんな希望もってちゃすぐ病みますよ」

（……信頼回復が第一だろうなあ、やっぱり）

彼等からしたら上司としてのマーリカの第一印象は最悪だろう。

昨年、視察ルートの変更に対しての異議申し立てをした相手だ。破綻した体制の中で行う仕事に文句をつけられ、なにも知らないくせにと思ったはず。おまけにあの時は、指示判断を行う筆頭秘書官が空席だった。むしろよくやれていたと思う。主任秘書官は皮肉屋だが任せたことはしっかりこなす優秀な官吏で、彼の指示で動く事務官達も鍛えられている。

下級事務官は、読み書き計算の義務教育だけの平民登用枠のはずが、カミルの指導の賜物か書類の清書も、資料調査もある程度できる。上級事務官は下級官吏も同然の働きをし、儀礼監修役も元王家に仕えた侍従。典礼知識は流石で気働きがある人だ。彼等を守らねばと思う。

「出来る限り、健全な労働環境の維持に努めるのはわたしの責務です」

「去年よりマシって言ったの聞いてます？　殿下のやらかしも邪魔も、各所からの苦情も、近頃は最小限。あとはその行き過ぎた仕事量さえご調整いただければ」

マーリカの机に積まれた書類へ半眼を向けたカミルに、彼女は申し訳なさを覚える。

出来る限り彼等の負荷を減らす形で渡していても、物理的な量はいかんともし難い。

「そうですね、善処しましょう」

「善処？　筆頭秘書官殿が被っても意味ないと思いますがね。こんな馬鹿丁寧に書類見てた人は過去いませんし、人が替わったら元に戻るだけでは」

「……っ」

下がっていいかと尋ねられて、マーリカは頷き、再び一人きりになった執務室でため息を吐く。

痛いところを突かれてしまった。

「正論……というより、試されたかな」

きっと根本的になんとかしろということだ。

「やっぱり根気強く、人員補充をお願いするしかないか」

しかしもう一年が経つのに、一向に部下との距離感が縮まらない。

（若輩の貴族女性の上司なんて、部下からしたら扱いにくいのはわかるけど。もうちょっとこう、友好的な関係を築きたいのに……わたしが愛想がないばっかりにっ）

黒髪黒目の涼やかに整った顔立ちのマーリカは、動揺など人に見せない十五歳までの淑女教育と元々社交も苦手なために、彼女の内心はともかく他者からは冷徹な美女に見える。

それは彼女自身、愛想がないと若干引け目を感じている部分でもあった。

「殿下ほど突き抜けたくはないけれど、あの天真爛漫さは少し羨ましい……っ」

首を左右に振って悶えながら、マーリカが仕事の続きに勤しんでいた頃。

隣室の秘書官詰所では、戻るなり「あああっ」と後悔の声を上げた主任秘書官が同僚達から呆れられていた。

「俺はまたっ、あの人に意地の悪いことをっ」

「またですかぁ。我らが女神をいじめないでくださいよーもー。辞めたらどうすんです」

「折角、定刻勤務で終われるようになりましたのにのぅ」

「マーリカ様が美人すぎるからって、カミルさん、ほんっと不器用」

「気を遣わずに仕事投げろって普通に言えばいいのに。そんなだから奥さんに唐変木って言われるのよ。ていうかカミルさんだけマーリカ様と話すの羨ましすぎるんですけど」

「うるさいっ。お前らさっさとこの書類、配達所と各所に配ってこいっ。あと王族執務室なんて、八年ここにいる俺でも気が引ける場所だぞっ」

マーリカが考えるよりずっと、十分、距離は縮まっているのだが、互いに遠慮している主任秘書官と筆頭秘書官の間でそれがいまひとつ伝わっていないのは、一種の悲劇でもあり喜劇でもあった。

「……今日は官舎に戻れるだろうか」

フリードリヒの決裁に回す書類を横目にマーリカはぽつりと呟いた。今日は若干案件数が多い。

却下や差し戻しが少ないのは、それだけ文官組織の仕事が捗(はかど)ることに繋がるから喜ばしいことではあるけれど、フリードリヒが判断してくれなければ意味がない。

フリードリヒに彼の仕事をさせる。

これがマーリカにとって最も骨の折れる仕事であり、第二王子付筆頭秘書官の最重要任務であった。

「調整官だった頃も、繁忙期以外は自室で眠れる時間には帰れたのにっ」

時期によっては二、三日休暇を取ることも、社交期間が終わった冬期は帰省もできた。

「それがいまや……くぅっ」

夜には休むし、休日もあるにはあるけれど、予測がつかない彼の言動のために頻繁に激務の嵐がやってくるため、マーリカの勤務は非常に不規則である。

「護衛の近衛騎士が四六時中側にいるのに、すぐ逃げるし……」

フリードリヒには近衛騎士達も手を焼いている。一瞬の隙を突いてすぐふらっと王宮のどこかへ消えて、時に王城の外へもお忍びともいえない大胆さで抜け出して執務をさぼる。その度に彼を探すことになり、おかげでかつて第二王子に危害を加えた現行犯としてマーリカを拘束したフリードリヒの護衛の近衛騎士達と、この一年で固い連帯の絆を結んだ彼女であった。

「やっぱり一度シメる……泣かすっ……」

引っ掛かりのない上等な紙の書類にさらさらとペンを走らせながら、口をついて出るのはフリードリヒに向けた文句である。大体、〝無能殿下〟なんて呼ばれているくせに、執務でなければ、マーリカを驚嘆させる能力を時折見せるのが本当に業腹である。

どうやら複雑な王宮の通路や建物の構造、守衛や警護の騎士の配置や巡回もすべて頭に入っているようなのだ。でなければ王子がふらっと抜け出すなんて不可能である。

そんなことを考えながら、出席した会議の議事録に署名して、ふと、マーリカはペンを動かす手を止めた。王族付ということで近頃無駄に長い高官達の会議に呼ばれることも増えている。

「ああいや、一度シメてはいるのか……」

まさに一年前の出来事を思い出して、マーリカが顔を顰(しか)めた丁度その時だった。

「ただいまー。今日も殺気だっているねえ、マーリカ」

「殿下、お戻りですか」

失礼な挨拶と共に執務室に現れた人物に、彼女は椅子から立ち上がって一礼する。

ノックも前触れもなくて許されるのは、この部屋の主であるからだ。

（ああ、仕事に集中できる時間よ。終了――――）

「でもさー、どうして一緒に来てくれないの？」

「〝でもさー〟の脈絡がありません。まったくもって意味不明です」

「父上や母上、兄夫婦や弟妹達との昼食会」

「むしろ王族一家団欒の場に、何故わたしが同席できるとお思いか」

執務に戻ってよしと、軽く右手を持ち上げて下げる合図をしたフリードリヒに従い、マーリカは自分の席に座る。この席も、マーリカにとっては不本意なものだ。

王族の執務室は王族のためのもの。その側に立って控えることはあっても、臣下として仕える身であるマーリカの席がそこに設置されるなどありえない。

部下達は当然、隣室の秘書官の詰所に控えて仕事をしている。

しかしフリードリヒの強い要望で、マーリカの席だけが彼の執務室にある。

いくら隣室につながるドアがあっても、第二王子の執務室にマーリカの部下達が気軽に入れるわけがない。マーリカが隣室に行くか、フリードリヒに断って主任秘書官のカミルを呼び出すかだ。

非効率極まりない。

「マーリカ」

「はい」

つい、じとっとフリードリヒを上目遣いに睨んでしまった、マーリカの頭の上から降ってきた美声に彼女は返事をした。

「今日はまだなにもしていないのに、どうして〝この無能〟って目で見てくるのさ！」

「なにもしていないのが問題だとは思いませんか」

つん、とそっけない調子で、書類へ再び目を落として仕事の続きをしながらマーリカはフリードリヒに答える。王族に対する不敬だなんだというものは、護衛の近衛騎士を除く第三者がいない時に限り、いまやこの主従二人の間では無いに等しいものとなっている。

「理不尽」

「そう思うのなら、仕事をしてください。書類が溜まっております」

「――マーリカ」

とん、と小さくも圧力をもった音を立てて。

マーリカがペンを走らせていた書類の角をフリードリヒの指先が押さえた。

甲を見せる形のよい大きな手に内心むっとしながら、しかしその顔は無表情のままマーリカは書類から頭を持ち上げて彼を仰ぎ見る。立って彼女の机に手をつき、机に寄りかかるように体を斜めに傾けて、マーリカを見下ろすフリードリヒの眼差しがわずかに細まった。

（まったく。腹立つまでに……顔がいい）

二十六歳の第二王子は、夢見る少女が憧れの貴公子を思い描いたなら、おそらくこうなるといった姿をしている。白い絹に金の刺繍を施した衣服がこれほど似合う人もいない。

誠実さを感じさせる凛々しい眼差し、その瞳はどこまでも澄んだ空色。

短めに整えた、柔らかな光を放つ波打つ金髪。

育ちの良さを思わせるしみひとつなく滑らかな象牙色の肌は、疲労と寝不足で肌荒れ気味なマーリカにとって大変羨ましい。

品よく収まり高貴さを示す、通った鼻筋や引き締まった口元。

ごく薄く薔薇色が差す頬に長いまつ毛が物憂げな影を落としている。

黙っていれば、彼を深く知らない諸外国の使者を畏怖させる、深遠な考えを持つ第二王子そのものであるが、もちろんそんなわけがない。

（全世界に真実を知らしめてやりたいっ！）

筆頭秘書官としてフリードリヒに付き従い、その公務の場に控えることも多いマーリカは時折そんな衝動に駆られるが、国益を考えればできるはずもない。

「私の書類はすべて、愛情込めて君が目を通してくれるのだろう？」

すらりと長い手足。細身だが貧相ではない体つき。

全体的に柔和で穏やかな人好きのする雰囲気で、〝王都っ子（リントン）が選ぶ、会ってお話ししてみたい王族番付四位〟に入るくらいには、そこそこに民の人気もある。

「公正かつ慎重に精査いたしますが、決裁は殿下のお仕事です。あと顔が近い！　破廉恥事案（セクハラ）！」

「えー！」

「わたしで遊ぶ暇があるのなら、ちゃっちゃと書類を片付けてください」

「もう私の筆跡だってお手のものじゃないか！」

「殿下がご令嬢方への手紙の返事を滞らせるからでしょう！　手紙の代筆はしても公文書偽造は致

しません」

「私の顔に免じて」

「顔でなんでも許されると思うな！」

大変に美形であることは認めるが、それに惑わされて犯罪者になるつもりはない。

（王族としての資質は悪くない人なのに）

本当に見た目は申し分なく、温厚な人柄。平手でその頬を往復で叩いたマーリカを不問にし、おまけにそんな彼女に少々親しみあり過ぎる気もするけれど、何事もなかったように接してくれる懐の深さもある王子である。

これで怠惰でさえなければ――実に残念だとマーリカは嘆息する。

「ため息なんて吐いて、幸せが逃げちゃうよ？」

「殿下に捕まった時点で、すべての幸いから見放されております」

（わたしのこの一年にあるはずだった余暇を返せ。今日こそ官舎の自室に帰りたい）

「マーリカ、酷い」

「仕事しろ。仕事しないなら人の邪魔をせず大人しく座っていろ！」

王族だからといった遠慮は、わずかひと月の内に無しとしたマーリカだった。

でなければ仕事が進まない。気に食わないなら縛り首にでもなんでもすればいいと、半ば自棄にになってのことだったけれど、咎められることもなくいまに至る。

（この点に関しては、「人間叱られなくなったら終わり」なんて言って、殿下が寛大なのに甘えて

いる気もしないではないけれど）

「まったく王子の私に対して厳しいのだから。ああっ、でもそれが私の人生に新鮮な刺激を与えて――」

「寝言は寝てから仰ってください」

胸元を手で押さえて天井を仰ぐ芝居がかった動きで、美声を張り上げたフリードリヒの言葉をこれ以上ないほど淡々と冷たくマーリカは遮(さえぎ)った。

王族に危害を加えた大罪人として幽閉塔に送られるか、首を落とされてもおかしくないはずのことをしたマーリカを不問に付(ふ)した上、筆頭秘書官として取り立ててくれたのは有り難いと思っている。

しかし、マーリカとしては人生の汚点でしかない出来事を、時折まるで素晴らしき出会いの如く、芝居がかった調子で話すのは止(や)めてほしい。

悪意はなさそうだが、どう考えても嫌がらせである。

マーリカが机の上に分けていた〝決裁送り〟の書類をうんしょと抱えて、フリードリヒは彼の執務机に向かった。

「真面目にやるから、全部終わらせたらご褒美が欲しい」

「そもそも全部終わらせて当然な、殿下のお仕事です」

「私がたまに日課を真面目にやると、母上が頭を撫でて頬にキスしてくれたものだよ」

「おいくつの頃の話ですか。秘書官に、〝よくできましたー〟なんてされたいんですか？　まったく……そういえば、東の島国にキスと呼ばれる白身魚があるとか」

「なにそれ？」

「薄い衣をつけたサクサクの揚げ物が美味だそうですよ」

「そんなことを聞いたら、食べたくなるじゃないか！」

「かろうじて我が国でも入手可能なようですから、きちんと終わらせたら侍従長にお伝えし手配しましょう」

（深く考えずに言っているのはわかるけど、法務大臣に破廉恥事案（セクハラ）として報告しよう……疲れる）

文官達が言うほど無能な人ではない。

秘書官として彼の側に仕える前から、マーリカはそう思っていた。

調整官だった頃、彼の気まぐれには色々と苦労させられたけれど、彼の要望は無茶であっても無理ではなかった。調整がつかない点では、大臣他高官達やその奥方の我儘（わがまま）の方が実は厄介で無理難題だったりする。

視察ルートや行き先の変更が入っても、警護や安全確保が難しい場所だったことは一度もない。

王城の外などろくに知らない、常に馬車で安全な場所にしか足を地に下ろさない人なはずなのにと、書面上ながらいつしか気に掛かるようになった。調整にかかる手間や日数に対する概念がないとしか思えないのが、誰よりも迷惑だったこともあるけれど。

この点、いまはマーリカが気をつけているから、随分とましになっているはずである。そうだと思いたい。

現場の文官が振り回されるのは、フリードリヒ一人の問題でもない。

彼を内心侮り内容を誤魔化した書類を出す者、通常の手続きを通さない形で妙な動きをしている案件もある。そういったものは後で大抵面倒事を引き起こす。

（普段ろくに書類を見ない人なのに、そういったのには妙に勘が働くし）

強運の持ち主と言われている所以かもしれないけれど、やる気が出ないとか気が進まないとか言って、まるで相手の出方を見るようにぐずぐずと後回しにする。

着任初日がまさにそれだった。

「なんですか、これはっ！　どうしてこんな日数の過ぎた書類を大量に！」
見事な木彫り細工が施された厚い扉。白と金で彩られた壁に、深い青の絨毯、王家の権威を示すが如く紋章を掲げる柱。一目で一級品とわかる風格を漂わせている調度類。
室内のなにもかもが王族の威厳を示すような執務室の様子に圧倒されながら、これ以上なく気まずい着任挨拶もそこそこに、美しい飴色のフリードリヒの執務机に乱雑に積まれている書類が気になって、その大量の書類はなんですかとマーリカは彼に尋ねた。
言葉を濁して誤魔化そうとするフリードリヒに、彼の秘書官を拝命した以上はとやや強引に確認すれば、日数の過ぎた書類の多さにマーリカは軽く目眩を覚えた。

遅れた仕事の割を食うのは現場の文官達である。

着任早々、またもフリードリヒに詰め寄ってしまったマーリカにぼそりと彼は答えた。

「どうにも気乗りしない」

「は？」

「それに本当に決裁が必要なら、確認しにくるものではないかな。それもないってことは別に放置しても特段支障はないってことでは？」

「そんな理屈がありますかっ」

「でもねえ、これが結構そうだったりするのだよねえ」

あげく筆頭秘書官がいない間になんでもかんでも持って来られてもなどと言い出したフリードリヒに、では精査して仕分ければ見てくださいますかとマーリカが返せば、できるのならそうしてほしいねとのたまう彼にかちんときた。

「殿下、エスター＝テッヘン殿はいま着任したばかり……」

「問題ありません。着任した以上、殿下の補佐がわたしの仕事です」

間に入ろうとしたフリードリヒ付の護衛、マーリカを取り調べた赤髪の近衛騎士は額を押さえたが、構わずマーリカは黙って書類の精査に取り掛かった。すると驚いたことに、マーリカが見てもこれはいささか杜撰が過ぎると思えるものが大半だった。

「そんな……」

「ね、結構当たるのだよ、私の勘は」

書類の束を腕に抱えて呆然とするマーリカに、フリードリヒはそう言って肩をすくめた。

「勘や気分で仕事をされては、現場の文官が困ります。第一、それなら然るべき……」

「冗談だよ。そろそろ内務大臣に渡して処理してもらうかなとは考えてた」

それもどうかと思うとマーリカが困惑していたら、隣室からなにやら言い争うような声が聞こえ、執務室の扉を叩く音がして赤髪の騎士が動いた。

廊下から、急ぎ取り次ぎを乞うやりとりが漏れ聞こえてくる。

「どうした。アンハルト」

「殿下に急ぎ、お目通りをと」

着任挨拶でも紹介されないままでいた、赤髪の騎士の名はアンハルトというらしい。

マーリカを気遣うように見た彼に、このままここにいていいものかと彼女は思ったが、どうすべきか迷っている内にフリードリヒが入室の許可を出す。

特に外せと言われてもいない。いかにもどこかの部局の長らしい身なりをした中年男性がフリードリヒの前まで来て、その場を離れる機会を失ったマーリカは仕方なく秘書官として不自然ではないよう姿勢を正し、その場に大人しく控えることにする。

男が名乗り、それを聞いてマーリカはあれと思う。

さっき確認したばかりの書類の中で見た覚えがある名だ。彼女は腕に抱えた書類の心当たりのある箇所へ指を差し入れた。マーリカが動いて書類を触ったからだろうか、ちらりとフリードリヒが彼女を見たが、すぐにのんびりした様子で男へ視線を戻す。

（あった。整備局のアヒム・プレッツェル卿。建政部計画管理官……）
男の名が記された書類を探し当ててマーリカは念の為、指先に挟んでおく。

「火急の用って？」

「恐れながら殿下の許（もと）へお出しした書類が、お願いしておりました日が過ぎても戻ってこないものですから」

男の言葉に、ほらみろ気乗りしないなんて言って放置するからといった気持ちで、マーリカはフリードリヒにこちらですと指に挟んでいた書類を差し出した。

建政部は建築許可や王都の整備計画を担う部署だ。職務上大きな予算を動かし権限も強く上級官吏が多くいるためか、マーリカの印象ではちょっと横柄な人が多い部署である。

市街地の路面整備案件。規模の大きいそれは必要経費の金額の根拠に欠ける内容だった。

「試算に関する記述が一見仔細（しさい）に見えて曖昧。しかしながら財務局調整済みとあるのが不思議だと」

わたしは思います、と胸の内でマーリカは付け足す。

言葉だけを聞けば、フリードリヒがそう言っていたようにも聞こえるはず。

フリードリヒは書類をろくに見ていない。だが、こうして確認に乗り込んできた者にそれを悟られるのは体面の話だけでなくきっとよろしくない。

己の都合を通そうとする手合いは、なにを駆け引き材料にしてくるかわからない。マーリカは調整官だった時に王宮に十数年勤めている上級事務官にそう教えられた。

年齢はマーリカと変わらないが、少年の頃から下働きの仕事で王宮に出入りし官吏に取り入って事務官になった人だった。世間知らずのご令嬢に仕事を目茶苦茶にされても困ると面倒そうに助けてくれた。いい人とは少し違う。他所と揉めるまで見て見ぬふりでご令嬢はこれだからとマーリカを冷笑しつつ、先方を取りなすやり方で見えない力関係や取引があるのを教えるのではなく見せてくれた。最初の一年を乗り切れたのは彼のおかげである。

「プレッツェル卿、失礼ながら、別に作成されている資料があると思うのですが」

（あらゆる予算の細かい箇所をねちねちと追及し、差し戻すのを仕事としているような財務局がこんな内容で認めるなんて有り得ない）

「何だ、貴様」

「彼女は私の筆頭秘書官だよ。辞令出ていたでしょ」

「ああ、例の……殿下も物好きですな。儂は殿下と話している。来たばかりの者が余計な口は挟まないでいただきたい」

「君の感想はどうでもいいけどさ、えーと……」

いま聞いたばかりの名前を覚えていない様子のフリードリヒに、本当に無能かっ、と内心呆れつつ、マーリカは書類を見ろと密かに彼に目配せしたが無駄に終わった。

「あーまあいいや。知っての通り、私が取り立てた第二王子付筆頭秘書官。私の言葉を君たち現場を指揮する者に伝えることもその役目とする、私に仕える臣下だ」

「いや、その……」

「折角来てくれた高官職の者だ。マーリカ、挨拶しておいたら？」

フリードリヒはプレッツェル卿とマーリカを交互に見た。この部屋にマーリカを迎えた時と変わらずにここにこと微笑んでいる。マーリカはプレッツェル卿に向き直って彼の様子に目を瞬かせた。入室して来た時は苛立ちに紅潮していた顔色が、いまは血の気が引いたように蒼白になっている。

「あの、ご気分でも……」

おまけに挨拶しろと指示したのはフリードリヒであるのに、マーリカが卿を気遣えば、パンッと手を打って「はいっ。話はこれで終わり。いいよね」と、彼を下がらせた。

（えっ、終わりってまだなにも……こんなのって）

「うん、流石。私の秘書官にするのを大臣達が認めただけはある。ねえ、アンハルト」

「相変わらず、引きの強い」

「あの、殿下。あのような……よろしいのですか？」

「よろしいよ。書類の精査と仕分けはこの調子でよろしく」

（本当に、あれから秘書が全部やっている状態に……内務大臣が色々教えてくださったからなんとかなったけれど）

それにいまはこちらから確認もしているから、案件を強引に通す動きがあっても現場が大迷惑を被ることは以前と比べたら少ないはず。そのはずだとマーリカは書類にペンを走らせながら自分自身を納得させるように繰り返す。

少なくとも、彼女の部下の秘書官達はほぼ定刻で仕事を終えられるようになっている。

カミルに手厳しい指摘はされたけれど、疲弊した部署が一つ、以前よりは健全な状態になりつつある。いまはそれでよしとする。

「マーリカ、そういえば君と出会ってそろそろ一年か……」

「左様ですね」

「突然、部屋に押し入ってきた男装の麗人に、壁際に追い詰められる日が私の人生に来るとは思ってもいなかった」

「語弊のある言い方は止してください。殿下の言動一つで、どれ程の文官武官が迷惑を被るかお忘れなきよう」

「私が言ったことが無理なことなら、そう言ってくれたらいいのに」

「我々は、国王陛下はもちろん殿下が望まれるなら、まずは叶えようと考え動くものです」

執務机の椅子の背もたれに両腕を枕にして寛ぐフリードリの様子を眺めて、これは仕事する気がないなと思いながらマーリカが言えば、彼女を見た彼と目が合った。

「明らかに間違った望みでも？」

「我々臣下に進言する権限が与えられているのは、なんのためだと？」

「ふむ、成程。マーリカが言うと説得力がある」

フリードリヒは座り直すとペンを取り上げた。意外だ。仕事をしてくれるらしい。

それにしても彼の言動はその裏になにか考えがあるのかないのか、マーリカにはよくわからない時がある。

着任初日の出来事も、マーリカの実力を推しはかったと思えなくもない。

偶然執務室にやってきた人だったけれど、あの時高官職のプレッツェル卿に向かってフリードリヒの口からはっきり筆頭秘書官の職務と立場を伝えたためだろう。内心はともかく、少なくともまともに取り合わない態度をマーリカに取る者は彼以降一人もいない。


『君の感想はどうでもいいけどさ』

『私の言葉を君たち現場指揮をする者に伝えることもその役目とする、私に仕える臣下だ』

（いま思い返せば諫めてくれたようにも……いやでも殿下の場合、本当にどうでもいいもありえる。止そう、考えるだけ無駄だ）

「……それにあの人、国費横領で更迭されたし」

「ん。なに、マーリカ」

「なんでもありません」

本当に噂通りの運の良さだとマーリカは胸の内でひとりごちる。

もしろくに書類を見ないまま承認したり、内務大臣に進めるよう指示したりしていたら文官組織の長として誹議(ひぎ)は避けられない。

マーリカもフリードリヒも黙っているから、執務室は静かだ。

書類仕事をするペンの音の二重奏だけが聞こえる。

一年前と比較すれば、少しはフリードリヒ自ら仕事をしてくれるようになっている。

そう、思うけれど――。

「マーリカ～、手が疲れた」

「すぐ飽きる、幼児ですか」

(確認してただ署名するだけの書類。一度の集中で片づく件数が三件から五件になった程度の進歩なのがっ。いつもより件数多いのに、絶対っ、帰れない……っ)

今日もマーリカは。

フリードリヒがすべての仕事を終えるまで彼の私室にまで付き従い、彼を監督するのだった。

まったくこれではどちらが上司だかわからない。

近頃の彼女の寝床が第二王子の私室の立派なソファになっていることを、周囲の者達が知って騒然となるのはもう少しだけ先のことである。

三　手紙が届いた、差出人の名前はない

オトマルク王国、王都リントン。

賑わう街を見下ろす高台に立つ王城の一画。

第二王子フリードリヒ・アウグスタ・フォン・オトマルクの執務室。

午後の気怠さに、女神に愛されし美貌も台無しにするだらしなさで、うーんと両腕をのばし執務机に突っ伏したフリードリヒの前を、ひらりとなにかが横切る。

それを反射的に彼は掴み取った。

「おや？」

彼宛の一通の手紙。しかし、差出人の名前はない。

「ふむぅ……成程」

マーリカが会議へ行く前に頼んでくれたらしいお茶とお菓子と、ついでに分厚い書類もトレーに載せてやってきた、フリードリヒと同年代な古参の男性秘書官がそれらを机の上に置いていったばかりだった。

どうやら隣室で働く秘書官の誰かがうっかり書類の間に挟み入れてしまったらしい。

フリードリヒが机に突っ伏した時に、崩れた書類の隙間からひらりと滑り出てきたのだろうと推理して、彼は手に掴んだ封が切られていない封書をしばらく眺め、にんまりと口の端をつり上げる

と机から身を起こす。

机の上の分厚い書類が目に入る。それは近く開催される、〝王都大豊穣祭〟の警備計画書、期間中の式典や視察行程、その他諸々の書類を綴じたもので辞書程の厚みがあった。

毎年、よくこうも分厚い書類を作る者がいると思っていたが、考えてみたら一昨年と昨年は、いまは彼の筆頭秘書官である者の手によるものだったのかもしれない。

フリードリヒ付になる前の彼女は、調整官としてこの手の行事の連絡調整を担い、各所の動きを取りまとめるのに奔走していた。調整官の働きがあって関係各所の仕事は連携され王都の様々な催しは円滑に進行する。

「ちょっとくらいは見ておけばよかったかな」

第二王子と上級官吏でも一介の現場の文官では、その距離は遠く、直に接することなどまずない。マーリカは伯爵令嬢だが社交の場に出ていないため、一年と少し前に彼女がフリードリヒの執務室に物申しにやってきたあの出会いまで、彼女との接点はなかったつもりでいたら意外なところにあったものである。

彼女がフリードリヒの筆頭秘書官になって、別の者がいまはその働きをしているようだ。他の書類と一緒に崩れて中途半端に開いた扇のようになっている端を糸で綴じた分厚い書類を眺めながら、こういったところが組織の面白いところだとフリードリヒは思う。誰かが抜けても抜けた後には誰かが入り、その働きや機能が失われることはない。

なにかの生き物、あるいは精巧な機械のようで、もし手に持って扱えるものであるのならば、小さな骨組みや歯車をひとつ残さず解体し仕組みを調べてみたい欲望を覚えるが、組織は手の中で弄(もてあそ)べるものではない。物体とはまた違うやり方で、一つ一つ解体することは考えればできそうな気もするけれど、たぶんそれはしてはいけない気がする。

幼い頃、骨格標本や時計などを彼が満足するやり方で解体すると、周囲の大人が怖れを帯びた奇異の目で見たものだし、なにより疲れそうだ。

「大祖母様が生きていたら、またひどく心配そうな顔をするだろうしねえ」

フリードリヒが六歳の時に亡くなるまで、彼をとても可愛がってくれた人だった。

時折、王宮から彼女お気に入りの離宮に連れ出してくれた。そこは美しく楽しい場所で、まだ幼い彼の手にその扉の鍵を握らせて、彼女は「お前はとてもいい子だけれど、その資質は心配だ」と言った。その時の憂い顔はいまも鮮明な記憶として残っている。

「それはさておきっ！」

手にした手紙を目の前にひらひらとかざして、フリードリヒはふむとしばし黙考する。

本来、このような怪しげな封書が彼の手元に渡ることはない。

怪文書なら平和なもので、薄い刃や毒針、毒粉(どくふん)などが仕込まれている危険や、あるいは人毛や爪、虫の死骸のような大変気味の悪いものが入っている可能性もあるからだ。

もちろん匿名の意見書や告発文の可能性もある。

そのため必ず彼の秘書官が中を検(あらた)めて、中身に応じて適切に処理する。

「ま、いいよね」

フリードリヒは好奇心に突き動かされるままに、ペーパーナイフを執務机から取り出して封を切る。

そんな考えなしのことをするのが、彼が管轄している文官組織の文官達から〝無能殿下〟と呼ばれている所以であった。

執務室に届く彼宛の手紙は明らかな私信でない限り、原則すべて開封後に渡される。

私信であっても心当たりがあるか確認が入る。

怪しげな手紙の封を切るという行為に冒険心も刺激され、彼はうきうきしていた。中身は幸いただの手紙のようで、封筒から取り出してフリードリヒはそれを読んだ。

あまり上等ではない紙にフリードリヒに向けた、なかなかの言葉が並んでいる。

「うーん、ごもっとも」

フリードリヒは手紙にうんうんと頷く。

もしもいまここに彼の筆頭秘書官がいれば、書類の間に手紙があるのを彼が見つけるより早く気が付いて取り上げただろう。そうしてこの手紙の文面を確認して「殿下が気にするようなものではありません」と無表情に淡々と告げて終わりにするはずだ。

しかし彼女は現在、大臣達を集めた会議に出ている。

フリードリヒはこの手紙を見つけたのが、マーリカではなく自分でよかったと思う。

きっと彼女はフリードリヒとは異なる解釈をする。

「しかし、私の名前で皆を集めて会議を開いて、私は出なくていいのかなって気もするけれど。私の仕事を極限まで減らしてくれるマーリカは、実に主思いの秘書官で臣下だ」

読み終えたばかりの手紙の隅を口元に、フリードリヒは目を伏せてうんと頷く。

『――殿下がいらっしゃると話が面倒になります。頼みますから、お部屋にいてください。いいですね？　大人しくここにいる！　抜け出さない！　書類を片付けてくださったらうれしいですが、そんな気の利いたことは望みません。後ほどお茶とお菓子を部下に持ってこさせましょう。約束できますか？　それぐらいできるだろ、御歳二十六の大人なら！』

今日の護衛当番の近衛騎士はアンハルトではなく彼の部下なので、マーリカの言う通りに大人しくしているからと言って、秘書官の詰所とは反対の隣室に控えてもらっている。だからこうして手紙もフリードリヒ自身の手で開封できたのである。

「アンハルトでなければ少々散歩しても気付かれない自信はあるけれど、ここで大人しくしているとマーリカと約束してしまったことだしね」

献身的な臣下である彼女に王子として応えるべきだろう。

今日の会議だけでなく、つい先日、なにかの利権をめぐって緊張状態であるらしい北方の一部が接する小国の使者との会食の際も、フリードリヒのために彼女は先方の情報を整理し、想定される会話について問答集なども用意してくれた。ついうっかり資料に目を通しておくのを忘れてしまったのは彼女に悪いことをしたけれど。

「……忘れてしまったものは仕方ない。次は気をつけるということで」

北方の一部が接する小国は、オトマルク王国主導で同盟国間に通そうとしている鉄道の、その線路の一部が通る場所に位置する。そのため鉄道用地とその他条件を協議している最中であった。

「その小国、シュタウフェン家治めるメルメーレ公国は長子相続ではないため、現在、水面下で強硬派の第一公子と穏健派の第二公子の間で次期君主争いの最中との情報が」

「兄上の諜報部隊はいつもながらいい仕事をするねえ」

「自ら武官組織を指揮する王太子殿下を、殿下も少しは見習ってください」

「人には向き不向きがある。私が指揮したら皆が大変になるだけだよ？」

「……殿下もご承知の通り、鉄道は都市開発や商業等莫大な利益を生みます。そのため彼(か)の国は本案件を次期君主への一手と見ている向きが。会食相手の使者がどちら側かまでは掴めておりません。どうぞ慎重なご対応を」

「まったくもって気乗りがしない。食事は楽しく。仕事と一緒にするのよくないっ」

「本日は殿下向けかと存じますが？　なにもしないはお得意でしょう」

まるでフリードリヒが書類を読まないと想定していたかのように、会場へ向かう前に、マーリカが一通り説明してくれたが、フリードリヒは興味の持てないことを覚えるのが苦手である。特に人の名前などはたとえ覚えなくても、側にいる誰かがこっそり教えてくれるから特に不便を感じたこともない。

その時も、会場でマーリカが耳打ちするように教えてくれた。

彼女の吐息が耳元をくすぐって、思わず口元を緩めそうになり、慌てて澄まし顔に戻して維持するのは大変だった。後で破廉恥事案(セクハラ)などと報告されてはいけない。

――あとでシメる……泣かす……。

不意に、地の底を這うような呟きが聞こえてフリードリヒは首を左右に回した。

けれど後ろに控えるのは常に冷静で仕事は完璧な彼自慢の筆頭秘書官。

黒髪黒目のすらりとした姿も麗しい男装のマーリカであるし、まさか目の前に座る会食相手の使者がそんなことを言うはずがないから空耳に違いない。

ひとまず名前はわかった。しかし、相手の情報がなにも頭に入っていない。

たかが会食、されど会食。正式な会談でなくても言質(げんち)を取られて後の交渉に響くこともある。相手はなにかしらの思惑を持ってこの場にいる。フリードリヒだって、それくらいのことは心得ている。

しかし、覚えていないのだから仕方ない。

フリードリヒは、彼の関心事の一つである食べ物の話をすることにした。

なにもしない方がいいと言われたことは覚えている。外交につながりそうな話は避けよう。

それに、美味しいものがうれしいのは万国共通だ。

最近、狩猟に出かけ、今年は北から渡ってくるこれこれの野鳥が丸々としていて、専属料理人が新たに考案した料理にその肉を使い大変素晴らしい一皿になったと話す。

とりとめのない彼の話に、使者の表情が若干引き攣った笑みとなり、その相槌は段々と虚(うつ)ろに、会話が苦痛だといった気もそぞろな様子へと変化していく。

(うん、これはスベっているというやつだねえ)

話しながらフリードリヒもそう思ってはいたが、だからといって迂闊に難しい話をして失敗するわけにもいかない。国王である父や王太子の兄、マーリカをはじめ周囲の臣下達から叱られるのも嫌だし、なにより国が大変なことになったら困る。

国に不利益をもたらすことと比べたら、会話がつまらない王子と評価されてヨシっと、フリードリヒは暢気に考えていた。

「……ですから冬になる前に再び狩猟に出て、どうせなら親しい者に声を掛け、新たな美味を皆で楽しもうかと考えているのです。美味なるものとはいくらでも追求できて奥深い」

王都流行誌(ジャーナル)に寄稿しようと思っている話など、我ながらいよいよもってどうでもよいことを喋っている。取り繕(つくろ)ってはいるものの相手はげんなりしている。

第二王子で上にも下にも兄弟がいるフリードリヒは、相手の表情を読むのはまあまあ得意だ。ただそれが役立ったことは特にない。

食事を終えて、談話室へと部屋を移り。

お茶を飲みながら、これは会食失敗かなー、叱られるかなーと思いながら、フリードリヒが茶菓

子を摘んだ時。

相手の使者も己の仕事をせねばと思ったのだろう。「フリードリヒ殿下」と、固い声で呼びかけてきた。

「すべてとは申しません。ですが出来る限り殿下のご意向に沿うことができますよう、戻って我が君に進言いたしましょう」

「ん？」

（なんのご意向？　私何か言った？）

まったく思い出せない。下手に尋ねると墓穴を掘りそうだ。なにやらこちらの意向に沿うというようなことを言われた気がするが、この会食はなにもせず終えるが正解なのだ。

フリードリヒは、〝腹黒王子の黒い微笑み〟と一部の者を震え上がらせる微笑を深めて無言で応じた。いや、誤魔化したのだった。

（なんだろうねえ、本当……）

数日後、使者から礼状が届いた。なにかもっと偉い人の手紙も入っていたらしく、その日を境に大臣達やマーリカなどフリードリヒ周りの者達が忙しそうにしている。

フリードリヒの補佐役として公務を手伝い始めている、すぐ下の弟である第三王子とその側近達までもがなにやら慌ただしい。

「——殿下」

彼の名を呼ぶ声に、フリードリヒは我に返った。

手に持っていた手紙がかさりと乾いた音を立てたのに誘導されたように、彼が目の前の執務室の風景に意識を向ければ、正面に彼の筆頭秘書官が真っ直ぐに立っていた。

「あれ、マーリカ。君いつ戻ってきたの？」

「数分ほど前に。入室時はもちろん、何度かお声もかけました」

淡々とした返答。少々、疲労が見える。

しかしどんなに疲れていても、彼の筆頭秘書官のおかしがたい凛とした美しさは変わらない。黒髪を引っ詰め男装に身を包んだ、令嬢にしてはやや背の高い、引き込まれるような黒い瞳をした涼やかな美人。

疲労が滲（にじ）むその顔は、憂いを帯びた麗しさ——だが、フリードリヒを見る目が若干血走っている。

「ああ、ごめん。手紙を読んでいて気がつかなかった」

「手紙？」

机に片肘をつき、持っていた便箋をフリードリヒがひらひらとマーリカに見せるように振れば、そんなもの見覚えがないと言いたげに彼女は眉を顰めた。

「今朝、そのようなものが届いていた覚えはありませんが、私信ですか？」

「いいや。誰かがうっかり書類と一緒にしたみたいだ。差出人不明で気になるから開……」

「開封したのですかっ⁉」

「うん。だから読んでいた」

「なにを考えているのですっ！」

まるで雷のように、マーリカの怒号が執務室に響き渡る。

彼女の剣幕に驚いて、フリードリヒは慌てて危険なものではなかったと訴える。

「なんともないよっ、ただの嘆願書のようなものだったよっ」

「なんともあったら一大事です！」

「で、でもほら仮に毒が仕込まれていたとして……それだと確認するマーリカが危険だ。はっきり言って、私よりマーリカの方が王宮には必要な人材であるし、そこを私が救ったとなれば一躍英雄えっへん」

ダン！

真っ直ぐな姿勢のまま片足で、マーリカが床を踏み鳴らす。

再び驚いて目を見開いたフリードリヒを無表情で見据え、マーリカは己を落ち着かせるように深呼吸した。

「殿下。自虐か威張るかどちらかに。そもそも、そのような事で殿下に万一のことがあれば責任を問われるのはわたしです。不敬をやらかした記録もありますから、暗殺を疑われ首を刎（は）ねられかねません。動機ならいくらでもありますし」

「あるんだ」

「むしろないとお思いなのが不思議です。ですから殿下の御体を張ったその死はまったくの犬死です。い・ぬ・じ・に・で・す！」

「えー」

マーリカから聞かされた衝撃の言葉に、フリードリヒは少しばかり落胆する。

そんな彼の様子を見て、マーリカはまったくとため息を吐いて肩を落とした。

「何事もなくてよかったです」

「マーリカ……」

「殿下ではなく、わたしの保身のために。拝見しても？」

「あまり愉快な内容ではないよ」

「でしたら、なおさら検めるべきでしょう」

世話が焼けると言いたげな表情で再びため息を吐くマーリカに、フリードリヒは手紙を渡した。

フリードリヒから手紙を受け取って、目を通すマーリカの眉間にみるみる皺が寄っていく。

手紙にしたためられていた言葉の数々をまとめて要約したなら、大体こんなところだ。


〝エスター＝テッヘン伯爵令嬢が仕えるに、フリードリヒ殿下は相応しい相手ではない。早々に解任されたし。我が王国にとっても由々しきことである〟

「わたしへの嫌がらせの手紙です——申し訳ございません」

「私へでは？　差出人の名前はないけど、宛名は私だよ」

「隣室に届けられるため書類にまぎれて殿下に渡ったようですが。手紙は原則わたしが検めます」

「うん」

「殿下宛の嘆願書の体裁であれば、わたしの一存で無視はできません」

「つまり、マーリカへの非難と私への進言どちらも叶う」

「その通りです」

フリードリヒの予想通りに解釈したマーリカに、彼は疑問を口にする。

「そうかなあ？」

どちらとも読めるわかりづらい文面だが、〝相応しくない〟はフリードリヒ側にかかっていると思う。

「弱小伯爵家の三女。貴族の中では微妙な身分でしかも女のわたしが、顔と運だけの第二王子とはいえ、王族付秘書官であることを快く思わない方はいます」

「いま、さらっと私にひどいこと言ったね？」

「まさか」

「まあ、私ほど公務に向かない王族もいないけどさ」

フリードリヒは己について、愚かではないとは思うが、かといって賢いとも有能とも思ってはいない。王族として必要な知識教養や嗜むべきことは最低限こなすが特出するものはない。困らない程度以上に覚える気がなく、研鑽意欲もないので当たり前だ。

「第二王子でよかったなあって思うのだよねー」

「殿下、ご自分を卑下なさるのはよくありません」

「君だって、よく無能って怒るじゃない」

「やればできることをしないからです。王族に求められる能力の水準はそもそも高いのですから、並みでも一般貴族の中では中の上くらいはあるかと」

「微妙な評価だ」

（でも、概ね合っている気はするかな）

　マーリカは、幾分フリードリヒを買い被っているところがあると彼は思う。結構辛辣な言葉を口にはするが、彼を無能殿下と陰で揶揄する文官達と違い、出会った最初からそうだった。やればできることをしない、愚かではないのにと本気で腹を立てる。

　しかし残念ながら、いつもマーリカに答えている通りが真実そのままなのだ。

　やればできることをしないというよりは、興味がないことへのやる気が出ない。

　幼少期から課せられてきた学問や鍛錬も、教師や指南役がぎりぎり認めるところ以上はする気がなかったし、日課から解放された後はきれいさっぱり忘れた。

　忘れることは、フリードリヒの特技である。

　別に困らない。学問は彼等に教わる前に本を読めば理解できることを知っている。必要な時に読み返せば済む話である。鍛錬についてはまあ一度体が覚えたことはそう苦労せず少しやり直せば動けないことはない。

「それに第二王子っていっても、王太子の兄上は優秀で結婚して子供も男子が二人。健やかに成長もしているしさあ」

後継者に関して王家は安泰。

長兄のスペアといった第二王子の役目からも、フリードリヒはほぼ解放されている身だ。

執務へのやる気のなさを常々公言しているため、彼を担ぎ上げようとする派閥もない。

それ以前に、いまある程度力を持っている者達は、幼い彼を奇異の目で見たことがある者ばかりだから、もとよりそんな気もないだろう。

「まだ二十六だけど、正直、景色のいい郊外の離宮に隠居して暢気に暮らしたいよねえ」

「殿下」

「大祖母様のお気に入りの離宮があってね。古い暖炉があって、赤いバラが植わっていて、子犬と暮らす～私の横には～君が――」

「おいっ、戻ってこい」

「折角、調子づいてきたところだったのに」

「なんの調子ですか。隠居？　はっ、鉄道利権絡みでやってきた例の使者との会食一発で我が国に有利な条約締結へ誘導した殿下がご冗談を」

「マーリカ、なんだか冷たい……」

マーリカの冷笑と皮肉に、執務室内の温度がどんどん下がっていくように感じる。たとえるなら、雪に閉ざされた真冬の山くらい下がっているような気がする。

公務以外は王城の中にいるはずの第二王子。雪に閉ざされた真冬の山などもちろん行ったことはないけれど、この凍えそうに冷たい空気はきっと似ているに違いないと彼は思う。

「わたし如きが用意する資料、対処についての注意など殿下には無用ですとも。あの最近食べて美味しかった野鳥料理や狩猟の話！」

「えっと……なに？」

「北から渡る野鳥、北方の彼(か)の国のことでしょうか。親しい者に声をかけ？〝出方によっては同盟国に声をかけ撃ち落とすのも辞さない〟とは脅しも同然。美味なるものとはいくらでも追求できて奥深い？　その羽一本も残さず毟(むし)り取って骨までしゃぶり尽くすおつもりで？　果ては王子が大衆誌に寄稿などと、〝世論を動かすのも一興〟と先方は捉えたことでしょうね。どうでもよいような話と見せかけた完璧な牽制(けんせい)、お見事としか」

「あのー、マーリカ？」

「ざくざく肉をナイフで切り分けながら無邪気に語るお姿など、どこの性格破綻者のやばい暴君かと！」

（マーリカ……マーリカ嬢？　マーリカさん……？）

「適当に好きに話しただけ？　相手が勝手に言葉を深読みした？　ご謙遜を！」

「ね、マーリカ」

「そんなことで、三度も四度も大きな案件が決まってたまるかっ！」

「ごめんなさいっ！　資料は読むのを忘れました！　適当に当たり障りのない話をしたらこうなりました！　すみませんでした！」

「流石の功績を上げて一体なにに対する謝罪です。どんな謎の強運ですっ⁉」

（私を見る目が怖いよ、マーリカ……。コロス、マジ、コロスって目だよ。ちょっと涙ぐんでいるのは可愛いけれど）

フリードリヒが黙っていると、すんっ、とマーリカは軽く鼻を鳴らした。

そうして彼女は上着の襟元を直し、冷静な普段の第二王子付筆頭秘書官に戻った。

「申し訳ありません。激務のせいで少々取り乱しました」

「うん……で、大臣達との調整がどうのと言っていたのは？」

「はい、なんとか。皆様、お顔の色が青くなったり白くなったり赤くなったりしておりましたが。ちなみに文官達は土気色になっています」

「うん、君もこころなし青黒いね」

（それもまた麗しいのだけど。こんなに綺麗で優秀で、王子の私にも容赦なくて、それでいて献身的に尽くしてくれる秘書官が他にいる？　いないでしょう。気に入るなってほうが無理な話だ）

そんなマーリカを好ましく思うのは、フリードリヒだけではないらしい。

先月号の王都流行誌の〝王城特集〟。

〝上司にしたい文官番付〟の四位にマーリカの名前が掲載されている。

（上位三位は偉い立場の人への忖度も入るだろうし、実質一位のようなものだよね）

投票者意見欄には、「部下思い」、「定刻で帰らせてくれる女神」、「超有能」、「意見しにくい高位の人に言うべきことを言ってくれる」、「格好良くて素敵」などなど。

随分と慕われている……これは油断ならない。

（手紙も、彼女を私付にしているのは勿体ないから、さっさと解放しろって意味なのに。解任なんて冗談じゃないけど）

マーリカ自身は、どうやら周囲から慕われていると思っていないらしい。

一般的な貴族令嬢のように柔らかで優しい雰囲気ではなく、言葉の調子も淡々と事務的になってしまうことに対し劣等感めいたものを抱いているような所もある。

（いつも冷徹なまでに全方位塩対応なのに、たまにしゅんって気弱になるのだよねえ）

マーリカが厳しいのは、フリードリヒにだけではない。

例えば、子供が生まれたばかりの部下に、「執務に身が入らないのは困ります」と仕事を取り上げて帰らせる。

無理難題をふっかけにきた他部署の文官に「ご覧の通り、手一杯で無理です。見てわかりませんか？」などとけんもほろろに追い返すなど。

（彼女の部下達、これまでにない士気の高さだし。いやーでもあの厳しさは私だけに向けて欲しい。特にあのぞくぞくするような、凄みのある眼差しはっ）

「殿下」

「ん？」

「なにをお考えで？」

「なにも」

「ならいいですが……妙な怖気がしたもので」

フリードリヒに対してなかなか失礼なことを呟くと、マーリカは彼の執務机からよく見える位置に設置された彼女の席に着いた。

「手紙はわたしが処理します」

「うん」

その後は、何事もなく。

怠惰な第二王子と、その世話を焼く秘書官のいつもと変わらない執務室での二人のまま、秋の日は暮れていった。

四　人の噂はあてにならない

オトマルク王国、王都リントンから東の郊外。

薄い緑青色の屋根を持つ、左右対称な白い建物。

優美な曲線に装飾された美しい宮殿は、二百年ほど前にオトマルク王家に仕えていた、さる公爵が作らせたものであり、当時流行ったバローコ様式の傑作といわれている。

後にオトマルク王家のものとなり、いま現在は主に迎賓館として重要な外交行事や議会の場として使われている。

白い壁。金彩の施された柱。大きく開いた窓辺を彩るのは金糸のタッセルでまとめられた深紅のカーテンといった一室。優美な猫足の椅子とテーブルの席に、二人の貴人が並んで腰掛けていた。

一人は、白髪混じりの灰色の髪を撫で付けた恰幅のいい中年男。

羽織っている上着の、艶のある黒い絹に燻銀の装飾ボタン、重々しい太い金のモール刺繍の装飾が、彼が国の威厳をも纏ってこの場に臨む外交官であることを表している。

もう一人は、外交官の男よりずっと若い青年だった。

白絹のジャケットに赤いサッシュを斜め掛けした装いは、淡い金髪が美しい優しげな容貌にこれ以上なくよく似合っている。

緊張の色が隠せない外交官の男と違い、悠然と穏やかに微笑みを浮かべる様は若くても威厳があり、その容姿の高貴さは、彼がただの若者ではないと人に思わせる。

実際、彼はただの若者ではない。

フリードリヒ・アウグスタ・フォン・オトマルク。

深謀遠慮を要求されるオトマルク王国の文官組織を統括し、外交手腕においては、〝晩餐会に招かれればワインではなく条件を飲ませられる〟といった噂がまことしやかに囁かれるオトマルクの第二王子。

ただいま調印式の真っ最中。

鉄道利権を巡っての条約締結、批准書に署名を行うその厳(おごそ)かなる儀は粛々と進行し、文官が批准書を外交官の男の前へ運び、彼が署名したその書類をフリードリヒへと渡す。

書面を見て署名するその寸前で、フリードリヒは何故かふと手を止めた。

背後に控える秘書官をペンを持たない手で呼び、ひそひそと彼等以外には聞こえない音量で話す。

フリードリヒの横に人二人分程の間隔を置いて座る外交官の男は、まさかここにきてなにか問題がと気が気ではない。嫌な脂汗が額に滲むのを感じる。

（なにせ相手は、腹の底の読めぬ腹黒王子……）

以前、会食の場においてこの王子は、にこやかな微笑みで大陸をそのように切り分けると示すが如く、皿の上の肉にナイフをいれながら、同盟国と結託し、出方によっては強硬手段や世論を煽って孤立させ、屠(ほふ)り尽くすことも辞さぬと、使者として彼と相対した男に迫ってきたのである。

そんなことをされたら、水面下で次期君主の座を巡り君主一族が内輪揉めの最中である小さな一公国などひとたまりもない。

王国主導の鉄道事業。そのごく一部分の鉄道用地を保有しているからといって、その権利を盾に、小国が調子に乗るなといった明らかな牽制であった。王国から提示された条件が思いの外、協調路線な内容だったのに男は心底ほっとした。できる限り意向に沿うとその場で伝え、君主に一筆書かせて誠意を示したのが幸いしてのことと思いたい。

欲を出しているのは強硬派の第一公子とその派閥で、その不興は買ったが構うものかと男は内心ひとりごちる。現君主と第二公子の了承は得ている。表向き中立の立ち位置を取っているが、男が仕えるのは第二公子で、周辺諸国との協調、経済発展と技術の振興を志す穏健派の彼こそが次代の君主と思っている。

この条約締結は後継者争いにおいて我が君を大きく後押しする。

絶対に失敗するわけにはいかない。

――でしたら結構です。

やや低く淡々とした声が小さく聞こえ、外交官の男はその声の主を横目に盗み見る。

(腹黒王子が唯一信頼を寄せる秘書官。オトマルクの黒い宝石……)

昨年あたりから周辺諸国との交流の場で時折話題にのぼる、オトマルクの腹黒王子が抜擢したらしい筆頭秘書官。この国で女性がそのような立場についたことはこれまでない。

春の陽を思わせる、穏やかで優しげな容貌の第二王子とは好対照。

黒髪をきっちりと結い上げ、黒い瞳の眼差しは冷ややかですらある。男装の麗人。

その美貌から、当初はあの腹黒王子でも個人的な思い入れで人を配するかと興味本位で話す者が多かったが、そんな愚かしいことはいまや誰も口にしない。

マーリカ・エリーザベト・ヘンリエッテ・ルドヴィカ・レオポルディーネ・フォン・エスター＝テッヘン。

長い名前を持つ彼女は、王国建国以前から続く由緒正しき伯爵家の令嬢である。

（エスター＝テッヘン家。調べてみれば、君主一族と外戚関係にある侯爵家とつながる官吏の家の本流。末端の官吏が我が国の内情など知り得るはずなく漏れるとも思えぬが、大陸に広く縁戚を持つ家が、無名といっていい程知られていないのも不気味だ）

うら若き令嬢と思えぬ落ち着き払った様子といい、底知れないのは王子だけでたくさんだと外交官の男は内心嘆息する。それは周辺諸国の者達もほぼ同意見であった。

「マーリカ」

「……なんです、殿下」

「署名ってここでよかったよね？」

「はい。くれぐれも綴りをお間違えなきよう」

「わかってるよっ」

「でしたら結構です」

偉大なる王国に睨まれたと思い込んでいる哀れなる外交官の男は、白い頬に強く赤みがさす顔を暗くさせながらじっと時が過ぎるのを待つばかり。まさか二人が、ひそひそとこんなくだらないや

りとりをしていたなどとは露ほども思っていない。

（ここまできて、なにか起きたら本国に顔向けできない）

人の噂はあてにならない。

第二王子もその筆頭秘書官も。

周辺諸国の者達が見る彼等の姿と、オトマルク王国側、特にその文官組織の者達が見る彼等の姿が一致しているとは限らない。

何事もなかったようにすらすらと署名したフリードリヒに、外交官の男はほっと安堵の息を吐く。

条約締結の宣言と盛大な拍手が起こり、署名した二人は立ち上がって晴れやかに握手を交わした。

やれやれ終わったと調印式を終えて部屋から廊下に出たマーリカは凝った首周りをほぐすように頭を左右に動かした。

要人達は晩餐会へ。あれこれとその段取りや準備を行なった者達は後片付けである。

「マーリカ嬢」

「はい。ああ、ビルング侯！」

廊下に出てすぐ声をかけられたマーリカは振り向いて、国王陛下の側近の一人である侯爵の姿を見て慌てて姿勢を正した。気難しい大臣達の調整役に入ってくれた人である。

「この度のことではご助力を賜り……」

「いやいや、そう畏まらないでくれ。妻の親友の妹である君の役に立てるならと微力ながら連絡役になっただけだ。それに君の父上には借りもある」

「はあ、父に……ですか」

由緒正しき伯爵家とは名ばかり。

古い血筋というだけで、お金も力もこれといった名誉もない。

両親も、二人の姉も、揃っておっとり大らかな暢気者一家。

なんとなく枝分かれした分家の人々は諸国の王侯貴族と遠く縁づいてそれなりに栄えているものの、肝心な本家は寂れる一方。

姉二人が母に似た美人で、上位の貴族と結婚できたのはなによりではあるものの、可もなく不可もなく大きくも小さくもない領地で慎ましくやっている家は、その結婚支度金で危うく破産しかけたことがある。家財を放出してなんとかなったけれど。

それはマーリカが文官になろうと考えたきっかけでもあった。最初は自分まで嫁いだら間違いなく破産だ、社交向きの性格でもないし丁度いいといった漠然としたもの。

けれどもなんだか目の前が開けたような気がした。それまで考えたことがなかった貴族女性の、いや、マーリカの人生の可能性に気が付いたからだ。

お裁縫やダンスや礼儀作法よりも学問の方が楽しかった。学んだことをなにか世のため人のために役立てることができるのかもしれないと思ったらわくわくした。

十五の年の頃で、かなり子供らしい夢想ではあったけれど、少しずつ領地の事務仕事を手伝うようになり、他国で官吏として働く親類と手紙のやりとりをはじめて、十七歳の終わりに父親に王宮に勤めたいと相談した。

貴族令嬢としては常識外れなマーリカの考えだったけれど、何度か話し合って結局は彼女の意志を尊重すると認めてくれた。それくらい大らかな父親である。

そんな家で父であるから、陛下側近の侯爵が借りだなんて、なにかの間違いではとしか思えない。

「たしかに王宮とは疎遠だが、君のお父上はなにかと人望がある人だからね。助けられたのだよ。それにしても……相変わらず強運の持ち主だな、殿下は」

話がマーリカの仕える第二王子に及んで、マーリカの心身にずんっと重い疲労がのしかかる。錯覚ではなく、事実、マーリカは疲弊していた。

それというのも。

「また相手が勝手に殿下の言葉を深読みして、今日のこの日となったのだろう？」

ひそっと耳打ちしてきた侯爵に、ただじっとりと半眼の眼差しでマーリカは応じる。

こんな廊下で肯定も否定もできない。誰が耳にし、どんな噂が広がるかわかったものではない。

国外への影響だけでなく、国内の、王家の求心力にも影響する。

フリードリヒの執務に直接関わらない貴族の間で、彼の評価は悪くないのだ。

まさか最初の会食で使者の名前も確認しておらず、適当なお喋りに政治的な含みがあると勝手に勘違いした先方が慌てて対応してきて条約締結の運びになったなどと。

（わたしの口からはとても言えない）

「たまにこういった奇跡のような功績を上げるから、我々もねえ。陛下もわかってはいるが息子可愛さもある」

「お察しいたします」

「君も大変だったね。予定もしていなかった条約締結。それもこんな短期間に」

「……冬になる前にとの殿下のご意向でしたので」

（会食の場で能天気にもそう口にしたばっかりにっ。ええもう、それはもう！　永遠に終わらないのではと思えるような。最後には補佐に入った第三王子殿下や大臣達、関係各所と謎の連帯と絆が生まれて共に朝日を見て涙するほどの日々でした！　元凶である当の本人はなにもしていませんけれどっ）

しかしその元凶のフリードリヒが、今日この日に辿りつく最初の一歩を相手に踏み出させたのである。後継者争いの影響か、打診の際は難航しそうだった協議の迅速な終結への道を開いた意味では、最も大きな功労者だ。

「とにかく無事に終わったことだ、ゆっくり休みなさい。伯爵家の令嬢が働き詰めなのは見ていて痛ましい」

「はあ」

「たまには社交の場にも出るといい。エスター＝テッヘン家の美人姉妹の末の妹と聞いたら皆放ってはおかないぞ」

「お心遣いありがとうございます」

　できることならそうします――そう侯爵に胸の内でマーリカは答える。

（尽力くださった方だが、善意が善意に思えないのは何故だろう。それに肩に手を置くだけでなく撫でるのは破廉恥事案（セクハラ）では？　そもそもあの書類の山を放置して社交などとても……無理）

　第二王子の執務室に山のように積まれている書類を思い浮かべながら、反対方向へと廊下を歩いていく侯爵を軽く見送り、マーリカは冷淡にも見える無表情で黙々と廊下を歩く。

　すべての調整がついた後の、お楽しみ会のような晩餐会は大臣達や侯爵のような人々が出るものだ。フリードリヒの筆頭秘書官とはいえ、一介の文官に過ぎないマーリカの出番はない。随行者の労いの場も第三王子に任せてある。

　仕える主のために用意されている部屋の控えの間に辿りつくと、マーリカは書物机の椅子に座り、ばたっと机の上に倒れ込んだ。

「疲れた……」

　今日で四十七連勤の記録更新である。

　どう考えても規定違反なのに、誰も咎めてこないのはどういうことなのか。

　しかし、安息日が安息日にならない日々から、これで束の間でも解放される。

「とはいえ豊穣祭に地方視察も……どうせまた、あそこに行きたいあれを見たいと言い出すに決まっている」

　警備計画や他諸々が大きく変わらないよう、彼が興味を持ちそうなところは前もって押さえ、フリードリヒ付近衛騎士班長のアンハルトと対策を相談しているが、なにしろフリードリヒの興味と思いつきは独特なので油断できない。

（下町美味探求が趣味の王子って……）

しかもマーリカも知らぬ間に〝美食王子〟といったふざけた名で、王都流行誌（ジャーナル）に連載枠まで持ち始めている。フリードリヒ本人を問い質せば、匿名で寄稿したらそんなことになっちゃってとのことだったが、そんなことになっちゃってではない。

今日の調印式の準備で死ぬほど忙しい最中に、そんな紹介文（コラム）が書けるほど過去に王城を抜け出していたと発覚し、アンハルトと共に頭を抱えたのはごく最近のことだ。

貴様は自分が王子だとわかっているのかと昨年秋に起こした事を繰り返しそうになり、アンハルトに止められたマーリカだった。

（大体、あんな文才があるなら、日々の書類仕事ももっとどうにかできるはずっ）

妙に食欲をそそられる紹介文（コラム）なのがまた腹が立つと、机に突っ伏しながら、ぐっとマーリカは憤りに拳を握る。

ものすごく不本意ながら、フリードリヒの紹介文（コラム）にあった花屋通りの『ふわふわ花蜜一口銅板焼きケーキ』を調印式の仕事が終わったら食べに行こうと決めていたマーリカなのであった。

そんなとりとめのないことを考え休憩していたら、不意に慌ただしい足音が聞こえて控え室の前で止まったのに、マーリカは机に突っ伏していた身を起こす。

ドアが慌ただしくノックされて応じれば、息を切らせた若い文官の姿にマーリカは眉を顰（ひそ）めた。

嫌な予感しかしない。

「えっ、エスター＝テッヘン殿！」

「どうしました」

「フリードリヒ殿下がっ。明日の予定を無視して、使者の方との狩猟を決めてしまいっ」

（で、上司に気の重い伝令役を命じられたと）

知らせにきた文官はマーリカと同年代のようだが、物慣れない様子は新任の文官ぽい。育ちの良さそうな顔と所作をしているので、おそらく高位貴族の令息で、それなりに優秀。

晴れがましい行事に関わる機会を得たものの、要人達の集う場でなにかを任されることもなく、なんとなくそこに控えている役でもしていたのだろうなとマーリカは推測した。

予定にないことをされれば、もてなしの準備も警備もなにもかもが狂う。

無様なことになれば国の落ち度だ。フリードリヒの考えなしの言動を止められなかった高官達の落ち度にもなる。要は「なんとかしてくれ、マーリカ嬢〜！」と、後処理を丸投げされている状況だった。

（本当に……皆、殿下に甘い）

そう胸の内でぼやくマーリカだったが、これくらいは許容範囲だとも思う。

「承知しました」

「承知って！」

事もなげに返事をしたマーリカに若者は驚いたようだが、もっと突飛なことを言い出されないだけましであるし、それにフリードリヒは絶対実現不可能な無茶は言わない。

「晩餐会のメイン料理は雷鳥でした。それくらい言い出しても不思議はありません」

いまやマーリカが、〝第二王子に甘い〟の筆頭、任せておけば大丈夫な人物になっているのだが彼女は気がついていない。

「や、でもっ」

「落ち着いて。あの無能殿下（フリードリヒ）が明日の予定を覚えているとでも？」

「え……」

「狩猟程度、想定範囲内です。関係各所にはこちらで話をつけます。わたしに知らせるよう貴方に指示した方にそうお伝えください」

「その、流石にいまから……準備は難しいのでは……？」

「それは貴方が心配することではありません」

（単にその場にいた人の中で、一番下っ端で連絡役を命じられただけだろうし）

この件と貴方は無関係だという線引きの意も含めて、マーリカはぴしゃりと言い放った。

萎（しお）れた様子で去っていったのを見て、もう少し優しく言えばよかっただろうか、自信喪失したらどうしようとマーリカは心配したものの、下手に親切心で手伝いますとなっても向こうが気の毒だし迷惑でもある。

（若い人、難しい……）

マーリカも彼と変わらず若いが、新任の時からこれまで乗り越えた修羅場の数が違う。

同じ時期に登用された上級官吏の中でも、経験値の上で圧倒的な差がついているが、そのことについて彼女自身は無自覚であった。

「最初が調整官でよかったかも……」

王領の狩場や道具の手配、予定していたもてなしの準備をあちらからこちらへ動かせばなんとかなる。難易度としては中程度といったところだ。嫌な顔はされそうだが、それができない文官組織ではないことをマーリカは知っている。

（人生何事も無駄にはならないというけれど）

フリードリヒの秘書官として務めるにあたって、思いの外前の調整官の経験が生きている。幅広い部署との連絡調整役であるのはいまも大して変わりない。最初からなんとなく伝手があり、しかも文官組織の長であるフリードリヒの意向として上から情報を落としていくのでは、やりやすさが格段に異なる。

どういうことをしたら嫌がられるか、どういったことが難しいかも大体把握しているからフリードリヒの気まぐれ範囲をできる限り抑える手も打てる。

（いまのこのおかしな仕事量の日々も、いずれなにかに役立つのだろうか……）

フリードリヒに振り回されるのは腹が立つし、現場の文官に迷惑をかけることは心苦しい一方で、突発的な事態や困難な案件を前にすると、どう片付けてやろうかとちょっと生き生きしてしまうところがあるのをマーリカは否定できない。複雑だ。

それにこういった気まぐれが、ただの気まぐれで終わらないのがフリードリヒである。

マーリカが昨年彼に物申した件の視察ルートの変更も、彼気に入りの菓子を出す下町の店が、大店の商店の圧力で閉店寸前に追い込まれ、「閉店前にもう一度食べたいっ。なんなら視察先への手土産にしよう！　もう食べられないなんて、すべてのやる気がなくなる」と、王子であることを考えると、どこから突っ込んでいいのかわからない事情があったらしい。

結局〝美食王子〟のお忍びでなく、正式に第二王子が立ち寄った店としてそこは繁盛し閉店は免れ、大店の商店とは菓子を卸すことで和解。また、通りを整備したことで一帯に人が流れて潤っているという。

（でもやっぱり面倒なものは面倒だし、腹立つものは腹立つ！）

マーリカは立ち上がると両手を握り、地の底から響く呪詛の如き低めた声で呟く。

「あの無能殿下。後で絶対シバく！　泣かす……！」

人の噂はあてにならない。

周辺諸国からは底の見えない切れ者扱いの第二王子は、考えなしで強運な無能殿下であるし。

第二王子の忠臣なる筆頭秘書官は、日々殺伐としながらも献身的に仕えるだけなのだった。

五　その夜、なんとなく

「マーリカ、私は決意した！　君のためにオトマルクの王に私は、なる！」

（――は⁉）

ここは大国、オトマルク王国の王都リントン。

栄える街を見下ろす高台に立つ王城でも奥まった場所にある一室。

高位貴族すらもそうそう立ち入ることはできない、王族の私的生活の場とされている区画であり、第二王子の私室である。

時間は、とっぷり夜も更けた頃。

言葉と状況だけを拾いあげれば、私室に連れ込むほど入れ上げた女性に対する睦言の類に思えなくもない。

しかしながら金彩の施された豪奢な天蓋枠付きのベッドの上。

フリルをこれでもかと重ねた白いリネンの寝巻き姿で、わんぱく盛りの子供のように仁王立ちで勢いよく宣言する御歳二十六の成人男性とあっては、「お前は、なにを言っているのだ？」といった感想しかない。

付け加えるなら、ここが話の漏れる恐れの少ない私室でよかったですね、というくらいである。

「なに堂々王位簒奪宣言をしているのですか。正気ですか？　乱心ですか？　乱心でしたら王族専用のいい隔離塔を知っております。いますぐ無期限静養の算段をつけましょう」

本日最後の決裁書類をベッドに立つ第二王子の足元から腕を伸ばして取り上げながら、マーリカは努めて淡々とそう言って書類の署名を確認した。

フリードリヒ・アウグスタ・フォン・オトマルク。

深謀遠慮を要求される王国の文官組織を管轄する、この国の第二王子。

マーリカの目の前、ベッドに仁王立ちになっている金髪碧眼の美貌の青年である。

「君こそ、なにさらっと王子を幽閉塔に入れようとしているのさ。私は正気だ」

「いっそご乱心いただいた方が平和になるかと。主に我々文官が」

「私はそんなに君たちに恨まれているのか、マーリカ」

「一部では激しく」

「あ、そう」

「最近は少し有能になったといった声もありますよ」

「それは私ではなく、マーリカと君の部下達のお手柄だろうね」

私はとくになにもしていないからと、ベッドの脇に控え立つマーリカに向かって、フリードリヒは両足を投げ出すようにしてぽすんとお尻を落とした。

彼を受け止めたベッドの表面がぼよんと弾んで軽く波打つ。

フリードリヒは両腕を真っ直ぐ前に突き出し、ぼよよんと振動の余韻をひとしきり楽しむようなそぶりを見せて、腕を下ろすとそのままじっと静かに動かない。

そうして黙って動かないでいると、整った顔立ちと相まってなにか深遠な考えを巡らせているように見えるのだが、そう見えるだけと、マーリカは嫌というほど知っている。

一部で自分が激しく恨まれていると聞いてもけろりとして気にもしていない様は、ある意味では懐深いというか寛大というか傑物と言えないこともない。

しかしそれも、彼が独特の感性の持ち主であるためとマーリカは理解しつつあった。

根は善良なのだが、どうにも喜怒哀楽や常識による線引きのような感覚が、一般のそれとは若干ずれているように思える。ごく稀に、ひどく酷薄な人間に見える時もある。

外交の場や政務に関わる場でそう見えることが多い。

本人はまったくの無自覚であり、相手がフリードリヒのことを腹の底の見えない第二王子として見ているから成り立っていることではあるけれど。

「それでまたどうして、そのようなことを口走るに至ったのです？　殿下」

「いやさあ、君があまりにも人手不足を訴えて、時折青黒い顔色しているから。とはいえ、王家に仕えし臣下は王の、父上のものであるわけだから勝手には動かせない。そもそも王太子の兄上と違って私に人事権ないし……」

「人員補充のくだりには若干ときめきを覚えましたが、殿下も人事権はお持ちでしょう。現場の末端にいたわたしを筆頭秘書官に任命したわけですから」

「んー、君の場合は懲罰枠とかで大臣達が調整したから」

「ああ。なるほど」

一年と月余仕えて、ようやく得心がいったとマーリカは思った。

執務へのやる気のなさと思いつきで文官を振り回し、〝無能殿下〟という二つ名を文官から与えられている、フリードリヒの気まぐれのあおりを受ける部署にかつてマーリカはいた。

フリードリヒの執務室に進言しに行ったはずが、その時見た彼の様子に二十五連勤の疲労もあって逆上し、彼の襟元を掴んで往復で数回頬を平手で打ったマーリカは、一度は護衛の近衛騎士に拘束されたものの何故か不問に付された。

それどころか、フリードリヒが気に入ったからという理由で、何故か彼付きの秘書官に抜擢されていまに至る。

往復ビンタされた相手を気に入るなど、特殊性癖でもない限り有り得ないと思っていたのである。少しばかりその気があるのではないかと、フリードリヒのことを怪しんでいたマーリカはそうではなかったらしいとほっとした。

「懲罰というのならば、納得です」

「え？」

「ん？」

「どうして、納得……」

「納得でしょう。第二王子に危害を加えたわけですし」

「なにを言うんだ、マーリカ！　あれはそう、私の人生に新たな風が吹き込んだ！　まさに扉が開
――」

「閉じろ！」

マーリカの上げた声に、はい、とフリードリヒはころんとベッドの上に転がった。衝撃的な運命の出逢いだったのにぃ……とぼやく声は聞こえなかったことにする。

（やはり特殊性癖……いやいやまさか、「人間叱られなくなったら終わり」とも仰っていたし、きっとそういうことだ。そういうことにしておこう）

ごほん、と。

マーリカは咳払いを一つした。

手にした書類を書物机に積んだ書類の上で確認し、「結構です」と呟く。

気を取り直して、マーリカはフリードリヒ付の筆頭秘書官として、彼がベッドの上に立って言い放った言葉の影響を考える。

先ほどの話を聞くに、どう考えてもいつもの思いつきである。

他の者は聞いていないから実害はない。

私室とはいえ、普通は侍従など使用人はいるものだが、いつも入浴と着替えを終えると仕事だからとフリードリヒが人払いをするからだ。

もちろん、公の場であんな宣言を繰り返したなら遠慮なく乱心扱いで幽閉塔に放り込んでもらう。

「マーリカ、君またなにか剣呑なこと考えてない？」

「まさか。殿下、本日のお仕事はすべて終わりました」

「ん、いつも私の残業に付き合ってくれてご苦労。お疲れさま、マーリカ」

まったくだ、とマーリカは思う。

いつの頃からか、ほぼ毎晩のようにフリードリヒの私室にまで付き従って、その日の仕事が終わるまで監督している。

フリードリヒが着替えを済ませるまでは、私的な応接間らしい続き間の小部屋で王家の使用人が気を配って出してくれる夕食を一人黙々と食べながら、マーリカは彼女の仕事を片付けているのが常であった。

給仕につく女性が、なんとなく物言いたげにマーリカを見ていることは知っている。

王子の私室で令嬢らしからぬ不作法な振る舞いをしている自覚もあるけれど、片付けても片付けても仕事が積まれていくのだから仕方ない。

特に注意は受けないから、フリードリヒがどうやら事情は説明してくれているようだ。

「そうお思いでしたら、わたしが監督しなくても片付けてください」

「えー」

「えーではありません。わたしは殿下の母君ではないのですよ」

「当たり前だよ。君が母上など困る」

「失礼いたしました」

(流石に失言だった。資力も権力もない弱小伯爵家の小娘如きが王妃殿下などと皮肉にしても不敬が過ぎる。殿下だからこれで済んでいるけれど、他の王族の方なら大問題……ん？　よく考えたら、そもそも他の王族の方々ならそんな皮肉言う必要もないのでは？)

とはいえ、今日はいつもより早く終わった。

マーリカが上着のポケットから銀時計を取り出して時間を見れば、まだ日付が変わったばかり。

よしっと、彼女は内心で歓喜の拳を握る。

今日は官舎の自室に戻って、いつもよりゆっくりと睡眠が取れる。

なんだったら朝寝坊だって可能だ。

明日は珍しく、仕事も用事もない安息日である。

そう、安息日である！

「では、殿下。わたしはこれにて失礼いたします。ごゆっくりお休みください」

「え、帰るの？」

「はい」

「なんで？」

「いや、なんでと申されましても……仕事も終わり、官舎に戻れる時間ですから」

「もう遅いけど」

「深夜残業の文官のために、午前二時まで裏門は開いております」

（そう、この二時に間に合わなくて連日、この部屋のソファで寝る羽目に……）

男装の文官とはいえマーリカは二十一歳を迎えたばかりのうら若き女性だ。

それも古くから続く由緒正しき伯爵家の令嬢である。普通に自分の部屋のベッドできちんと休みたいと思うのは当然のことであった。

そう、当然のこと――。

年頃の若い男女。それも第二王子とその筆頭秘書官の女性が、深夜王子の私室に二人きりでいることの、これまた当然の意味について――残念ながら、両者ともあまり深くは考えてはいない。

なにしろ彼等は、本日処理しなければならない決裁書類を巡り、宿題を嫌がる子供と、その子供を戒(いまし)め宥(なだ)めすかして宿題に取り組ませようとする母親か教師のような攻防をしていたので。

いまのいままで、およそ色恋めいた雰囲気などは皆無だったのである。

「明日は安息日だし。もうちょっと付き合ってよ」

なんとなく。

そう、なんとなくだ。

マーリカが私室に寝泊まりするのが当然となりつつあったフリードリヒにとって、彼女が官舎に帰ってしまうのは少しばかりつまらないことであった。

「殿下、先ほど〝残業に付き合ってくれてご苦労。お疲れさま〟と仰いましたよね」

「言ったけどさ、仕事だけなの？　冷たくない？」

「仕事ですから。なんですか、破廉恥事案(セクハラ)ですか？」

違うと、フリードリヒはベッドから降り立つと、小卓へと歩み寄る。その上には、表裏を白と黒に塗り分けた、平たい円盤状の石が並ぶ木製の盤が置かれていた。

「四十九勝、五十敗、三引分。勝ち逃げ良くない」

相手の色石を自分の色石で挟めば石をひっくり返し自分の色石にできる。多い方の色石が勝ちといった、どこの貴族の家にもあるだろうボードゲームの一つである。

ルールの単純さがいいのか、フリードリヒはこのゲームが好きで度々誘われる。

「勝ち逃げもなにも、勝ってますから」

ふふん、とマーリカが若干胸を張ってフリードリヒにそう返せば、彼は小卓の椅子に腰掛けて彼女に微笑み返した。

それはまさに、周辺諸国において、〝晩餐会に招かれればワインではなく条件を飲ませられる〟と大いなる誤解でもって畏怖される腹黒王子な微笑みである。

「次、勝負して負けるのが嫌なだけじゃないの？　君、王子相手でも負けず嫌いだし」

「勝負に主従は関係ありません。大体、そうしろと言って負かせば勝つまでやりたがるのは殿下でしょう」

「三本勝負で！」

「いいでしょう」

明日が安息日だからなのか、いつもより早く仕事が終わった高揚感からか。

マーリカもまた、まあ少しくらいならいいかといった気分になったのだった。

なんとなく。

そう、なんとなくだ。

ランプの光だけの薄明かりの部屋。

象嵌細工も美しい小卓に美貌の男女は向き合い、盤上の平たい円盤状の石をぱちりと置いてはひっくり返す攻防を繰り返す。

両者の実力はほぼ拮抗していた。

「殿下、ボードゲームはやけにお強いですよね」

「自分は強者と言わんばかりの発言だ、マーリカ」

「わたし、結構強いので」

「さっき負けたよね。完敗した時もあったよね」

ルールは単純ながら、戦略的な知恵を絞って戦うゲームである。

マーリカは従兄(いとこ)や再従兄(はとこ)から幼い頃より面白半分に鍛えられ、最終的に彼等も負かす腕前となり結構自信があるのだが、正直、フリードリヒはかなり強い。

(例の下町美味探求の連載といい、仕事でなければ才気を発揮するのが解(げ)せないっ！)

「いま五十勝、五十敗、三引分だっけ？」

「はい」

「私が全勝したら完全勝利か」

「そうなりますね、全勝すればですが」

淡々と、愛想のない表情で応じてマーリカは盤上を眺めた。

フリードリヒが先手で黒、マーリカが後手で白。黒が少し多い。

（このまま進めばたしかに二敗。三本目で勝てば五十一勝、五十一敗、三引分だけど。今日は勢いづいているようだし……）

「私が勝ったら、マーリカ」

「なんですか、賭けですか？　王子が賭け事はよろしくは……」

（もし、あそこに置いてくれれば勝機ありだけど）

「私の側にいてほしい、ずっと」

（いやでも殿下は手堅い打ち手。そんなヘマは絶対しな……え？）

にわかには信じがたい思いでマーリカは、フリードリヒの顔を見た。

「待ってください、殿下っ……そんな、よろしいの……ですか？」

だから気がつかなかった。

ぱちりと石を置いて、マーリカに言葉を伝えたフリードリヒの指先が、彼の本心と不安を表すようにわずかに震えていたことを。

いいよ、と。

フリードリヒが、彼の顔を見詰めるマーリカを見る。

「私は王子だから、人がなにか言うかもしれないけれど」

ゆらめくランプの光に、澄んだ空色の眼差しがいつもより艶めいた色で揺れているように見えて、不覚にもどきりとしてしまったのは思いがけないことに動揺したからと、マーリカは自らを落ち着かせるため息を吐く。

(しかし本当に、腹立つほどに顔がいい)

「マーリカ？」

マーリカは自分の石を取り上げながら、フリードリヒの言葉について考える。

もしかすると、筆頭秘書官が前例のない女性であり、表向きフリードリヒの抜擢となっていることで、醜聞めいたことを言われているのかもしれない。社交の場には出ないから、貴族社会の噂は知らないけれど口さがない者はどこにでもいるものだ。

「ずっと殿下のお側に、ですか」

(たしかにこの容貌で、幅広くご令嬢と交流もある方だ。色々言う人はいるだろうな)

「うん」

「わたしのことを、そのように気に掛けてくださっていたとは」

マーリカはフリードリヒから盤上へと目線を落とした。

自分のせいでフリードリヒが貶(おとし)められているのなら申し訳なく思うし、彼がマーリカに気を遣う必要はない。

外交の場では周辺諸国を翻弄すらする容貌だ。そういった場での彼の言葉に〝腹黒王子〟らしい暗い引力のようなものを時折感じ、大抵その後の処理で大変な目にあうマーリカだけれど、彼女が仕えているのはそういう人だ。彼を補佐するのが彼女の職務である。

（さっきみたいに時折、どきりとさせられないわけでもないけれど）

しかしだからといって側でその威力を知っていて、惑わされ、絆されては筆頭秘書官失格である。

社交の場で彼と接する令嬢ならそれでいいかもしれないが、マーリカは違う。

時に仕える主に厳しく対応するのも役目の一つ。臣下として彼を甘やかす立場ではない。

「フリードリヒ殿下」

いつになくあらたまった調子でマリーカは彼の名を口にして、ぱちり、と静かに盤上に彼女の色石を置いた。

「マーリカ……って、ああっ！　ええっ⁉　待った！」

「待ったはなしです」

「や、そこっ、置くつもりじゃなかった。間違え……」

「情けない言い訳しないでください。待ってください、よろしいのですかとわたしは尋ねましたよ。第一、過去何人も筆頭秘書官が王宮を辞めて去ったのは、殿下が気まぐれに振る舞うからでしょう」

「えー、ええー、そっち……？」

「そっちとはなんです？」

「ああ、もういい！　仕事も含めて色々、君じゃないと私はもうだめだっ」

「なにを仰るかと思えば、ご令嬢を口説くようなことを言って……」

「口説いてるんだよ！」

「今更そんなこと……四十七連勤に耐えられた秘書官だからですか？」

勝負とは非情なものだ、一応確認する情けはかけた。

ぱちぱちぱちぱちと機械的な手つきで斜め一列の石を真っ白にしながら、マーリカは冷淡な調子でフリードリヒに尋ねる。大体、自分の勝ちになりそうだからといって、人を縛るような賭けを持ちかけるのはいかがなものか。

「あーうん。や、違う！　それもそうだけどそうじゃなくてっ」

「では、急な思いつきに合わせて調整する秘書官」

「う〜それは。それも魅力的だけどさ」

「なんです？　まさかご令嬢への手紙の代筆もできる秘書官ですか？」

「実に重宝だけど……あのさ、マーリカ。さっきの、私が言った意味わかってる？」

「ええ、ご心配なさらずとも」

ぱちり、と縦一列も白に変えて、マーリカは再びフリードリヒを真っ直ぐに見た。

本当に今更なにを言っているのか、一年以上も人をこき使っておいて呆れてしまう。

「わたしは王家に仕えしエスター＝テッヘン家の者です。殿下がわたしを不要と仰るまで、勝手に職を辞してお側を離れるなど家名に賭けてあり得ません」

本当に、マーリカ自身、若輩で女性の文官だからなんて思う暇もないくらい、またそう思わせられることもほとんどなくなってしまったくらいなのだから。

「殿下があれこれと仕事を振ってくださるので、お偉方までなにかにつけわたしに声をかけてくるようになっているのですが？」

「マーリカ？」

「新米の頃を考えたら有り難いことではありますけど、少しは抑えてくださらないと殿下がお困りになるかと」

顔と運で功績を上げて激務の嵐に人を巻き込むのは本当に腹が立つし、王族なのに怠惰で、マーリカにすぐ泣きつくし、すぐ謝るし、考えがあるのかないのかよくわからない。

（けれど、公正で驕ったところがない点で仕えるに値しない人ではない）

フリードリヒがそういった人間でなければ、そもそもこんな対等な勝負は成り立たない。

最初に勝負の相手として誘われた時のことをマーリカは思い出す。

仕えている第二王子だ、まさか本気で勝ちにいくわけにもいかない。さりとてあからさまに勝ちを譲られるのも不快だろう。適度に攻めつつ手を緩め、さほど大きな差もなく負けて終わりにしようと考えながらマーリカが応じていたら、そういうのは面白くない、と拗ねた様子でフリードリヒは途中で手を止めた。

そして彼はぱちぱちと石を動かし、勝負の手を遡り始めたのだ。

『ここかな。マーリカならここはきっとこうする。であれば私はこうだ。で、こうきてこう。ふむ、たぶんこうか。それで……ああ、残念マーリカ、君が全力でも私の勝ちだ』

『なっ……』

『それとも勝負に主従は関係なしとすれば、違うのかな？』


こうしてやり直しとされた勝負で、マーリカは屈辱といえるほどに叩きのめされた。

あまりに悔しくて、睡眠時間を削り戦術解説書を読んで研究してしまった程である。

以来、結構好敵手だったりする。


「勝負あったのでは？」

「あー……うん、そうだね。負けたね」

「では、次の勝負を」

「いや、今日はもういい」

「わたしがまた勝ち越しますが？」

「裏門、閉まる時間でしょう。次に預ける」

「はあ、そうですか」


珍しいこともあるものだと、マーリカは瞬きする。

珍しいことだが、フリードリヒがもういいと言うならもういいのであるし、またなにか気まぐれを起こさないうちにさっさと撤収するのが吉である。


「では、片付けますよ」

「うん」

マーリカが盤上の石を袋に集めようと手を動かした時。

いつもはマーリカが片付けるのを見ているだけなフリードリヒも、なんとなく、彼女の持つ袋へ石を寄せようと手を伸ばした。

怠惰とはいえ、王族として最低限の鍛錬はされた指がほっそりと白い手の甲に重なる。

「殿下？」

「あ、いや！　これは事案ではっ」

「それはまあ」

流石にこれでめくじら立てることはないと、わずかに残る石を袋に集めようとしたマーリカだったが。

「殿下？」

慌てておいて何故か手を握ったままのフリードリヒに、なんだとマーリカは眉を顰めた。

「……君が、私に尽くしてくれるというのなら」

「はい？」

いつになく真面目なフリードリヒの声音に、マーリカは首を傾げた。

あまりに真摯な響きに少し驚いてしまって、握られた手が彼の元へと引き寄せられていくのをただぼんやりと彼女は眺めてしまう。

ばらばらばらと、乾いた小さな音を立てて集めた石が袋からこぼれて、小卓の上に散らばった。

「そんな臣下を手放すほど私は愚かじゃない。不要だなんて言わない……たぶん」

「たぶん……？」

フリードリヒの口元近くまで引き寄せられはしたものの、触れることはない中途半端な位置で停止している手と掴んでいる彼の手を見ながら、マーリカは彼の言葉を繰り返した。

そんな彼女にうんとフリードリヒは頷いて、石の袋の上に華奢な手を戻しそっと離す。

なんとなく、ほんの一瞬、互いにどきりとしたようなしてないような。

そんな夜はなんとなくうやむやに過ぎて、官舎に戻ったマーリカは久しぶりの自室のベッドに倒れ込む。

（ああ、まともな寝床）

ごろりと仰向けに、灯したランプの光と影が揺れる漆喰の天井を見る。

フリードリヒに掴まれた手をなんとなく目の前にかざすように持ち上げて、知っているけど自分の手より大きい手だったなと思う。

ぱたんっと手をベッドに落として、んーっとマーリカは唸ると、首を軽く振って寝ようと自分自身に宣言した。なんとなく頭の奥がふわふわするのは疲労に違いない。

翌朝そうしようと決めていた通りに朝寝坊も満喫して、マーリカは実に心身ともにすっきりした状態で安息日を過ごした。

「睡眠、大事！」

六　公爵令嬢は画策する

実りの秋。豊穣祭シーズンな王都リントトン。

街を高台から見下ろす王城やそこへ出入りする貴族達もまた、社交シーズンの締めくくりに向けて、名残を惜しむかのごとく静かな盛り上がりを見せていた。

次の社交の季節まで王都を離れる間、己の立場を固めておきたい者。

ぎりぎりまで情報収集に勤しむ者。良き相手を得ようと努力する者。

それから――。

「――フリードリヒ殿下」

その庭は小さく区切られた場所ではあるものの、よく手入れされ、年中季節の花を咲かせ欠かすことはない。

何代か前の王妃が愛したという、いくつかある中庭の中でも奥まった位置にある王家の中庭であるがゆえに、立ち入ることが許されるのも高位な者に限られる。

たとえ私的な会であっても、王家の格式をもって美しく調えられているお茶の席に招かれたこの令嬢のように。

「殿下のお話をお聞きして、わたくしから一言申し上げても？」

ほっそりとした白い指先が動き、優雅で淑やかな仕草で香り高いお茶の入ったカップをテーブルに置く。

オトマルク王国の五大公爵家が筆頭、メクレンブルク家の令嬢。

クリスティーネ・フォン・メクレンブルク嬢。

家柄、資質、容貌、その立ち居振る舞いにおいて第二王子妃候補として申し分ないと目されている令嬢は、その薄い紫色の瞳を微笑むようにわずかに細めて彼女をこの席に招いた青年を見た。

夢見る令嬢が理想の貴公子を思い描けば、おそらくこうなるといった容姿は本当に素晴らしい。

金髪碧眼、見目麗しくも優しい様子でいながら、高貴なる威厳も感じさせる。

フリードリヒ・アウグスタ・フォン・オトマルク。

本来ならば気楽な第二王子妃になれるとして結婚相手候補の人気筆頭となるはずが、「絶対そのお世話に苦労する」と。高位貴族令嬢達の間で、〝いいお友達でいましょう（ブラック）リスト〟の筆頭に挙げられている、言わずとしれたオトマルク王国の二番目の王子。

「何故、そこでエスター＝テッヘン嬢に口付けの一つもしなかったのですっ。話の流れ的にもせめて手の甲くらいいけたはずです！」

意中の女性を私室に招いて、ボードゲームの最中に口説き文句を言い、相手の手まで取っておきながら、まったくの不発に終わっただなんて信じられない。

お茶会と称し、人を呼びつけて聞かせてきた話がこれかとクリスティーネは呆れるばかりであった。

「それは――破廉恥事案（セクハラ）になってしまうかなって」

「破廉恥事案（セクハラ）が怖くて、乙女をモノになどできますかっ！」

　公爵令嬢らしからぬ語気でクリスティーネはフリードリヒに言い返し、息を吐いて彼女は庭園に咲き誇る秋咲きの蔓薔薇へと目を向けると、テーブルに置いた白蝶貝の扇を広げて口元を隠した。

「失礼いたしました。あまりに殿下がへたれ――歯痒いことを仰るので、つい」

「君、相変わらず押しが強い（アグレッシブ）人だね」

「そんなことは。わたくしは殿下の良きお友達として、殿下の幸せを願っているだけです」

　彼に断るように微笑みの形に目を細めて、クリスティーネは椅子からするりと立ち上がると、先ほど目を向けた蔓薔薇へと近づく。

「君の、意地でも第二王子妃候補から外れたい姿勢は、私も尊重したいのだけどね。恋仲の騎士の君は？」

「目下、わたくしに釣り合う者となるべく精進しております」

「噂では辺境伯の養子になるとかならないとか」

「噂ですわ」

　美しく咲く花に愛（め）でるように触れながら、フリードリヒの言葉をクリスティーネはさらりと流す。

　常に自分が華麗に人の目に映り、会話においては相手に優位を渡さないことを心掛けているクリスティーネは、彼が彼女の想い人について触れてくるだろうことを予期していた。

　テーブルで真正面に向き合うよりも、花を愛でる振りをした方がよりやり過ごしやすい。

　辺境伯と引き合わせる工作をしたのだろうと、フリードリヒに思われていることは百も承知だ。

この王子は暢気そうでいて鈍くはない。むしろ彼女の本気も伝わるというものである。

（悪い人ではないのですけど。なにぶん王族としては変わっているというか、やる気がないというか、見込みがまるでないのですもの）

高位令嬢達の情報網を侮ってはいけない。

配偶者によってその身が左右されてしまう彼女達は、王宮内の噂ならどんな小さなものでもしっかり把握し共有している。

深謀遠慮を要求される文官組織を管轄するオトマルク王国の第二王子が、考えなしな言動と執務へのやる気のなさで、文官達から〝無能殿下〟と揶揄されていることはもちろん。

その傍に付き従い、彼を献身的に支える、麗しい男装の文官令嬢のことも。

「……辺境伯の跡取りとなれば、メクレンブルク公も説得しやすくなるだろうね」

「人のことよりご自分のことです、殿下。社交の場に出てらっしゃらない方とはいえ、エスター＝テッヘン家のマーリカ嬢は由緒ある伯爵家のご令嬢ではありませんか」

「そうだけど、伯爵家は伯爵家だから」

くるりとフリードリヒに向き直れば、しょんぼりとお茶を啜る彼に、「だからなんですの、まったく」とクリスティーネは内心憤りながら扇に隠した口元を引き結ぶ。

（どういうわけか、ご自分で選ぶのではなく、誰かによってしかるべき相手が決められるのだろうって、変に達観なさってるのよねこの王子）

「エスター＝テッヘン家といえば、分家の方々は周辺諸国の王族や高位貴族と繋がっているのだとか。流石に古くから続く家だけありますわね。本家も三姉妹の上お二人は公爵家や侯爵家に」

「絶妙な加減で、継承権争いや権力の中枢とは適度に距離を置くところばかりだけどね」

座っていた席の後ろを左右一往復するようにゆっくりと歩き、花を眺めながら話すクリスティーネに応じたフリードリヒの言葉に、言われてみれば……と、彼女は足を止めた。

「お姉様の嫁ぎ先の公爵家も、五大家の次。当主様は普段は王都から遠いご領地にいらっしゃる方ですね」

「王子妃候補にも挙がってこないしね。それにしても君、調べたみたいに詳しいね」

「まさか。たまたま耳にしただけですわ。殿下の秘書官として大変優秀だそうですね」

無能殿下と呼ばれていても、そこは王族。

婚姻が一個人のものと言い切れない立場であることは、ちゃんと頭にあっての達観であるらしい。

たしかにフリードリヒの言う通り、すべてが微妙ではある。

王宮とは疎遠でこれといった資力も力もない伯爵家の令嬢を、王子妃候補に押し上げるにはどの事柄も弱い。作為的にそうしているのではないかと疑ってしまうような微妙さだ。

「彼女の家の詳細は、秘書官に取り立てる際に私も大臣達も知ったくらいだからね」

「そう気弱なことを仰らず、逆を言えば、穏便に周辺諸国の高貴な家と繋がりを持てるということではないですか？」

クリスティーネは言葉を選んで、フリードリヒをけしかけてみる。

「まあ、文官、臣下としてならとても有益なことだろうね」

（無能殿下なんて呼ばれているくせに、馬鹿ではないのが本当に面倒臭いですわね）

親族の広がりは情報源となるかもしれないが、その逆となる場合もある。

より中枢に食い込まれることで情報漏洩の危険も増す。

「慎重なのは結構ですけど、筆頭秘書官に取り立てた時点で無意味に思えます」

「彼女や彼女の家が二心（ふたごころ）あるなら、とっくにオトマルク王家ではなくなっているよ。君って本当……感心するほど宰相の娘で、公爵令嬢だよねえ」

「でしたらよろしいのでは。対処だっていかようにでも」

（十年来の付き合いですけど、本当になにを考えていらっしゃるのかさっぱりだわこの方）

会話の流れも変わり、いつまでも立って喋っていてもなんなので、クリスティーネは再び彼女の席に戻ると、ゆったりとした仕草で扇をテーブルに置いた。

彼は第二王子だ。第一王子は随分以前から王太子としての立場を固め、王太子妃との間に男子も二人いる。後継者に関して王国は憂いがない。少々身分が釣り合わないといっても古くから続く伯爵家の令嬢、言えば通りそうな我儘の範疇だ。

とにかく、クリスティーネを含めた高位令嬢達の意見は一致している。

「わたくしもお友達の令嬢達も、本当に殿下の幸せを願っておりますのよ」

エスター＝テッヘン家のマーリカ嬢以外に、フリードリヒ殿下をお世話できる方などきっといない。二人が結ばれてくれれば心置きなく結婚相手を探し、または意中の人との仲を深められる。

王子妃候補となれば、確定するしないにかかわらず候補の間はすべてにおいて身動きが取れなくなる。候補筆頭のクリスティーネにとっていまの状況は大変に厄介で、後に控える高位令嬢達も戦々恐々としている。

それに美貌の王子と、男装の麗人な秘書官。

王宮の廊下で見かける、二人が寄り添っている様はちょっとした目の保養だ。

（エスター＝テッヘン家って、美形や美人の家系としては有名ですもの）

「それにしても殿下はああいった方が好みでしたのね。シャルロッテ王女殿下を可愛がり、ご令嬢達に満遍なく親切になさるので、てっきり可愛らしい方がお好みと思っておりました」

「マーリカは綺麗で、超過勤務で疲労した憂い顔もそれは麗しく、出会った時はその颯爽とした姿に目を奪われたのだけどね」

「一部どうかと思う褒め言葉もありますけれど、誰をご紹介しても、〝可愛らしいよね〟と〝いい子だよね〟の二択の感想しかない殿下が珍しいですわね」

クリスティーネとしては、ここ最近で一番の好奇心をくすぐられる反応である。

「一目惚れ……それともその忠臣ぶりに心惹かれて？　とても献身的と耳にしましたから」

すべてを聞き出したい気持ちを抑えて、カップを口に運びながら何気ない風を装いクリスティーネは尋ねたが、途端にフリードリヒは顔を顰めた。

「……そう食いつかれると、なにかの計略に使われそうで怖い」

「心外です。歯痒い恋愛相談をしておいて今更ですわ。わたくしを呼び立てた対価として少しくらい教えてくださってても」

「対価とかいうのが……すごく気が進まない」

クリスティーネに渋る表情を見せて、フリードリヒはお茶と茶菓子に手をつける。先程までぐだぐだと彼女への執心ぶりを示すようなことを話すだけ話して、その核となるところは喋るつもりはないらしい。相変わらず勘がよくて敏い。

「わたくしこれでも殿下の友人として、幸福を願っておりますのよ。応援できることもあるかもしれないではないですか」

「……私に面倒な情報提供をしてくれたり、君の応援は大抵政略込みだから遠慮するよ。それにそう言うけどさ……」

小さなメレンゲ菓子を摘んで飲み込み、はあっとフリードリヒはため息を吐いた。

「血筋というか、長年続いてきた古い家の本能で適度に当たり障りない相手を選ぶ感じがしない？ 王家直系などもってのほか、対象外って気がしない？」

「馬鹿馬鹿しい」

（それならフリードリヒ殿下だって、当たり障りないに該当しそうなもの）

「どうしてそうご自分の人生を、人任せ、なにもかも王子であるがゆえ仕方ないとするのです」

もし仮に、この場にフリードリヒの筆頭秘書官がいれば全力で否定しただろうが、立場が変われば見方も変わる。

クリスティーネから見てフリードリヒは、くだらない欲求は主張するものの、自分の人生については第二王子の立場に従順すぎるほど従順だった。

「こうして綺麗な庭で、暢気にご令嬢とおいしいお茶を飲んで過ごせるのも私が王子であるからで、私はなるべく暢気に楽に人生を送りたい。それが許される立場でもある。その代わり王子として生きなければ流石に天罰が下る、王子であるわけだし」

ティーカップを口に運びながらのフリードリヒの言葉に、殿下……と、思わずクリスティーネは彼に呼びかけた。

「なにを仰っているのか、さっぱり意味がわかりません」

「うん。私も途中からなんとなく雰囲気で喋ってた」

（……この方を王子妃として一生支えるなんて、無理っ。絶対！）

「しかし、王族に生まれたからには王族だからねえ。面倒だからと辞められるでもなし、仮に辞められたとして王子として育った身では、臣に下ってもやっていける気がしない」

「はあ」

「やはり王族として失敗しないよう気をつけないと。私が失敗しかけているといち早く気がつき、何事も起きぬ内に己の身など構わず止めてくれる者がいたら安心だけどね」

お茶のカップを片手に両腕を広げ、肩をすくめながら軽い調子で笑みを見せながら話す、フリードリヒの言葉を聞いて、クリスティーネは令嬢らしい仕草で首をひねった。

「王族として正しくあれと努めるのは当然のことです。第一、何事も起きていないのなら、ただ殿下に歯向かう者に過ぎません。己の身に構わずなんて……なにをどうしたら安心などと」

自己保身の考えがない者など、懐柔不可能な一番面倒な類の者としかクリスティーネには思えない。その者が正しければ尚更、厄介でしかない。

「そう？　私は素敵だと思うのだけれど……」

（本当に、この方の感性というか考えはさっぱりわからない）

「とにかく！」

「ん？」

「殿下はエスター＝テッヘン嬢に対して、もう少し思い切りよく攻めるべきかと存じます」

（殿下では埒があきませんわ……やはり周辺、外堀から埋めるのがよさそうですわね）

話が通じそうな大臣は何人いただろうか、などとクリスティーネは考えながら令嬢らしく微笑みつつ、ティーカップを口元へと運ぶのだった。

七　ここにいない彼女を思う

冬である。

地域差はあれど、オトマルク王国の冬は概ね寒さが厳しい。

王都リントンもその例にもれず、夜に降り積もった雪で街は白く粧われ、昼間もここ何日かは雪曇りの薄暗い日が続いている。

「うぅ、外は寒そうだねえ」

北側の窓辺に立ち、外の様子をしばし眺めていたフリードリヒはぶるりと軽く身を震わせると、彼の弟と妹がお行儀よく席についているテーブルへと戻った。

テーブルの上には焼菓子と、湯気を立てるコーヒーとチョコレートドリンクが用意されている。

コーヒーはフリードリヒと五歳年下の弟アルブレヒトのための、チョコレートドリンクは十歳年下の妹シャルロッテのためのものだ。

「冬ですもの寒くて当然ですわ、フリッツ兄様。コーヒーが冷めてしまいましてよ」

「そうだね、シャルロッテ」

本日は安息日。

アルブレヒトの誘いで彼の私室にて、フリードリヒは兄妹仲良く、午後の寛いだ時間を過ごしている。

三人揃ったのは約三ヶ月前の両親や兄夫妻も交えた昼食会以来だ。兄妹といえど各々公務や日課もあって共に過ごす時間は少ない。第三王子であるアルブレヒトと末っ子王女のシャルロッテの間に、もう一人、弟の第四王子であるヨハンがいるのだが、彼は現在全寮制の王立学園に在学中のため二年近く会っていない。

私室といっても、そこは王族の部屋。

数人の侍従と侍女が常に給仕や暖炉の火などに気を配っているし、部屋の隅にはそれぞれの王族付の護衛の近衛騎士が控えてもいる。

しかしそれは王族ならば生まれた時から当たり前。

室内にいる者達は、皆、身元は確かで気心の知れた信用の置ける者であり、ゆえにざっくばらんな身内同士の会話を聞かれても気にすることはない。

「公務には慣れたかい？　アルブレヒト」

「はい、兄上。秋に行われた調印式では、兄上の手伝いで様々なことに関われましたし、文官達とのやりとりにも随分慣れることができました」

フリードリヒと同じ、金髪に空色の瞳を持つ弟がコーヒーを給仕する侍従に微笑みを向けて労いながらの返事に、そうかそうかと満足げにフリードリヒは頷いた。

オトマルク王国での成人年齢は二十一歳。

半年ほど前に成人年齢を迎えて、最近公務に関わり始めた弟の言葉は頼もしい限りだ。

フリードリヒと違って真面目で、事務仕事もきちんとこなしていたようだから、ゆくゆくは文官組織の管轄を彼に渡すこともできるかもしれない。

（そうなればマーリカの仕事も少しは楽になるのかも）

マーリカが常に激務なのは、彼女に仕事を丸投げしているフリードリヒ自身に起因するところが大いにあるのだが、マーリカがこなしてしまうので彼にはあまり自覚がない。

ただ、人員補充をずっと要請していることは知っているので、彼女の仕事を手伝う者かあるいはフリードリヒの仕事を分ける相手がいるといいなとは思っている。

人事権は国王である父か、その後継者である王太子の兄、人事院にある。マーリカの仕事を手伝う者はフリードリヒにはどうにもしようがないから、アルブレヒトが公務補佐についたのはありがたい。少なくとも彼に任せたことは彼と彼の側近がやるから、実質的にフリードリヒの仕事を処理する人手が増えたことになる。

「兄上や大兄上は、十八から公務についていたのですよね」

「そうだよー、私の頃までは色々な教師にあれこれ詰め込まれて、側近なんかも幼少期から家格と歳の近さで勝手に決められていたからねー」

いまは貴族も平民も男女も問わず、優秀さを認められた者が進学する全寮制の王立学園に、王族の子女も十六、七の年で他の者達同様試験を受けて入学することになっている。

フリードリヒが公務についた翌年に義務付けられた。

王立学園は選抜制の特別教育機関で超難関だが、貴族であれば卒業後、最短出世コースや王族付女官や側仕えの枠に入れる。平民なら特待生として学園生活にかかる費用は全額補助、奨学金も支給され、本来なら中等教育を修了し大学など高等教育を終えてから、登用試験で採用されないとなれない上級官吏に学園推薦枠でなれる。

王族にとっては、まず入学することで一定の実力があると公に示すことができる。

「それにほら、いまは自主性とか適性とか大事ってなっているから。私の側近達もいまは皆、私から離れて、別の場所で活躍していることだしね」

コーヒーの入ったカップで両手の指を温めるようにしながら、のんびりとした調子でフリードリヒはそう言った。学園は、様々な立場の者と触れ合い、切磋琢磨し、学内行事を取り仕切る経験と学びの場、側近候補を選ぶ場でもある。

「あ、うん……い、いまの兄上の側近は大臣達のようなものだからね」

「そうだねえ」

弟が慌てて取り繕ったことに、フリードリヒは気がついていない。暢気なことに、いまのいままでかつていた側近のことなど忘れていた。そういえばそんな者達がいて、いまは皆それなりの地位にいたなと考えたくらいである。

一方、そんな兄の様子を見て、アルブレヒトはなんとも形容し難い気分であった。

この兄に側近がいたことは朧げながら覚えている。いつの間にか一人減り二人減り……公務につく頃にはいなくなっていた。何故そうなったかはいまはなんとなく察せられる。

「まったく、王子ならできて当然と問答無用で公務につかせるなんて、酷い時代があったものだよ」

いまは学園を卒業後、成人するまでの一、二年は指南役から王宮内部のことや政治や外交について教わり、上の兄弟か大臣の補佐で公務につくことになっている。

（もしかして兄上を見て、父上が側近と相談してそう決めたのでは？）

アルブレヒトの脳裏をそんな考えが過り、いやいやまさかと彼は持ち上げたカップを口元で傾け、舌を軽く火傷しそうになってむせた。「大丈夫かい、慌て者だねえ」と苦笑したフリードリヒへ、兄想いの彼ははははっと乾いた笑みを返す。

「それを考えると、僕はまだ兄上よりは幾分かましなのかもね」

「まあっ、あの時は、あんなに大変そうでしたのにア……」

「しっ、シャルロッテっ！」

「ん？　どうしたの？」

フリードリヒは、アルブレヒトを見て熱いコーヒーを用心して啜りながら首を傾げた。

「あー、いえ……あの時は、あっ、兄上もお忙しかっただろうなって。色々、急展開だったし」

そうだよねシャルロッテ、と。

公務にまったく関係していない妹に、何故か同意を求めるアルブレヒトを少々不思議に思いながらも、その言葉にそういえばそうだったとフリードリヒは思い出す。

たしか某国外交官と会食後に、一気に彼の国との鉄道利権の調整が進みはじめ、あれよあれよという間にまったく予定も想定もしていなかった調印式へという運びになったのだったか。

（なにがどうしてそうなったのか、あまり覚えてはいないのだけどね）

忘れることはフリードリヒの特技である。

フリードリヒが相手国の使者との会食で、彼にとってはただのとりとめのない話、先方にとっては脅しにしか聞こえない話の中、「冬になる前に」などと言ったために、超高速で先方との協議が進んで条約締結となったことを、彼はもう忘れていた。

麗しき彼の筆頭秘書官から説明を受け、「お願いですから、現場が大変なことになる言葉はああいった場で言わないでくださいっ」と叱られたことは覚えている。

そのためフリードリヒは、弟の言葉に乗っかって相槌(あいづち)だけ打った。

「うん、そうだったね」

「あ、うん……ですよね」

フリードリヒの相槌に、弟のアルブレヒトは手にしたカップの黒々とした中身へと目線を落とした。その青い瞳が若干翳(かげ)って見えるが、きっと湯気のせいだろう。

何故ならフリードリヒは知らなかった。

彼の弟が、〝無能殿下〟と文官達の間で揶揄(やゆ)されるフリードリヒのため、約一ヶ月もの間、大量の書類仕事に埋もれ、胃薬が手放せない状態となっていたことを。

どうしてそうなったか覚えてなさそうなフリードリヒの相槌を聞いて、アルブレヒトの愚痴を聞いていたシャルロッテは、気の毒そうにほっそり小さな少女らしさを残す手をすぐ上の兄へそっと伸ばした。

「アル兄様……」

「いいんだ。僕はあの仕事で僕の役目のなんたるかを、あらためて理解できた気がしている」

「小さい頃から本当に真面目だね。アルブレヒトは」

「兄上達のことを見ていたからね」

（王太子の大兄上は超優秀なのに、どうして兄上はこうなってしまったのだろう）

一般的に、三男はちゃっかり者になりがちと言われているが、アルブレヒトにおいては当てはまらない。

自分にも他人にも厳しく勤勉で努力家な長兄と、人は良いが運と顔だけが取り柄の怠惰な次兄。

正反対な兄二人とその周囲の臣下達の様子を見て育った彼は、フリードリヒを反面教師にすっかり真面目で苦労性の第三王子に育っていた。

まだ学生の弟ヨハンや妹シャルロッテにまで、フリードリヒの皺寄せがいかないようにしなければと、五人兄妹の真ん中の子として使命感すら抱いている。

そんなアルブレヒトの心中も、もちろん当のフリードリヒは知る由もない。

「僕も、もう大人だからしっかりしないと」

「そんなに気負う必要はないよ。まだ先は長い、長距離走を途中で倒れないよう細く長くやっていこうくらいで……」

二十六歳の若さで、中間管理職文官の退官挨拶のようなことを弟に語り出すフリードリヒに対し、「兄上は、もう少し気負ってもいい」と言いたいのを小さなメレンゲ菓子と一緒に飲み込む弟アルブレヒトであった。

同じ金髪碧眼の容姿でも、高貴な美貌の王子に見えるフリードリヒとは違い、目がくりっとして可愛らしい健気な子犬を思わせる容姿そのまま、彼は健気な弟である。

「兄上は、すでに諸外国から一目置かれてもいるから」

オトマルク王国の第二王子。

フリードリヒ・アウグスタ・フォン・オトマルク。

アルブレヒトにとって、なんだかんだで憎めない兄ではあり、なにより功績だけ考えたら正直凄まじいものがある。この国の歴史書が編纂されれば、間違いなくそこには名前が記されるはずだ。

深謀遠慮を要求される文官組織を統括するフリードリヒは、アルブレヒトの目から見て色々な意味で王族として特異な人である。

けして愚かではなく、むしろこの兄はやれば大抵のことが難なくできてしまう。

しかしそれを役立てようとか高めようといった向上心、まして人に見せつけ認めさせようなんて欲など皆無。そして呆れるほどに執務に対するやる気がない。

そのことで臣下達がなにを言おうと、現場の文官達が〝無能殿下〟などと揶揄しようとまるで気にしない。

それでいて後世に名が残りそうなことを、運と成り行きでいとも簡単に成してしまう。

大体、普段なにかと人を振り回すことをして一部では激しく文句を言われているのに、いざなにかあれば、彼のために尽力する優秀な者達に恵まれているのも不可解である。

そう、不可解の一言に尽きる。

これが厳しく己を律し、超優秀であるのに努力を怠らず、確固たる意志を持って配下の者を指揮する王太子である長兄ならアルブレヒトも納得ができるけれど。

「武官組織を束ねる聡明で勇猛な王太子に、文官組織を束ねる切れ者の第二王子もいて、オトマルクは磐石だって調印式に来ていた先方の文官も言っていたよ」

「見えすいたお世辞もいいところだねえ」

（これが本当に、他国ではそう思われているんだって）

アルブレヒトは胸の内で呟く。身内としては悪い冗談みたいに思えるが、過去の実績により、〝オトマルクの腹黒王子〟とフリードリヒが怖れられているのは本当だった。

「って、あれ？　晩餐会にアルブレヒトもいたっけ？」

テーブルの三段トレーから胡桃のタルトを指先で掴んで首を傾げたフリードリヒに、カップの中のコーヒーを冷ます振りをしてアルブレヒトは軽くため息を吐いた。

「いないよ。補佐で成人したばかりの若輩の身でいるわけないじゃない。随行の人達の労いの場で顔を売っていたの」

「そんなことをしていたのかい？」

「当面、兄上の補佐で外交絡みの執務には関わるだろうし、僕ならそれほど構えられずに王族が顔を出すおもてなし感もあるってマーリカが」

「マーリカが？」

突然出てきた、己の筆頭秘書官の名前にフリードリヒはちょっぴりどきりとして聞き返す。彼の補佐についている弟であるから、当然、彼の筆頭秘書官であるマーリカとも執務を通じ関わる機会はある。

「うん、自分は不測の事態に備えて控えていなければならないからお願いしますって」

「へえ」

「マーリカって、僕と同い年なのにすごく優秀だよね。色々助けてもくれて……」

マーリカについて話す弟にフリードリヒは、兄付の筆頭秘書官に対して呼び方が少々馴れ馴れしくないかなと、若干の面白くなさを覚える。

（秘書官殿とか、マーリカ嬢とか、エスター＝テッヘン殿とかさ、もっとこうさ……大体マーリカも面倒見良すぎない？）

馴れ馴れしさでいえば、フリードリヒこそがマーリカに対して周囲になにを憶測されても文句は言えない言動を普段しているのだが、それについては完全に棚上げである。

「マーリカは私の筆頭秘書官だからね。アルブレヒト」

「わかってるよ。本当、マーリカって兄上に気に入られてるよね」

フリードリヒと違い、家格の釣り合う幼馴染の婚約者がいる弟を牽制するとは相当だとアルブレヒトは思う。そのために彼女の仕事が尋常な量ではないことにも深く同情する。

優秀な秘書官であるマーリカをアルブレヒトは大いに尊敬していた。

文官組織のあらゆる部局の細かな部署まで知り尽くしているようなところは驚嘆に値し、なにより長兄すら匙を投げた怠け癖のある兄フリードリヒにきちんと仕事をさせて、当然のように彼を支えている。その忠義心と献身ぶりがすごい。

正直、この兄の面倒を見られるのは彼女だけだろうとアルブレヒトは考えていた。

「アル兄様、マーリカ様は優秀なだけではありませんわ」

「シャルロッテ?」

突然、いつになく強い口調で話に入ってきた妹にフリードヒが驚いて彼女の顔を見れば、チョコレートドリンクの器を置いて、はあっ、と彼女はため息をこぼした。

「マーリカ様より麗しい文官なんて、国中探してもきっといませんもの……」

組み合わせた両手を左頬に添え、うっとりと目を閉じて呟いた妹シャルロッテに、ちょっと待ってとフリードリヒは思わずつっこむ。

「執務で接点のあるアルブレヒトはともかく、どうしてシャルロッテまでマーリカを知ってる口ぶりなの?」

「まあっ、フリッツ兄様ったら」

兄二人より少し緑がかった青い瞳の、小さな顔の中で目立つ大きなアーモンド形の目を見開いて、シャルロッテは少しばかり声を高くした。

ツインテールに結ったくるくるとした金色の巻き毛が揺れる。

「王宮デビューした若い令嬢の間では、マーリカ様こそ理想の御方と人気ですもの」

「なにそれっ!」

妹の言葉にフリードリヒは仰け反りそうなほど驚いた。

マーリカは女だからと侮られぬよう男装で、話す言葉も男性の言葉遣いでいる。

女性にしては背は高く、細身で、凛として涼やかな雰囲気の端整な顔立ちでもあり男装しても違和感のないマーリカではあるが、彼女はれっきとした伯爵令嬢だ。

「あの、黒髪黒目のきりりと凛々しい、すらりとしたお姿」

「お姿……」

「王宮の廊下で文官達と話す落ち着いたお声。マーリカ様がお仕事されているところを見てしまったら、夜会で出会う下心丸出しな殿方なんて薄汚く見えます」

「薄汚いって……シャルロッテ」

「まあ、わからなくはないけどね。マーリカってそこらの男と変わらないか、ちょっと低いくらいの背丈で男装似合うし綺麗だから。彼女に憧れる令嬢がいても」

「……アルブレヒト」

近頃、社交の場で、「エスター＝テッヘン家の美人姉妹の最後の一人はどうして出てこない」と、フリードリヒに聞こえるように話す貴族男性が複数現れているというのに、若い令嬢達にまで人気とは、内心面白くない。

（そのうち社交界の催しに誘う者が出てきそうなのがね）

「あーまあほらっ、兄上と一緒だとすごく目立つからそれもあると思うよ」

「私とマーリカが目立つ？」

フリードリヒを取りなすようにアルブレヒトが添えた言葉が気に掛かって、フリードリヒは瞬きした。

「ただ廊下を移動するくらいしかしてないけど」

「二人とも……自分達の破壊力をもう少し自覚した方がいいと思うよ」

「人より多少見目がいい自覚はあるよ。でもそんなの、アルブレヒトだって私と似たようなものでしょう。同じ髪と目の色をした兄弟だし」

「いや、僕は愛嬌ある系で全然違うから」

「そうですわ！　フリッツ兄様はお姿だけは、美の女神に愛されし素晴らしさですもの」

「シャルロッテ、まるで私が容姿以外は取り柄がないみたいに聞こえるよ」

「問題ありませんわ。たとえ取り柄がなくても帳消しになるお姿ですもの」

「……シャルロッテ。兄として色々言いたいことはあるけれど、でもそうかー」

弟と妹の言葉を聞いて、フリードリヒは腕組みして俯きうーんと唸る。

「当分、マーリカには私の執務室から出ないで仕事してもらおうかなあ」

フリードリヒが呟けば、なんてことを言うのだとアルブレヒトが席から立ち上がりそうな勢いで声を上げた。

「やめて。それ文官組織全体が困るから、本当にやめてっ。兄上は暴動でも起こさせたいの？」

「そんな怖い顔しなくても」

「第一、完全に職権濫用だからっ。立場の優位性を利用して閉じ込めて迫る破廉恥事案だからっ」

「執務室で仕事してもらうだけじゃないかっ」

「兄上っ！　秘書官の詰所からマーリカの席だけ自分の執務室に移動させてるの！　あれだって見ようによっては灰色寄りの黒ですからね！」

五つ年下の弟に思いがけず強い口調で注意されたフリードリヒは、しゅんと縮こまって、一口で食べられる小さなマドレーヌを摘むともそもそと食べた。

今朝、マーリカの実家から届いたもので、弟妹への手土産として持ってきたものだ。

「はあ……叱られるならマーリカがいい」

フリードリヒの筆頭秘書官は、珍しく二週間の長期休暇中だ。

三年に一度の親族懇親会があるとかで、どうしても彼女の実家であるエスター＝テッヘン家の領地屋敷に戻らねばならないらしい。

分家筋の者達も集まるその場にいないとなれば、大変なことになると訴えられた。

日頃、休みどころか四十七連勤の記録保持者である彼女がそう言って、実際に休みを申請するのだから余程のことである。

そもそもエスター＝テッヘン家の親族は権力の中枢とは距離をおくものの、近隣諸国の王侯貴族と縁付いている者が多い。

一地方の領主で、資力もなければ中枢への影響力も低い弱小伯爵家と言っていいような家ではあるものの、家系図を正確に描けば大陸地図に載る国の大半にまたがるといった、王国成立以前から続く由緒ある古き貴族の家系の本流である。

そのような家の貴族令嬢が連勤の記録保持者というのは、王宮の法令遵守的に問題と、法務大臣の一声で休暇はすんなりと認められた。

「マーリカが戻ってくるまで、まだ七日もある」

「兄上……」

「お寂しいのはわかりますが、フリッツ兄様元気だして」

マーリカが不在で意気消沈気味なフリードリヒを、彼の弟妹が慰める。

そもそもこの兄妹で過ごす茶会も、彼を元気付けるためにアルブレヒトとシャルロッテが開いたものであった。

王族としては色々と特異でアレなフリードリヒではあるものの、弟妹のところにひょっこり顔を出しては楽しい話を聞かせ、珍しいお菓子などを差し入れてくれる良き兄である。

なによりこの兄を見ていると、その時々で悩んでいることや王族として生まれたことに重圧を感じても、なんでもないように思えて心救われることも。

「ああっ、あの地を這う虫を見るような蔑みの眼差しが、第二王子である私を容赦なく叱責する声が恋しい」

本当に、王族としてはアレな感性の持ち主なのだけれど——。

「まっ、激しい」

「以前から聞こうか迷っていたけれど。兄上達って、一体どういう関係なの？」

「ん？　どういう関係って。第二王子と秘書官に決まってるじゃない」

——はっあぁあ⁉

弟妹だけでなく、部屋の隅に控えるフリードリヒ付の護衛の近衛騎士、一部侍従や侍女のものまで重なった異議の声に、えっなにとフリードリヒは首をきょろきょろと動かした。

「兄上っ！」

「はいっ」

「頻繁にっ、私室に連れ込んでいるくせに、なにを今更取り繕って！」

「そうですわ！　こと恋愛では潔癖過ぎるフリッツ兄様が、既成事実を積み上げ囲い込みにかかって、なんて執愛と驚いてましたのに！」

「え、なになになになにっ、なんなの君たち！　兄のことをそんな目で見ていたの⁉」

（そんな目でじゃなく事実そうだろ――――‼）

突然、弟妹から詰め寄られて驚き喚いたフリードリヒに、室内にいる全員の胸の内の叫びがぴたりと一致する。

貴族もおいそれとは入れない、王族の私的生活の場としている区画でのことであるから公にはなっていないものの。

フリードリヒが彼の部屋に夜遅くにマーリカを招き入れ、朝まで共に過ごしていることはこの部屋にいる者の間では周知の事実。

それなのに、一向に王子妃候補にも挙げようとはしない。

もしやフリードリヒがマーリカをただ弄んでいるだけなのではと、関係者一同、気を揉んでいる状態であった。

「いやっ、いやいやいやいやいやっ！　仕事だから！」

「兄上！　失脚した大臣じゃあるまいし、〝夜の特別任務〟なんて下衆な言い訳を口にするとは！」

「特別手当は出してるけれど、違うって！」

「まさか愛人契約ですの⁉」

「ちーがーうーっ！　私の仕事が全部終わるまでマーリカが監督してるだけ！　たまにボードゲームの相手もしてもらっているけれど本当にそれだけっ！　君たち、全員、心が汚れてるっ‼」

立ち上がって廊下にまで響きそうな声で叫び、テーブルに手をついてぜえはあと肩で息をするフリードリヒの様子に、室内がしんと静まり返る。

「神とオトマルクの全臣民に誓って、マーリカに対し……邪（よこしま）なことなど……」

項垂れたまま、ふるふると体と声を小刻みに震わせて呟いたフリードリヒに、「純愛っ」とシャルロッテが口元で手を合わせて目を潤ませ、「兄上、ごめん」とアルブレヒトはそっと声をかける。

「そんなの絶対、破廉恥事案（セクハラ）で訴えられるやつ――っ！」

（――そっちかっ！）

フリードリヒ以外の室内にいる者の胸の内の声が再び重なる。しかし、〝神は我が国と共に〟を国の標語として掲げるオトマルク王国において、神と全臣民に誓うとはそれはもう大変に重い言葉である。

そうでなくても、お前は十やそこらの純情少年かといった動揺を見せたフリードリヒの反応に、誰しもが二人の関係は完全に白。

むしろ驚きの白さと認定したのであった。

「はーもう。君たちにはびっくりさせられたよー」

マーリカ怒らせたら怖いんだよ。三日くらい仕事以外には口利いてくれないし、お茶は入れてくれるけどお菓子は秘書官の詰所に隠しちゃうし、書類整理手伝ってくれないし、会議の時間もメモで渡してくるんだから……と。

侍従が入れ直したコーヒーを飲みつつ、フリードリヒがぼやくのを、彼の弟妹は虚無の気持ちになりつつ聞いていた。

それって別に普通では？　いつもどれだけ甘やかされてるんだろう、そう言いたい。

「謝ったら謝ったで、〝王子が簡単に頭を下げては困ります〟って、これも紙に書いて突き出してくるのだから」

「はあ。マーリカ様って、見かけによらず可愛らしい怒り方をなさるのですね」

「〝コロス、絶対コロス〟って殺気に満ちた目をしてくるけどね」

「……それで。そういった時、兄上はどうするのですか？」

「ん、別に？」

「別に？」

「しばらく大人しく仕事してたら、いつの間にかいつも通りになってるから……今頃なにしているのかなあ彼女」

「気になるなら、手紙でも書いて送ってみたら？」

なんだかもうこの兄を元気づけるとか段々馬鹿馬鹿しくなってきたと、シャルロッテと目配せしながらアルブレヒトが提案すれば、手紙かとフリードリヒは顎先を掴んで思案げに黙り込んだ。

そうしていると諸外国がそうと信じ込んでいる、深遠な考えに耽る高貴な王子に見える。

本当に我が兄ながら、質の悪い容姿の良さの人だなとアルブレヒトは思う。

「なにを書こう」

「マーリカ様を思う、フリッツ兄様の胸の内をお書きになったらよろしいのでは？」

「うーん、それだと〝早く帰ってきて欲しい〟の一言以外にないし。私がそんな手紙を送ったら業務命令になってしまう」

「変なところで気を遣いますのね」

「そりゃあ、やっぱり上司だから」

「僕は兄上にそんな感覚があったことにいま驚いてるよ」

「失礼な。私だってたまにはマーリカにゆっくり休んでもらいたいと思っている」

ふいっと、少し前に外を眺めていた窓辺へと視線を送ったフリードリヒに、あっとアルブレヒトとシャルロッテは気がついて顔を見合わせた。

あの窓の方向。ずっと遠い先にはエスター＝テッヘン家の領地がある。

「親族で温泉保養地を視察するとか言っていたけれど……北の方だし寒いと思うのだよねえ。風邪引かないといいけど」

「フリッツ兄様、わたくしお兄様を応援しますわ」

「ん？」

「まあ、彼女が不在の間、僕にできる仕事があったら言ってよ」

「あ、うん。社交期間も終わったし、マーリカが呼び戻されないよう彼女の部下達がすごく頑張ってくれているから暇だけどありがとう」

（僕達で家族の外堀は埋めよう）

（そうですわね）

そう頷き合う弟妹の様子は気にも留めず。

休暇に入る前に約束した、温泉保養地名物の蒸しパンのお土産忘れてないよねマーリカ、などと考えているフリードリヒなのであった。

八　しばしの間だとはいえ

ほかほかと。

白い湯気を放つ『それ』は、思わず鼻をひくつかせてしまうような、ほのかに甘くいい匂いを漂わせていた。

つるっと丸いカップケーキ型に膨らんだ淡い黄色は、〝地鶏卵をたっぷり使いました〟という証であるらしい。

薄く削った木の皮を編んで造られた笊（ざる）の上に、小ぶりなそれが並ぶ様はなんだかかわいらしくも見える。

しかし――。

「何故こんな田舎の、温泉保養地の名物菓子情報をあの方は押さえているのか……」

自分の家の領地であるだけに、その情報精度が怖い。もっといえば若干気味が悪い。

観光客向けに立ち並ぶ出店の前で歩みを止め、笊の上の菓子をじっと見下ろしながらマーリカはしばし黙り込んだ。

王都よりずっと北東に位置する、エスター＝テッヘン領の温泉保養地は、寒さの厳しい冬であるにもかかわらず盛況で、通りは行き交う観光客で賑やかだ。マーリカもその一人である。

「それにしても。子供の頃はただ温泉小屋しかなかった寂れた町だったのに」

この大市を模した土産物通りといい、立派なドーム型公衆浴場の色鮮やかなタイルの建物と意匠を合わせた異国情緒あふれる町並みといい、温泉の地熱や成分を利用した商品の数々といい、町ぐるみで創意工夫の努力を重ねてきたのがよくわかる。

「伯母様達が来たがるのも無理ないわ。まさか自領の小集落がこんな地域復興成功事例になっていたとは……ああっ、だめだめだめいまは休暇！　そういうことは考えないっ！」

いつもの地味な男装ではなく、白い毛皮の縁取りのついた真紅のケープコートを羽織った姿でマーリカはぷるぷると首を横に振る。

そんなマーリカを黙って眺めながら、出店の店主は果たしてこれは声をかけたものかと迷っていた。

侍女を一人つれ、明らかに貴族令嬢とわかる身なりをした、店の前で立ち止まった女性客。

通常なら、ここぞとばかりに商品をおすすめするところだが、なにか妙な迫力でもって胡乱げに商品をじっと睨みつけ、なにかぶつぶつ言いながら挙動不審な様子でいる。

おまけに人生でお目にかかったことがないような美女である。

コートの赤によく映える艶やかな黒髪。雪のように白い肌は温泉の美肌効果のためかつるんとしていた。

地熱を利用した、名物の蒸しパン菓子を睨みつけるその黒い瞳の眼差しは、どこか憂いを帯びているようにも見え、貴き血筋を表すように上品な口元は紅を刷いていないのに赤い。

おかげで、目立つ看板でも置いているように、先ほどから通りがかった人の目を集め店に立ち寄る客が途切れない。

皆、この実に眼福な美女の隣に立ち、その美しさを近くで眺めたいがための口実に商品を買っていく。

（声をおかけした方がいいだろうか。でもこのお嬢様のおかげですごく売れていくし、もう少しこのままにしておこうか）

一方、マーリカはまさか自分が客寄せになっているとは露ほども思わず、このなんでもないような蒸しパン菓子が飛ぶように売れていく様を見て内心驚いていた。

先ほどから、通りがかる人が吸い込まれるように店に近づいては次々と買っていく。

聞いた通りに人気の名物菓子らしい。休暇に入る直前に「絶対」などと大変に重い言葉付きで、土産として買ってくるよう厳命された菓子なだけはある、と胸の内で呟き頷く。

事前に教えられたその色や形状、使用素材などの情報からして、いま目の前にあるもので間違いない。

しかしどう見ても、これはこの場で食べて楽しむ類のものではとマーリカが呟けば、彼女へ声をかけるかかけるまいか迷っていた出店の店主は、すかさず冷めても大丈夫と彼女に答えた。

「それにこちらの箱入りのものでしたら、いまの季節でしたら五日保ちます」

「五日？　それは本当ですか？」

「ええ、お嬢様」

黒曜石を嵌め込んだような、美しい切れ長の目を軽く細めたマーリカの問いかけに、店主は愛想よく答える。

五日――と、マーリカは手渡す相手に届けるまでの時間を頭の中で計算する。宿から実家である領地屋敷まではここから半日。荷物をまとめ、王都へ移動が三、四日。間に合う。

「なんという、情報精度！」

やはり無能でも王族である以上、その周囲に仕える者の身辺を洗うのは当たり前ということなのか。それにしたって、こんな田舎領地の端にある、ささやかな土産物まで把握されているのは怖すぎる。

マーリカが仕えているのは、深謀遠慮を要求される文官組織を統括する第二王子。

フリードリヒ・アウグスタ・フォン・オトマルク。

いつもそれっぽいことを気分で話すだけの無能殿下だというのに、見た目だけは侮れない迫力を持つ完璧な美貌であり、類稀な強運の持ち主。何故か外交相手は彼の言動にはなにか深遠な意味があるのに違いないと勝手に深読みする。

信じられない功績を次々と上げ、〝晩餐会に招かれればワインではなく条件を飲ませられる〟といった噂が周辺諸国に広がっている。マーリカは、そんな彼の筆頭秘書官である。

そして、マーリカは気がついていなかった。

己もまた、いままさに周辺諸国の外交官同様の深読みをしていることに。

(流石は王太子殿下の率いる諜報部隊。徹底している。古い家で周辺諸国と縁付いている親戚が多いから警戒されたのでしょうか。きっと伯爵家として弱小すぎる我が家の内情を知って安心したでしょうけど。それより、調査内容を私欲に使うとはあの無能殿下っ）

残念ながら、本件に関しては完全にマーリカの思い込みである。

フリードリヒの要望で彼の筆頭秘書官に採用された文官令嬢のことを、王宮はもちろん調査はしていた。

しかし、その情報は人事情報として王宮の法令遵守（コンプライアンス）に従い厳重に管理され、なに一つフリードリヒ本人には伝えられてはいない。

そもそも、領内のちょっとした観光地の土産物までは調べない。

諜報部隊は暇でもストーカーでもないのである。

恐ろしきは、〝美食王子〟なる偽名で下町美味（グルメ）探求の世界で第一人者と注目され始めている、フリードリヒの情報感度と調査力である。

資質的にも環境的にも恵まれる王族は、普通にしていても一般貴族より能力の水準はそもそも高く、またかくあるべきとして育てられる。

執務でなければ、そこそこの多才さと有能ぶりを発揮するフリードリヒなのであった。

「店主殿」

「はい」

「二日後に出立予定なのですが。その際、この箱入りを半ダースいただけますか。代金は前払いで」

「はいっ、喜んで！　大銀貨入りましたー！」

「……なんです、その掛け声？」

「景気づけってやつでございます」

店主から引き渡し伝票を受け取って、マーリカはやれやれと肩をすくめる。

まったく休暇中に自領の保養地まできて、何故あのフリードリヒ（無能）の所望する市井の菓子を調達しなければならないのか。

脳裏にちらつく執務室の光景や、顔形だけは極上にいい彼の姿を振り払うべく、再びぶんぶんとマーリカは首を勢いよく横に振る。

「とはいえ、休暇は休暇で面倒くさい」

ここ数日、毎日一度は親族の誰かから、「マーリカちゃん、折角かわいいのに」「成人しても婚約者がいないのはどうかと思うぞ？」「一族の誰か、○○の倅とかどうだ？」「あらだめよ、マーリカには叔母様が素敵な人を見つけてあげますからね」「マーリカちゃん王宮に誰かいい人はいないの？」などと。

若干相手にするのが面倒くさいことを言われている。

（まあ仕事を言い訳に、貴族としては当然の社交や縁談を避けているのがおかしいのだろうけど）

三年に一度の親族懇親会。

王国内のみならず、周辺諸国にいる分家の親族達までもが、一斉に本家であるエスター＝テッヘン家に集合するという、マーリカからすれば〝親族仲が良過ぎてちょっとおかしい〟一大家族行事。

この時、実家にいなければ、その場のノリと勢いで勝手に他国の見知らぬ相手との縁談か、従兄や再従兄との婚約が大盛り上がりにまとまってしまいかねない。

それを防ぐため、二週間の長期休暇をマーリカはもぎ取って帰省したのである。

「本当、勘弁して……いまは殿下のことで手一杯」

伝票を小さく折りたたんでコートのポケットへ納めながら、マーリカは小さく嘆息する。

第二王子付筆頭秘書官は王宮で最も激務、その噂は本当だった。

前の部署でも超過勤務が酷かったけれど、フリードリヒに仕えてとうとう四十七日間連勤の記録保持者になってしまった。

社交や美容やお洒落などこの激務の中でやってられるかこのやろーな、立派な社畜ならぬ宮畜である。

あんなやる気も気概もない無能殿下、放っておいて痛い目にあえばいいと百万回くらい思っているのに、つい手を出してしまう。それがマーリカの仕事なのだから仕方ない。

我ながら仕事中毒にも程がある。土産物通りを宿に向かって歩きながら、まあでもと伝票を収めたコートのポケットを上から軽く撫でて、彼女はため息と共に微苦笑する。

(きっと王子にあるまじき天真爛漫さでうれしそうにされるのでしょうね。あの方は)

そわそわしながらマーリカが差し出す土産を受け取る様子。

その後、懐いた子犬がまとわりつくように仕事に戻ろうとするマーリカを引き止めて、お茶しようだの一緒に食べようだの誰それにもあげようだの、この菓子の良さはうんぬんかんぬんと解説を始めるところまで。

一通り脳内に思い浮かべるとちょっと悪くない気がしてしまうから、本当にあの憎めなさはずるいと思う。

普段容赦なく仕事を丸投げするくせに、マーリカが本当に困ることはないように取り計らったりするところも。

今回のこの休暇も、彼が法務大臣になにか働きかけたらしい。おまけに休暇が取れたと同時にフリードリヒ以外からの仕事が一気に引いた。

おかげで休暇中の調整を付けることができたけれど、あまりに急に状況が整ったため、一体なにをしてくれてそうなったのかが非常に気になる。誰に聞いても教えてくれない。

「ああーもうっ、まったく休暇の気がしない」

「マーリカお嬢様?」

「あの方が王宮で、今頃どうしているかと気になるし……」

怪訝そうに首を傾げて尋ねてきた、後ろに控えている侍女を振り返って、マーリカは再びゆるく首を振る。

(可能な限りなにも殿下にさせずに済むようにはしてきたけれど、休暇前を考えるとなにかやらかしてる気がしてならない……こちらの斜め上をいく人だけに!)

はあっ、と心労のため息を吐くマーリカであったが、いまの彼女は激務に疲弊した文官令嬢ではなく、どこか憂いを帯びた美しさの伯爵令嬢の姿である。

王宮の文官の勤務環境の劣悪さなどまったく知らない、行儀見習いで伯爵家のお世話になっている、町長の娘であるお年頃の侍女からすれば、王城などきらきら華やかなイメージしか持っていない。

おまけにマーリカお嬢様がお仕えしているのは、雑誌で見たあのきらきらと眩しいような第二王子殿下らしい。もうそれだけでどこまでも想像を広げることができる。

（先程からため息ばかりついて。まさか！　いいえ間違いない。恋、恋だわ！　あのマーリカお嬢様がついに！　けれど相手は王子。たしか公爵家の御令嬢がどうのとの噂も……マーリカお嬢様は王宮からも遠い領地の伯爵令嬢……ああでもでもでもでもでもっ、恋する二人にそんなことは関係ないのよ。身分差だわ！　ロマンスだわー！）

「切ないですわね。マーリカお嬢様！」

「は？」

（切ない、切ないとは？　ああそういえば、散歩している間にお茶の時間も過ぎたし、少し小腹は空いたかも）

なにしろ大市を模した土産物通りだ。

周囲には菓子や産直品を加工した食べ物などが目白押し。食欲をそそられるいい匂いも漂っている。非日常を楽しむ観光地。買い食いなども旅の思い出として許される。

いけないいけない、ここは昼休憩もなにもなく殺伐としながら歩く王宮の廊下ではない。

伯爵家の娘として、行儀見習いで受け入れている町長の娘さんに気を回さなければと、マーリカは近頃若干忘れつつある令嬢の振る舞いでにこりと彼女の侍女へと微笑む。

「どこか、カフェでお茶でもしましょうか。貴女も一緒に」

「はい。わたくしに是非マーリカお嬢様のお話を聞かせてくださいまし」

（田舎だからなあ、エスター＝テッヘン領（うち）は。年頃の娘さんだもの、王都の流行とか興味あるだろうし……まったく知らないから申し訳ないのだけれど）

歩きながらマーリカは、心なし目をきらきらさせている侍女の期待に応えられそうにないのはどうしようと思いながら、適当に温かいものを出してくれそうな店を探す。

こういったことは、王城から滅多に出ることはない王族であるはずのフリードリヒが得意とするところだ。これまで散々視察の行程をそのために変更させられてきたけれど、しかし彼が選ぶ店はどれも〝大当たり〟なのである。

（ほんっと解せない。行く先々の街の通りに何故地元民顔負けで詳しいのかあの方は。視察に関してはまるで無関心なのにっ。そもそも王子の趣味が下町美味探求って、さっぱり意味がわからない。王都流行誌（ジャーナル）の人気案内人（レビュワー）とかふざけるなっ！　一人でお茶は味気ないって我儘も言うし）

秘書官であるマーリカを連れの令嬢のように同じテーブルにつかせるのだから、一歩間違えたら公共の場で破廉恥事案（セクハラ）、もっと悪ければ〝不適切な関係〟と見做されかねない。

いまのところそのような醜聞（スキャンダル）にはなっていないからいいものの、何度注意しても懲りないし、仕方なくお相伴に与（あずか）っているうちに彼の護衛の近衛騎士の者達も「その男装なら問題無しです！」「我々も控えておりますし」「殿下も大人しくしてくれます」と雑なことを言い出す始末。

近衛班長であるアンハルトまでもが、「まあいいのではないか。エスター＝テッヘン殿なら」と、マーリカから目を逸らしてはもはや孤立無援である。

（同志と思っていたのにっ。人を売るとは……近衛班長とその部下達め！）

彼等への文句を胸の内で叫んで、ああでもそうだとマーリカは思いついた。

（王都の流行、殿下が、人の迷惑などお構いなしに話しかけてくるようなことなら……）

社交界では多くの令嬢と交友があり、手紙のやりとりも多いだけに、女性好みの流行にフリードリヒはやたら詳しい。

休暇前も……と、歩きながらマーリカは王宮での出来事を回想する。

人が無茶苦茶忙しいのに、執務机で暇そうに私信の手紙を読んではあれこれ話しかけてくる、そんなフリードリヒとのありふれたやりとりの一つであった。

「ねえ、マーリカ。休暇は明日からだよね？」
「はい。明日から実家へ戻ります。鶏でも三十回以上同じことを聞かせれば、流石に少しは理解すると思いますが？」
「王子を鶏扱いしないっ」
書類から目を離さずに軽く嫌味のつもりで言えば、もーっと若干ふくれた声がしたため、少々口が過ぎたかとマーリカが手を止めて彼を見れば、予想に反してにこにこしていたので騙されたと彼女は内心舌打ちした。

「……残念ながら鶏以下かと。なんですか」

「マーリカは本当、私を悪し様に言う言葉のバリエーション豊かだよね。感心しちゃうよ」

「なにを感心して。そこは怒るなり正すなりするところです。いますぐ解任していただいても一向に構いませんよ。ええ一向に」

近頃のマーリカの割と本心である。

「えぇー！　〝お側を離れるなど家名に賭けてあり得ません〟とか言ってたのに！」

「殿下がお望みなら別です。他部署からの打診もいただいておりますし」

「ちなみにそれ、どこ」

「握り潰せる側の人に教える馬鹿がどこにいます」

「あ、握り潰すと思ってくれてる？」

まさかしないとは思うものの、それができる立場の人ではある。

それにどうも最近、重宝されてるというか使い勝手のいい人材扱いされている気もする。

そんな思いが、休暇前の余裕のなさから表情に出てしまい、ついじとっとした目でフリードリヒを見詰めてしまったマーリカだったが、何故か彼はうれしげな表情をしている。

本当に、フリードリヒの感性は丸一年側にいてもよくわからない。

「なにをうれしそうにして……強権を誇示したい冷酷無慈悲な為政者ですか」

「失敬な。でもまあいいや。丁度、知人の令嬢経由で頼んだものが届いたから。これ伯爵夫妻や姉君に」

そんな流れで、家族への手土産にと人気仕立屋の〝マダム・ソワ〟工房製の美しい刺繍がされた絹のハンカチの包みを渡された。

思いがけないことに、唖然としてそれを受け取ったマーリカであった。

なんでもいま王都住みの令嬢の間で刺繍小物が流行っていて、その流れは紳士物にも来ているらしい。

思い返すとフリードリヒは、弟妹君へ差し入れだとか、大臣達の誕生日だとか、交流のあるご令嬢へ季節に応じたカードを送るだとか、そういったことにはやたらまめまめしい。

外交業務や文官の業務調整にも、それくらい気を配っていただきたいものと、常々思っているマーリカである。

フリードリヒも王族の一員であり、そのような彼の行為は、国王陛下が臣下の皆に満遍なく気遣いしていることを代弁するものと理解はしているが、どうにも釈然としない。

「あ、マーリカの分も入っているから！」

「……ありがとうございます」

（やればできるっていうところがっ。腹が立つというか、素直に喜べない！）

「それがこちらのハンカチですか。たしかに素敵ですねえ」

「それはまあ……王都の高位貴族の令嬢達がこぞってドレスを頼む仕立屋ではあるから」

「お話を聞くに、仕事を邪魔される、素直に喜べないと怒ってらっしゃるわりには、こうしてちゃんとお持ちなのですね」

本家より栄えている分家の親族が多いから、その場に見合う持ち物ということでたまたま持っていただけなのに、なにやら意味ありげなにこにこ顔で侍女に言われて、せっかく温かな暖炉のあるカフェの席に落ち着いたのにマーリカはなんだか居心地の悪さを覚える。

「うふふ。なんだかんだ言いながら、第二王子殿下のお心をマーリカお嬢様はわかっていらっしゃるのでしょう？」

「は？」

「大丈夫です、みなまで仰らなくてもマーリカお嬢様の侍女として、お嬢様のお気持ちは承知しております！」

「はあ」

どういうことだろう。しばしの間とはいえ、離れている間になにかやらかしたらシバくと思っているのが丸わかりなほど、彼に苛立っている様子を見せていたのだろうか。

領地にいるから気が抜けてる？　帰ったら気をつけなければと思いながら、熱いお茶のカップをマーリカは傾ける。

マーリカとテーブルに置いた彼女のハンカチを交互に見ては、うんうんとなにやら興奮して頷き、折角のお茶を放置している侍女へマーリカは声をかけた。

「お茶、冷めてしまわない？」

「ああ、そうでした。どなたに聞かれるかわからないのにこれ以上は、お茶と一緒に言葉を飲み込むしかありませんわ。けれど、こんな刺繍の入ったハンカチをいただいたら誰かに話したくなりますものね！」

「こんな刺繍って？」

「たった二週間の休暇だというのに、勿忘草（わすれなぐさ）だなんて！　きっと殿下はマーリカお嬢様がお戻りになるのを一日千秋の思いで待っているに違いありませんもの！」

「え…っ、なっ。ああっ」

言われて、はたとマーリカは気がついた。

少しばかりフリードリヒの瞳を思わせる、美しいブルーの濃淡で刺された五枚の花弁を持つ小花。

そんな刺繍がされているハンカチとしかいまのいままで思っていなかったけれど、よく見ればその小花の刺繍はたしかに勿忘草（わすれなぐさ）の花である。

主に恋仲同士で使い古され過ぎている、その花言葉といえば……。

「マーリカお嬢様？」

「……本当にあの方ときたら。こんな回りくどいことまでせずとも」

しばしの間だとはいえ、あの目を離せば斜め上のことをしでかす無能殿下を忘れて休暇を満喫など、彼の秘書官である以上できるわけがない。それに例の御所望のお土産菓子だって買い忘れるはずがないのに。

それに休暇中まで、〝自分のことを忘れるな〟などとは重すぎる。

こんなのは優位な立場を背景にした強制事案（パワハラ）だ！

「それは殿下のお気持ちというものですわ、マーリカお嬢様」

「ええ、たしかにお気持ちなら、証拠は残りませんからね」

（王家からの伯爵家への心遣いに差し込むあたり、巧妙というか悪知恵というか。たった二週間の留守番も不服な御歳二十六の王子って。寂しがりやの甘えたな子供か……大体、早く戻れと仰りたいならそう言えばいいのに）

「今日来る従兄（いとこ）と合流したら、伯母様や叔父様方のわたしの縁談組みたい欲も落ち着くだろうし、帰るの早めようかしら」

（しばしの間だとはいえ、休暇に入る前からこんなの仕込んでくるあたり、さっさと帰らないとどんなことになるかわかったものじゃない）

「まったく世話の焼ける……」

「左様ですか」

（マーリカお嬢様ったら、こちらには〝戻る〟で、王宮には〝帰る〟だなんて。マーリカお嬢様に

とってはすっかり第二王子殿下のもとが〝帰る〟場所になっているのだわ）

嘆息しながら呟いたマーリカの言葉に、何故か彼女の侍女はうふふとうれしそうに笑っている。

王子の我儘に振り回されるというのも、この田舎で平穏に暮らす者にとっては面白い話なのかもしれない。

まったく面白くないのに……と、マーリカはテーブルに突っ伏したい思いで、ハンカチに刺された花へ目を落とす。

きれいな空色の刺繍の花。なんとなく憎たらしくなってマーリカはその花弁の一枚を指で軽く弾いた。

九　或る親と子の対話

オトマルク王国、王城の王の間。

その名の通り、国王ゲオルク・アンナ・フォン・オトマルクの公の居室であり執務の間でもある。

臣下達との謁見を終え、ゲオルクは王太子である彼の息子と共に部屋に入った。護衛の近衛騎士のように彼に付き従う息子だけを部屋に残して人払いした後、受け取ったばかりの書簡を開く。

「まったく……私信といえど、余にこのような書簡を送りつけられるのはあやつくらいだ」

目を通し、愉快そうに苦笑しながら彼は、彼の息子へその手紙を渡した。

お前も読めといった父親の意を汲んで、王太子ヴィルヘルム・アグネス・フォン・オトマルクは渡された書面へと、武官組織を束ねるに相応しい鋭い眼差しを落とす。

その空色の瞳も、俯けた額にかかる金髪も父親譲りの兄妹共通の色であるが、兄妹各人の持つ雰囲気はまるで異なる。

特に父親似の美丈夫であるヴィルヘルムと、母親似の柔和で優しげな容貌をした彼のすぐ下の弟フリードリヒは対照的だと言われている。

ヴィルヘルムは喩えるなら雄々しい獅子だ。

厳めしくも威厳ある顔立ちは、父ゲオルクの若かりし頃を彷彿とさせると年々評判となっていた。

「しかしこのような体裁であれば、万一届けられる途中で掠め取られたとしても、偽物を掴まされたと思うかと」

三年に一度届けられるその書簡の中身をヴィルヘルムが見たのはこれが初めてだ。想像の範疇を超えていたため驚いたが、同時に感心もした。

その書面はお世辞にも、大国を統べる国王陛下宛のものとして洗練されているとはいえない。

ひどい癖字でおまけに一体何処(どこ)の地方かといった訛(なま)りの強い口語文。更には不敬なまでに馴れ馴れしい調子である。貴族にありがちな詩的に婉曲な表現なども皆無。

『我等が敬愛する国王陛下こと親愛なるゲオルク。

久しく挨拶出来ず申し訳なく思っとるがよ。

第一王子も第二王子もあんばよー(上手く)家臣らをいごかしよる(動かしている)ようで、立派んなってぇどえりゃあ(大変に)けなるいだが(羨ましい限りです)。

さておみゃーさん(陛下)も知る通り、うち(私)の親族連中らが集まったがよ。見立てとしては特段気になることはなかったたや(ありませんでした)。

まー互いに下手なこと言わん(不利益になることは言わぬ)決まりだがよ(不文律ですが)、争う益なしの構えのようだがね(様子ですね)――』

紙もそれほど上質なものではない。

いくら国王陛下の名が冒頭に記してあろうと、本当に陛下宛のものとは誰も思わない。

「あやつに偽装する気などあるものか。親しい者にはこのようにふざけた手紙を送ってくる奴だ。

幼い頃お前も会っているだろう。大陸全土にその家系を広げる古き一族の本流である田舎貴族と」

「いきなりかの者の頭の上に抱え上げられましたが、かような言葉遣いではなかったと記憶しています」

「あやつは下手な王族より、外向きの振る舞いは完璧にできるからな。それに普通の伯爵は国王の第一子を抱え上げはせんだろうが。あやつは己と知り合いの子らに対し親族のオッサン気分でいる」

「父上が王太子時代に懇意であったのは知っています」

「一時、あやつは王城に教育に出されていてな。幼馴染という奴だ。フリードリヒの洗礼の祝いにも来ておるが、まだ赤子だ、あれは覚えとらんだろう」

「成程」

立派になられて大変羨ましい、とおそらく記してあるらしき一文はそのような背景からであったかとヴィルヘルムは父親に生真面目な相槌を打った。

「……苦笑するところだぞ。まあいい。そろそろお前もあやつの人となりと扱いは覚えておくがよかろう」

「は」

「つかず離れず放っておく。それこそどの家にも満遍なく行き渡るようなもの以外、あやつに特別なにかしようとするな」

「かように気難しい相手ですか」

王国成立以前から存在している古い貴族の家系である。

大陸にある複数の国の均衡具合を正確に把握でき、探るだけでなく内々で調整も図れるなど、通常なら重臣に取り立てかつ褒賞ものである。

しかしながら、己の家より歴史の浅い王家などに取り立てられても有難いものではないのかもしれない。

そのようなヴィルヘルムの考えを読み取って、ゲオルクは嘆息しながら首を振った。

「お前は四角四面に物事をとらえすぎる。フリードリヒがいるというのに」

この王太子である息子は、勤勉かつ真面目で優秀。

ゲオルクにとって自慢の息子ではあるが、少々堅物過ぎるところがある。

国を治めるにあたり支障はないだろうが、彼の常識の範疇から外れる者もいるという理解があればなおいい。

第二王子のフリードリヒなど格好の教材と思うが、身内ゆえに特殊事例となるらしい。

残念なことだとゲオルクは思う。

正直、為政者の立場では若干畏怖を覚える、あの強運体質な二番目の息子の真価はそこにあるというのに。

「逆だ。欲がなくしがらみを厭う。なにかしてやりたければ個人でなく、公的な施策として領地に対して投資でもしてやれ。その方が喜ぶし、また上手くやる」

「そうなると、フリードリヒの領分ですが」

「あやつの娘が秘書官として陰日向になり尽くしてくれているらしいな。任せればよかろう」

なんといっても実の娘であるから、その父の加減は十分知るところだ。そう言って、ゲオルクは不意に真剣さを増した顔で「ヴィルヘルム」と、彼の後継者である息子の名を呼んだ。

「エスター＝テッヘンの機嫌を取る必要はない。だが拗ねさせるなよ」

「その気になれば、親族経由で周辺諸国へ情報工作ができないこともない家だからですか」

「そうじゃない。そのような陰険さがあれば、今頃は奴かその一族が玉座にいる。そこは安心していい」

「では何故」

「尋ねてなにも教えてくれなくなる程度には、大人気のない臍の曲げ方はする」

「害はなさそうですが、面倒ですね」

「さては諜報部隊があるから構わないと思っているな？」

父親に問われて、ヴィルヘルムは頷いた。

周辺諸国に関する情報源はなにもエスター＝テッヘン家だけではない。むしろ彼の家が占める割合など微々たるものだ。

三年に一度届く、彼の家の当主の見解の手紙くらいである。それが断たれたといってそれ程支障になるとは、ヴィルヘルムには正直あまり思えない。

「将来お前が座る椅子は、武官を束ね、国防や治安維持だけ考えてればいいのとは訳が違う」

「勿論」

「三年に一度のエスター＝テッヘン家の親族会議。元は大陸各地に広がった一族が争わなくて済むよう情報共有の場を設けたのが最初らしいが、いまや、実質、大陸諸国間の非公式な調整会議の一つとして機能する超高度外交案件」

「超高度……？」

「一族の資格ある者以外は参加不可能。一国の王、君主如きが不用意に介入するにはあまりに影響範囲が広過ぎて触るな危険となっている会議だ」

「……」

「そこでの見解は当然、各国に、彼の家に所縁の者を通じて、我々と同じように知らされる。お前はこの国だけが目隠しされ、疑心暗鬼に陥らず耐えられる自信が為政者としてあるか？」

それは非常に難しいことだとヴィルヘルムは思った。

同時に、この父にここまで言わせるエスター＝テッヘン家が何故ただの田舎貴族でいるのか不思議に思える。

大体、三人いる娘の内二人は公爵家や侯爵家に嫁いでもいるというのに。

ヴィルヘルムは、すぐ下の弟がいたく気に入っているという、その三女のことも考える。

第二王子妃として取り込んでしまえば、いいのではないだろうかと。

少々家格は落ちるが、その親族や古き家柄を考えれば、普通の伯爵家と同列に貴賤結婚とするのはあまり乱暴だ。

「念の為言っておくが、エスター＝テッヘン家に政略結婚の概念はないぞ。あそこは本人の意思と親族の祝福が重要だからな」

「ですが、三姉妹の内二人は」

「本人が幸せなら、鍛冶職人の嫁だろうが王家の外戚の嫁だろうが同等にめでたいとする家だ。たまたま公爵家と侯爵家が射とめただけ。絶妙に権力とは程々に距離を置く家を選ぶがな」

ついでに言えばあの家は略奪婚も有りだとのゲオルクの言葉に、言葉通り目を丸くしてヴィルヘルムは驚いた。そんな自由過ぎること貴族に有り得るものだろうか。

あまりに彼の常識で考える貴族とはかけ離れている。

「あまり野心的なのは好みではない点で、フリードリヒは当てはまらなくもないがな。しかし彼の娘は、あれの為に疲弊しているとも聞く」

口ぶりからすっかり調べ上げていて、その娘に公的施策という褒美を任せろと言ったのかこの父はと、ゲオルクに対してヴィルヘルムは思う。

疲弊しているどころではなく、四十七連勤記録保持者。

おまけに醜聞にもなりかねないことを、フリードリヒに仕事の一環として乞われて応じている。

他の令嬢ならともかく、いや他の令嬢であっても弄ぶようなことはよろしくない。

そろそろ真意を尋ね、返答如何では厳しく諭し責任を取らせなければと、長兄として事実関係の確認を密かに行っていた。

ところが、フリードリヒ周辺の者達から悉く「違う違う」「あの二人は驚きの白さ」「年頃の男女にあり得ぬ清さが気持ち悪い」「あの顔で側において、あれほど見向きもされないのはどうなのか」とまで、全力否定の証言が取れて困惑している。

話が彼の令嬢に及んだため、弟を若干哀れに思いながらヴィルヘルムは父親にその旨を伝えた。

ゲオルクは、さもありなんと顎先を掴んで頷いただけであった。

「そもそもあれにあの令嬢が惹かれようか。あれの本来の気質は……」

「父上」

「そうだな。余と妃とお前とで構い倒して育てた、いまのフリードリヒだ。でなければ、彼の令嬢も疲弊するまで尽くしはせんだろう。見守ってやれ」

「はい」

「しかし」

途中で言葉を止め、その威厳ある顔を顰めたゲオルクに、まだなにかとヴィルヘルムは訝しむ。

「余と同世代でまだ子を作るか、あやつは」

呆れを滲ませた父親の呟きに、そういえば手紙の後半に奥方が懐妊した報告があったことをヴィルヘルムは思い浮かべる。父親と同世代なら五十過ぎのはず。

「たしか奥方は私の三つ年上だったかと」

ヴィルヘルムは三十六歳。王太子になったと同時に結婚したゲオルクが十七の時の子だ。

彼自身も王太子となった二十一の際に結婚し、十五と十二になる二人の王子の父親である。

「お前の口から聞くと……娘でもおかしくない歳の妻か」

「その言い方はどうかと。父上と母上は早婚ですから」

結果としていまの王家は、後継者問題に悩まされずに済んでいるが、ヴィルヘルムとフリードリヒは十も歳が離れている。

フリードリヒが生まれるまで、周囲の大人達の間で思惑渦巻いていた記憶がヴィルヘルムにはある。

まだ十五の若さで王太子妃になり、翌年王子をもうけた母はその重圧に参ってしまっていた。

いまやヴィルヘルムの下に弟の王子三人と妹の王女一人をもうけて仲睦まじく、威厳ある父を若干尻に敷いている母であるが若い頃は色々と苦労したようだ。

「父上の頃といまでは時代が違うと言われればそれまでですが」

「余と同じく、婚約者を早々にものにすべく立太子されたと同時に手を出し、結婚した時にはもう孕ませていたお前には言われたくないわっ」

「私は同い年でしたし二十一まで一応待ちましたよ。十五だなんてシャルロッテより下ではないですか、王太子妃には若過ぎる」

「煩い、時代だ」

昔は十を過ぎれば政略で婚約させられ、十五を過ぎれば即成人同様に扱われたらしい。

幼少期に若い父母の苦労をなんとなく見ていたヴィルヘルムは、個の部分では大変に家族愛の強い人間に育った。

特にすぐ下の弟フリードリヒには若干過保護な自覚もある。

「あやつ三十手前になっても相手を決めぬと思ったら、偶々王城にきた年に、デビューした令嬢で一番と話題の娘をかっさらっていった」

美味しいとこだけ持っていくような奴っておるだろ。あやつがそれだと父親がぼやくのを聞かされて、ヴィルヘルムは「はあ」と曖昧な相槌を打つ。

「フリードリヒではないが、田舎貴族と思えぬ顔の良さと妙な人徳がある男ではあるからな」

「娘は父親に似た者を好くといった言説を信じるなら、フリードリヒにも望みはあるのでは」

「さて？　それはともかく、あやつにはなにか祝いを考えてやらねばなるまい」

そうゲオルクは言うと下がれと合図し、ヴィルヘルムは王の間を辞した。

（あの欲がなく自由気儘な弟と、彼の令嬢をどう見守ったものか）

手紙の最後には、娘がよくして貰っているようで感謝する旨も記されていた。彼女の現状を知っているが故になにかの含みと思ったが、父親の話ではそのような回りくどさはない人物であるらしい。

（はっ、もしや令嬢も好意的なのか？　家族にだけはその奥床しい心情を打ち明けているとか）

ヴィルヘルムは非常に常識的な感性の持ち主である。

第二王子である彼の弟に、彼の令嬢が有り得ない悪態を吐きながらも粛々と献身的に仕える、社畜ならぬ宮畜であることも。

そんな彼女に、彼の弟が大いに新鮮味と好意を抱き構い倒して若干鬱陶しがられていることも。

しかし同時に懐は深い憎めない王子と、内心彼女に評価されていることも。

それらが絶妙な加減で、他者が入り込めない第二王子とその筆頭秘書官の関係を築いていることも、想像の埒外であった。

また個としての彼は大変に家族愛に厚く、弟妹達に対して平たく言えば、単なる兄バカ気質でもある。

（そうであれば、アルブレヒトやシャルロッテが言う通りに、ここは兄としてフリードリヒの背中を押すべきか）

いまここに、ヴィルヘルムが最も信頼を置く側近、密命で表向きは近衛騎士班長としてフリードリヒの護衛を任せているアンハルトがいたならば、「殿下はともかくマーリカ嬢は違う、落ち着け」と止めただろう。

しかし彼はいまここにはいない。

たとえフリードリヒの護衛が非番であっても、アンハルトは知る者は限られる彼の本当の務め、公安と対諜報を担当する諜報部隊第八局長の任につき、ヴィルヘルムと顔を合わすことは少ない。

公に諜報部隊第八局長とされているのは諜報部隊でアンハルトの副官を務めている男である。密命を任せるアンハルトが己の側近であることもヴィルヘルムは秘密にしている。

（マーリカ嬢にも護衛を付けるよう、アンハルトに命じておくか……）

長い廊下をヴィルヘルムは彼の執務室を目指して歩きながら、近く兄として弟と話そうと思うのだった。

十　普段へらへらしている者ほど怒らせると怖い

体が熱い、節々が痛くて動けない――。

薄目を開けば、霞んだ視界にぼんやりと滲む金と薄紫の絹の色が見える。

どこ、ここは……と、マーリカは思った。頭の奥がぐらぐらとしていて気分が悪い。

まともに頭を働かせられない。状況を把握することも放棄して、靄（もや）がかかったような記憶をたぐる。

（たしか実家から王都に向かっていたはず……）

三年に一度の親族懇親会に出るため、マーリカは二週間の休暇をとった。

エスター＝テッヘン家に戻り、屋敷に集まった親族と二、三日過ごした後に、領地の温泉保養地視察という親族旅行が締めくくりであった。

年頃の独り者を見れば、その恋愛状況を詮索し、特定の相手も想い人もないと見れば親族間での縁組みや自分が目をかける者の紹介を持ちかけたがる。

そんな年配親族に若干辟易しつつ、とはいえ悪気はないこともわかっているため、久しぶりに本家の娘としてそれなりに寛いでいた。

親族のお節介に同じ思いを抱く、他国にいる従兄（いとこ）や再従兄（はとこ）と合流して互いに同情しあったり、王宮勤めの愚痴を聞いてもらったり。

いつまでも人を幼い妹扱いしてくる兄のような彼等に苦笑され、揶揄われながら、構い倒されるのはいつものこと。

年配親族達が微笑ましそうにそんなマーリカ達を眺め、もう三年経ったら彼等の中で話をまとめればいいかと勝手なことを言って、縁組みしたい熱がやや下火になったのを見て、マーリカは予定を少し早めて王城へ帰る算段をつけた。

(次は、愚痴はあまり言えなくなるかも……)

近隣諸国にフリードリヒの名は知れ渡っていて、近頃は側に秘書官として付き従っているマーリカの名前も一緒になって広まりつつある。彼女が王族付になったことを知っているのは両親と姉と、実家との連絡で事情を共有しておく必要がある家令と侍女くらいだけれど再従兄は文官だ。奇しくもつい先日条約締結したメルメーレ公国の文官である。

現場で書記官のようなことをしているから、それほど地位が高いわけではない。マーリカが文官を志した時にどのような知識が必要でどんなことを意識すればいいかなど手紙で色々と助言もして貰ってはいるれど、まさか他国の文官である再従兄にマーリカや文官達を振り回す第二王子の愚痴まで話すわけにもいかない。国益に関わる。

前の親族会議で再従兄と会った時は、王宮への出仕が決まった頃でマーリカはまだ実家にいた。王宮で働く前だから、助言への感謝と文官になることが許されたうれしさしか話していない。

(そう……出仕前とは少しずつ変わっていくのだろうなって思いながら、手配した馬車に乗っていて――)

父親が伯爵家の馬車でゆっくり戻るよう勧めるのを振り切って、温泉保養地を出る前に自ら手配した馬車に翌早朝乗り込み、王都に向けてマーリカは急いだ。調達を厳命されていた土産菓子も勿論忘れずに持って。

帰ると決めればフリードリヒがどうしているか気に掛かり、若干気が焦っていた。

（それで――途中で事故に）

きちんと町役場を通し、相応の馬車を手配したはずが、急がせたのが悪かったのだろう。

途中で一度馬を替え、しばらく進んだところで馬車の車輪が外れて御者が振り落とされ、繋いだ馬が暴走した後、転倒した。

幸か不幸か林道の側にある湖に。

凍ってはいない浅瀬に倒れ込み、衝撃がいくらか和らいだことは幸運だったのかもしれない。しかし、真冬の冷えた水中にマーリカは馬車ごと半身沈んで意識を失った。

そこまで思い出し、しかしいまは立派な客間のベッドに寝かされているらしいことに、マーリカは少しばかり混乱する。

（……誰かが、助けてくれた……？）

実家で過ごしていた時の回想半ばから、夢現だ。

あの御者は無事だろうか、殿下や部下への連絡は、破損した馬車の損害の賠償も……などと、いかにも仕事中毒な文官らしい順で色々なことが思い浮かんでは消えていく。

（考えがまとまらない……）

朦朧(もうろう)とするマーリカの意識は再びそこで途切れた。

オトマルク王国、王都リントン。

高台から栄える街を見下ろす王城の奥、王族の私的生活の場とする区画。

普段使用されていない応接間では、四人の男がそれぞれ沈鬱(ちんうつ)な様子で集まり、部屋の中央に設けられた円卓を囲んでいた。四人の内、金髪の三人は円卓の席に着き、赤髪の一人は座らず一歩引いた位置、深紅の絨毯を敷く床に跪(ひざまず)くように控えている。

もし、今この部屋に迷い込んだ者がいたとしたら、その扉を開けた途端に室内に集う者を見て腰を抜かすか、驚きに目を回してしまうに違いない。

何故なら集まっているのは、この国を治める者とその重臣である。

「まずいことになったな」

とんとんと右手の人差し指で円卓を叩きながら呟き、口火を切ったのはこの国の王太子。

ヴィルヘルム・アグネス・フォン・オトマルク。

「だからこうして其方(そなた)らを集めた」

重々しい声音でヴィルヘルムの呟きに頷いたのは他でもない。

国王ゲオルク・アンナ・フォン・オトマルク。

「どうもただの事故ではなさそうです」

そろりと不穏な言葉を口にしたのは、席につかずに控えていた人物だ。

第二王子フリードリヒ・アウグスタ・フォン・オトマルク付の近衛騎士の班長。

そして、ヴィルヘルムの側近でもある——侯爵家嫡男のアンハルト・フォン・クリスティアン子爵。

彼の本当の肩書きが、諜報部隊第八局長であることを知るのはごく少数の者に限られる。

第八局は公安と対諜報を担当している。主に外交で目立つ功績を上げるフリードリヒの身を案じたヴィルヘルムが、信頼する側近のアンハルトを第二王子付近衛騎士班長にしたのだった。この配置であればフリードリヒを守り、また彼を疎ましく思う者が周辺で怪しい動きをしていないか目を光らせておくこともできる。

クリスティアン家は武官家系で、現当主は王国騎士団総長を務めている。

その嫡男としてアンハルトは、幼少から剣技だけでなく銃器の扱い、戦略戦術の知識を叩き込まれている。護衛として腕が立ち、優秀な武官なことを見込んでの人事でもあった。

「〝オトマルクの黒い宝石〟を狙った事故なのは間違いありません」

オトマルクの黒い宝石とは——第二王子付筆頭秘書官マーリカ・エリーザベト・ヘンリエッテ・ルドヴィカ・レオポルディーネ・フォン・エスター=テッヘンに諸国の者がつけた異名である。

「なんと愚かな」

アンハルトの言葉に、ヴィルヘルムは顔を顰めた。

エスター＝テッヘン家、王国における田舎の弱小伯爵家ながら、王国成立よりも古くから続く貴族。長い名前は、枝分かれた複数の親族から名を取る慣わしのためであるらしい。

その家系図を正確に描き出せば、大陸地図に載る国の大半にまたがり各国の王侯貴族と遠く縁付いている由緒ある家系の本家。

「狙うなら、不肖の息子にしてもらいたいものだな」

「父上！　それは流石に兄上に酷くはないですか」

重々しいため息混じりに低く呟いた国王ゲオルクの言葉をたしなめ、いくら〝無能殿下〟と呼ばれているからってと胸の内で付け加えたのは、第三王子のアルブレヒト・カロリーネ・フォン・オトマルク。

彼はまだ成人したてではあるが、すぐ上の兄フリードリヒの補佐として、その筆頭秘書官と関わりがあるためにこの場に呼ばれた。

休暇を取ってエスター＝テッヘン領に帰省中だったマーリカが、王都へ戻る途中に事故にあった。二日前、王城にその事故の一報が入ってから、何故か国王である父親や王太子の長兄ヴィルヘルムがぴりぴりしていてこの場である。

アルブレヒトにとっては、仰ぎ見るばかりな存在である父と長兄とその側近だ。

集まった彼等が一様に難しい顔をしていることに事態の深刻さを読み取って、アルブレヒトは若輩の自分までこの場に呼ばれたことも含めてどきどきしていた。

（マーリカはいまやほとんど非公式な第二王子妃候補も同然。文官組織にとっても手痛い事態だけ

ど、それにしたって大袈裟すぎる。やっぱりエスター＝テッヘン家かなあ。複数の国に親族がそこそこの立場でいるわけだし）

フリードリヒがマーリカに執着しているのは明らかで、またエスター＝テッヘン家が周辺諸国と縁のある家なのを考慮して、ヴィルヘルムはアンハルトに命じ、マーリカに密かに護衛をつけさせていたらしい。流石は勤勉かつ優秀な長兄である。

冬場通る者の少ない林道で起きた馬車の転倒事故であるにもかかわらず、マーリカはすぐに救助され、そのことが彼女の生死を分けた。

馬車が転倒した先は真冬の湖。怪我自体は比較的軽傷なものが多かったが、半身が冷水に浸かっていた。体は冷え切って脈は弱り、救助が遅れたら危なかったという。

いまはひどい高熱で王宮から派遣された王族付医官が対応に当たっている。

「いや、父上の言葉は正しい。アルブレヒト」

「大兄上までっ」

「お前は誤解している。事の影響を考えてのことだ」

「マーリカの、エスター＝テッヘン家の親族を考えれば国際問題事案でしょうけど」

「――問題はそこではない」

テーブルに両肘をついて組んだ両手に顎先を乗せ、低く呻くように言った父ゲオルクの言葉に、どういうことかと、アルブレヒトは眉を顰（ひそ）めた。

「アンハルトよ」

「はっ、陛下」

ゲオルクに呼びかけられ、アンハルトは跪いていた身を更に深く屈めた。

この事態はどう言い訳しても、彼の落ち度である。

アンハルトが命じられていたのは、第二王子のフリードリヒの護衛が主である。エスター＝テッヘン家のマーリカ嬢に護衛をつけることはあくまで用心のため。

命令の遂行自体は問題ないが、しかしマーリカになにか起きればその影響はけして小さくはないこともアンハルトは知っていた。

知っていながら万全ではなかった。隠密護衛一人しかつけていなかったのだから。

そもそも上級官吏の伯爵令嬢であるマーリカは、外出時に護衛なしになることがない。

王宮勤めの上級官吏が王城を出る際は、護衛の騎士が手配される。帰省時も行き道は手配された。エスター＝テッヘン家にいる間は伯爵家の護衛騎士が当然つく。帰りも伯爵家の馬車であればそうなるはずが、マーリカが帰路を急いだために馬車付の護衛になった。

隠密護衛から知らせを受け、人員を向かわせていた途中で事故が起きた。

「例の鉄道利権の国が首謀というわけではないのだな？」

「彼の公国の第一公子派閥の貴族による、単独犯の線が濃厚です。条約締結により、利権の旨みを得られなくなり、派閥の力を削がれたことへの逆恨みによる犯行のようです」

「彼の国は水面下で次期君主争いの最中だったな。第一公子は強硬路線だと。王国の弱体化を狙ってフリードリヒを害そうと、派閥の者をけしかけたのでは？」

「恐れながら、それにしては犯行が稚拙にして安易に過ぎます」

アンハルトはゲオルクの問いに答えて、俯けた顔の下唇を軽く噛む。

強襲なら予兆を察知して防げただろうが、まさか金で筋の良くない者を雇って替え馬の際に御者も護衛も交替させ、馬車に細工する嫌がらせ紛いのこすい手口とは……日頃、凶悪犯罪者や暴漢、組織犯罪を相手にしている盲点を突かれた感がある。

本当に、嫌がらせ程度のつもりだったのかもしれない。

「彼(か)の国に潜ませている者の報告も、君主一族周辺は戦々恐々とこちらを窺(うかが)っている様子であり、第一公子や君主家の他の者が意図したことである可能性は低いかと」

「ふむ、浅はかな者が卑劣にもか弱き女性を嫌がらせ相手に選んだということか。アンハルト、二日でよく調べた」

「いえ、事の始末を終えましたらどうか相応の処分を」

「愚か者の犯行ではな。むしろ気の毒だ……エスター＝テッヘン家には、ヴィルヘルム」

「事の仔細を届けるよう手配しました。確かに、代償が大き過ぎる」

「おりしも親族会議の直後だぞ。本家や一族の信用を失えば親族付き合いから外される。彼(か)の国側のエスター＝テッヘンの親族は己の面目をかけ動くだろうな」

「なに、それ……」

（怖っ。親族懇親会って、家族行事ってそういうこと⁉　親族仲が良すぎて困るとかいった話じゃないでしょ、マーリカ！）

父や長兄の言葉から推察するに、まるで大陸における国家間の均衡を裏で保つ一族ではないかと、アルブレヒトは血の気が引く思いで呟いた。実際、背筋がぞわぞわしている。

（どうしてそんな一族の本家が、この国で弱小伯爵家な位置付けなわけ？　それより兄上、とんでもない相手に懸想してない？　大丈夫？　マーリカとの醜聞一発でこの国滅ばない？）

「個人の問題でめくじら立てる一族なら、繁栄を極めるか反発にあって滅ぶかしておる。アルブレヒト」

「父上……人の考えを勝手に読み取らないでください」

「誰かに向けて物言いたげな顔をしておるからだ。未熟者め。エスター＝テッヘンは地味に静かに平和に続くを良しとする家であるゆえ、あってない扱いで構わぬ一族。向こうもそれを望んでいる」

つまり戦や内紛工作など、親族間を拗らせ煩わせることへの協力や巻き込まれるようなことは断固拒否するのと引き換えで、特別気にかけてくれなくてよいと田舎の弱小伯爵家でいる訳か。古い家らしい傲岸不遜さだなと、アルブレヒトは頭の中の備忘録に記録した。

こういったことがあるから、古い家は厄介である。

「それよりもだ……」

ゲオルクが苦悩のため息を吐く。それはこの場にいる者にとって、非常に珍しいどこか気弱な王の姿であった。

「エスター＝テッヘン家側から騒がせた詫びかなにか言ってくることを考えると頭が痛い。令嬢の出仕を辞めさせて構わぬなどときたら厄介だぞこれは……ヴィルヘルム」

「フリードリヒなら、令嬢を離宮に移すことを提言したきり静かにしています」

「騒ぐと思ったが、我が息子ながら本当に考えがわからんなあれは」

「不気味なほど静かですが、エスター＝テッヘン殿の容体第一のように見えます。高熱で面会謝絶の報告をしてからは、執務室を出ず大人しく仕事や読書をして」

「兄上が⁉　アンハルト、本当に？」

「はい。エスター＝テッヘン殿が困らぬようにと」

「そういえば、父上。どうしてこの場に兄上がいないのですか？」

マーリカに明らかに懸想して見える、次兄のフリードリヒが一番の当事者であるはずだといまさらながら気がついて、アルブレヒトがゲオルクに尋ねれば、威厳ある父であるはずの彼は何故かばつが悪そうに目を明後日の方向へ逸らせた。

（ん？　父上、その反応はなに？）

「いや、その……アルブレヒトよ。あれは、な」

「よく考えたら、こんな私生活の場の普段使ってない部屋に、兄上を除いてこそこそ集まっているのもおかしいですよね。ねえ、大兄上。アンハルトも」

（これは、なにかある。しかも反応的に僕以外は理由を知ってる）

「アルブレヒトよ、それは……」

「父上、私から説明します」

「ヴィルヘルム」

「私とて子を持つ父親です」

いつも真面目だが、今日は一段と真面目で厳しい表情を見せている長兄に、本当になんなのだとアルブレヒトは思う。アンハルトまでが渋い表情をしているのも不可解だ。

「大兄上？」

「フリードリヒは……為政者で言えば暗君になりかねない気質なのだ」

「は？　なにを今更そんなこと」

皆が皆深刻そうな顔をし、あらたまってなにを言うかと思えばとアルブレヒトは拍子抜けした思いだった。なりかねないもなにも、すでにフリードリヒは文官組織で〝無能殿下〟などと揶揄されている。しかし、長兄は目を伏せて緩く首を振った。

「お前の考える愚かさではない。そもそもあれは人任せにしているだけで怠惰ではあるができないのとは違う。そうじゃない。フリードリヒは一歩間違えれば、冷酷で残虐な王族になりうる。なにしろ良心がない」

「は？　なんの冗談……兄上はむしろ王族としては、良心の塊みたいなお人好しですよ」

（マーリカを私室に連れ込んでも、破廉恥事案を恐れて手も出せずにいるし、弟や臣下に叱られてすぐ謝る人でもある）

「うむ……良心と言うと語弊があるな。善悪の境とでも言えばいいのか、倫理や常識の枠に囚われぬ感性の持ち主。最初にそれに気がついたのはフリードリヒが四つの時で――」

そうしてアルブレヒトにとっては驚愕の事実を、ヴィルヘルムは語り始めた。


フリードリヒが四歳の時、彼が可愛がっていた番の小鳥の一羽が死んだ。

彼は大いに悲しんだ。当然の反応だと周囲の大人達は思った。

小鳥の世話を担当していた侍女は、泣いて悲しむ幼い王子に慰めの言葉をかけた。

小鳥は病気で苦しんでいた、いまは苦しみから解放され安らかなのだと。

美しい声で鳴く、生き残っている小鳥を見て侍女は幼い王子に微笑んだ。

ほら、もう一羽の小鳥もほっとして、遠い空にいる小鳥が寂しくないよう歌ってます。

離れていても一緒です。ですから寂しくはないのですよ、と。

「離れていても一緒……？」

「ええ、そうです殿下」

「それはこの番の鳥の声が、空の上にいる鳥に聞こえるから？」

「え？　ええっ、そうですとも。わたくしもお世話をしてましたので寂しくはありますが、そう思うと少し寂しさも薄れます」

その時、侍女はじっと彼女を見詰めるフリードリヒのあまりに聡明そうな眼差しに、幼い王子を慰めるためとはいえ、嘘を吐いたことに罪悪感を覚えたらしい。

だが侍女の言葉をひとしきり聞いて、そうかとフリードリヒは納得して泣き止んだ。

ほっとした侍女だったが、すぐ恐怖のどん底に突き落とされることになる。

「声だけでない方が、もっといいのじゃないのかな」

「え、あの……殿下？」

「空の上にもう一羽も届けてあげた方がいいと思う。やっぱり同じ病気にするのがいいのかな……あっ、番を世話していたし君も寂しいのだよね。やっぱり一緒の場所に行きたい？」

「ひっ！」

にっこり純真無垢な笑顔で、フリードリヒは侍女のスカートを掴んでそう尋ねた。

だが、流石に王族に仕える侍女は気丈である。

「で、殿下もお寂しかったのでは？」

「うーん、寂しくはない」

「ですが、毎日可愛がっていらしたではありませんか」

「ああ、鳥の言葉はわからないけど、なにか話してて面白いなあって。でも面白くなくなっちゃったから悲しい」

「あああの……わ、わたくし……王妃様の御用がございましたっ」

「母上の？　じゃあ行かないとね。あっ、誰か小鳥の病気に詳しい大人呼んできて」

「懐かしい話だな。ヴィルヘルムよ……あの時は侍従長が青い顔でやってきて大変だった」

「当時フリードリヒは神童でしたから。教師が与えた本は一読で覚えて諳(そらん)じ、数字を面白がって窓から見える人を数え、倍々に計算する一人遊びをしていましたし。衝撃が……」

「いやいやいや、待て待て待て！　なにその恐るべき四歳児！」

（公務でなければ満遍なくなんでもできる人だよなとは思っていたけど、尋常じゃなく知能高い子供でしょ！　神童って!?）

「まあ、そういうことだ。神童であっただけに、純粋な幼児ゆえの残虐さが少々目立ち過ぎた反動が大きかったというか……」

「大兄上っ。さっきのは子供の純粋さは残酷なんて話じゃないよね？　どうして同じ病気って発想？　大体、番(つがい)の小鳥だけじゃなく、侍女も返答次第で空の上に送る気でしたよね？　その侍女どうなったのですか」

「その日のうちに暇乞(いとまご)いを申し出た」

「ですよね」

「侍従長がフリードリヒによくよく話を聞けば、離れていても一緒はなにか誤魔化しているような気がしたと」

「兄上、たしかにそういうことには敏(さと)いな。面白くないとか言って、人の仕事増やすだけでまったく役に立ってないけど。それで？」

「本当は皆一緒がいいと考えたらしい。また空は広いゆえ同じ手段でなければ、別の場所に行ってしまう可能性がある。そうなれば一緒にいられず気の毒だと」

「もうさ、敏(さと)いのとやばさが混ざって意味不明だよね。どうしてそうなる」

「フリードリヒにとっては慈悲や憐れみだ。他にも似たようなことが色々と……」

ヴィルヘルムの話を聞いて、アルブレヒトは背筋が凍りつく思いがした。

慈悲や憐れみで、意図的に病気にさせられ空に送られてはたまらない。

エスター＝テッヘン家の結束もだが、それより怖い。

「なにが慈悲や憐れみですか。どう考えても真性やばい人でしょっ」

「いまは違う！　父上と母上と私でフリードリヒが歪まず真っ直ぐ育つよう愛情深く構い、他の教育は多少疎(おろそ)かでよいから、社会道徳や倫理や遵法精神を徹底的に教え込んだ。それでいまのお前が知る兄がいる！」

「大兄上……そういうのって根っこはあまり変わらないと思いますよ」

「だが、実際のところフリードリヒは優しい兄だろう？　第二王子として社会適応はできている！甘やかしたせいか幾分怠惰が過ぎるが」

「そうですけど……」

釈然としない思いでアルブレヒトは長兄の言葉を認めた。

まさか、あの天真爛漫で暢気な兄のフリードリヒにそんな秘密があったとは。

しかし言われてみれば、彼の感性が独特過ぎて時折意味不明なことも納得である。

「考えはわからぬが、あれで思うところもあるらしい。周囲の大人の困惑を見て覚え、自らを矯正しているようなところもある。感性の問題だから全部というわけではないが」

「とりあえず。狙うならマーリカでなく兄上にしてもらいたいですね」

「アルブレヒトよ、先程余に酷いと言っておらなんだか？」

「事情を知れば別です。確認ですが父上、思うに兄上のその気質って、興味関心の向いたものや執着したものにより強く発揮される傾向があるのでは？」

「その通りだ。三男の立ち回りに長けているだけあって、兄フリードリヒのことをよく知っている」

「正直、兄上がなにを考えているかなんて、あまり知りたくはないのですけれどね。マーリカは王宮勤めを辞める気はないと思うのですよね」

「ふむ」

「実家のエスター＝テッヘン家が無理にマーリカを連れ戻したら、マーリカの意思を尊重しなければエスター＝テッヘン家を滅ぼすとかいった方向へ走りませんよね？」

大陸における国家間の均衡を裏で保っているような、結束の固い一族の本家を滅ぼすなんて、どう考えても普通は思わないし、思っても実行はしない。

しかし、フリードリヒの感性と発想は本当に独特なので予測がつかない。王族であるだけに暴走すると大変危険だ。

その場の全員がそれぞれ誰とも目を合わせないように黙り込んだ様子に、アルブレヒトは確信した。

『問題はそこではない』

父の言葉はそういうことか……と、アルブレヒトは額を押さえた。

(この国が新興の大国でいられてるの、エスター＝テッヘン家の本家があるからっていうのも少しありそうだし……結果的に、周囲が友好か中立の国が多くなってるような部分で)

オトマルク王国はほぼ内陸の国である。大小の国に囲まれ、周囲に結託されると厄介だ。とはいえ国の規模は大陸で三番目、最も工業が発展している。仮に周囲と戦になっても仕掛ける側も無事では済まず、現実的に利益はあまりない。

周辺すべての国が知らぬ間に結託は流石にない。利害が一致するとも思えない。

エスター＝テッヘン家の親族会議だって、あくまで非公式な調整会議の一つだ。影響力は大きいかもしれないが、それだけで国も大陸も動かない。

(でも、先になにか仕掛ければ悪者にはなる。様々な国の貴族が親類にいるエスター＝テッヘン家に王族である兄上が本気でなにか仕掛けたら、周辺諸国に大義名分を与えかねない。それに報復は報復を生むからなあ……父上と大兄上達の懸念はそこか)

いっそ乱心王族として幽閉したら万事解決ではと考えかけて、いやそうはならないとアルブレヒトは思い直した。フリードリヒが外交の要であるし、それに奇妙な人望がある。

「つまりまあ、色々厄介というわけですね」

「雑にまとめたな、アルブレヒトよ」

「とりあえず、エスター＝テッヘン家に使者をやっては？」

「それは考えた。しかし、彼の令嬢は王家に仕える臣下の上級官吏。第二王子付筆頭秘書官だ。業務にまつわる危険は承知の上。王家も補償はしてもそのために使者など出さない」

「たしかに。何事かってなりますね。それにこの件、処理できるとしたら事情を知る者に限られるでしょうし」

アルブレヒトは軽く握った右手を口元に黙考する。

まさか国王である父ゲオルクが動くわけにもいかない。王太子である長兄ヴィルヘルムもその点では同じだ。そもそも王族が地方貴族の家になにか伝えようと出向くなどおかしいから第三王子である自分も除外される。残るはアンハルトだが、表向きの務めはフリードリヒの護衛の近衛騎士で武官の彼になんの関係があるというのか。そこを突かれても厄介である。

（あー本当、兄上のせいでどうしてこんな胃の痛いこと考えて……本人になんとかしろって言いたい。ん？）

「……ありかも」

「ありなわけなかろう。事情を知るのはこの場にいる者のみ、他に誰がいる」

渋面で諭してきた父と頷く長兄に、若干子供扱いされたようでアルブレヒトはむっとしたものの、この二人は基本親バカで兄バカでフリードリヒに対し過保護だから思いつきもしないのだと思い直す。

「エスター＝テッヘン家に出向いて不自然でない人ならいるではないですか。マーリカの直属の上司であり、しかも最もマーリカが王宮から去れば困る人が」

アルブレヒトの言葉に、全員がはっとしたように目を見開いたが、すぐさまいやそれはだめだと緩く首を振る。

「ここで兄上を使わない手はないです。暴走される前に方向付けした方がまだマシですって。躊躇っている時間もないのでは？」

使者を出すなら、エスター＝テッヘン家がマーリカについてなにか言ってくる前だ。

マーリカを実家に戻すようなことを言ってきたら、フリードリヒがどう出るか予測できなくなる。

すんなり了承するとは思えない。

「いや、しかし。アルブレヒトよ」

「父上。生来の資質か、兄上は無自覚ながら、震える相手をにこやかに追い込むことにかけては天才です。たぶん怒ってると思うし、エスター＝テッヘン家の親族の面目とやらへ助力させればよいのでは。君主家に不穏分子の対処をするよう釘を刺すなんてお手のものでしょう」

「なっ……！」

――その発想はなかった！

ゲオルクも、ヴィルヘルムも、アンハルトも。

フリードリヒをいかに大人しくさせたまま、どうやり過ごすかしか考えていなかった。国家間の問題にならぬよう、彼の公国にも手出しはできないと思っていた。

　たしかに、アルブレヒトの言うことには一理ある。

　フリードリヒなら、マーリカの上司として非公式な謝罪に出て、なにをしても個人の義憤にできないこともない。第二王子であることの懸念はあるが、エスター＝テッヘン家を介してなら誤魔化せそうな気もする。アルブレヒトの言う通り、フリードリヒがなにを考えなにをするかと心配するより遥かにましだ。

「大兄上が兄上に話せばいいのですよ。〝秋に条約締結した国の者に逆恨みされてマーリカは酷い目にあった。彼女の親族がとても心を痛めている。王族ではなく上司として伯爵家を見舞ってはどうか〟とでも」

「アルブレヒトよ……令嬢に愛でられる可愛らしげな顔をして、なんと腹黒い息子に育ったのだ」

　少しばかり肩を落としてそう言ったゲオルクを見て、見上げるばかりな威厳ある王である父も人なのだなとアルブレヒトは思った。この父とこんなに話したのは初めてである。

「お言葉ですが、父上。両極端な兄二人を支える第三王子として育てられれば嫌でもこうなります。大体、僕は馬鹿が嫌いなんですよ。逆恨みで人を害するような道理も理解しない馬鹿は特に。決定でいいですね」

「むっ……うむ」

　腕組みしてうんうんと首を縦に振る、令嬢達の言葉を借りれば〝あざと可愛い〟仕草で、まったく可愛げのないことを言うアルブレヒトを眺めながら、彼の父と兄と、彼を知る臣下は思った。

エスター＝テッヘン家といい、フリードリヒといい、アルブレヒトといい……普段温厚そうにしている者ほど怒らせると怖いな、と。

十一　無能殿下が妙なところで本気をだしてきて困る

ぼんやりと細い視界に、最近見た覚えのある濃い金色と薄紫色の絹の色が見えた。

ああ天蓋かと、マーリカはゆっくりと瞬きした。であればここはベッドの上である。

ふかふかと寝心地がよく、寝具も絹に羽毛を詰めたもので、軽く肌触りよく暖かい。

いずれも上等で高価なもの。事故に遭い、高位の貴族の家に助けられ保護されたようだ。

お礼を言わなければ、とマーリカは小さく呻いた。喉がとても渇いている。

しかし起き上がる気力が出ない。体が異常に怠くて力が入らず、頭もひどく重い。

寝起きとしては最悪だと思っていたら、ひょっこりと現れた別の色が目に映った。

陽光のような柔らかな淡い金色と、冬場には珍しい澄んだ青い空の色――。

「ああ、マーリカ。目を覚ましたのだね」

「で……っか……!?」

その声、柔和で優しげな完璧に整った美貌はまぎれもなく。

マーリカが仕えるオトマルク王国の第二王子フリードリヒ・アウグスタ・フォン・オトマルクであった。

だから殿下と言ったつもりなのに、掠れた不明瞭な声しか出なくてマーリカは覚めたばかりの意識の中で戸惑う。

「み、ず……」

「ああ、そうか」

思わず呟いたマーリカの言葉に反応し、仰向けに真上を見ることしかできないマーリカの視界からフリードリヒの姿が消える。少し間をおいて、唇にひやりと冷たく硬質な管のようなものが触れた。

「飲める？」

あろうことか王族であるフリードリヒが、水の入った吸い飲みのガラス容器をマーリカに差し出している。

とんでもないことだと反射的に飛び起きようとしたマーリカだったが、胸元に掛けられた羽毛を詰めたケットがわずかに浮いただけで、同時に左足に走った痛みに顔を顰（しか）める。

「うっ、くぅ」

「ああ、大人しくしないと」

フリードリヒが注意する声と、彼がガラス容器をサイドテーブルに置く音をマーリカは聞いた。肩より上にケットを掛け直され、ベッドに手をつき真上からマーリカを覗き込むフリードリヒの顔が再び視界に大写しに見えて、動揺にマーリカは目を見開く。

ここはどこなのか、自分は一体どうなっているのか、何故フリードリヒが側にいてマーリカの世話を焼くようなそぶりを見せているのか。

いくらでも浮かぶ疑問と働かない頭に、軽く目眩（めまい）がしてくる。

自分が寝かされている部屋はとても静かで、フリードリヒ以外に人の気配も感じない。

本当にどういうことなのかと不安に揺れる黒い瞳を動かすマーリカに、フリードリヒが微笑むように目を細める。

「ここは王家所有の離宮。いつだったか大祖母様気に入りの離宮があるって話したことなかった？」

マーリカはフリードリヒに小さく頷いた。どういった場所かはひとまずわかった。

しかし殿下、これはどういった……そう言ったつもりなのに、マーリカの開いた口からは、う……、あ……といった呻くような声しか出ない。

「七日間ほとんど眠っていたらしいから。体も衰弱してるだろうし、喉も辛いと思うよ」

七日⁉

約二週間の休暇を取得した上に、事故に遭ってさらに七日も眠っていた？

しかもまともに動くことができなくなっている。

復帰できるまで回復するにはどれくらいかかるかと思うと、マーリカは血の気が引いて再び意識を失いそうになった。

「マーリカ？」

秘書官どころか文官失格だ。

じっとマーリカはフリードリヒを見詰めて、久しぶりに見た顔に少し呆けてしまった。

こんな状況で身体的にも精神的にもどん底なのに、そういったことを一瞬忘れてしまうほどに顔がいい。つい最近会ったばかりの従兄(いとこ)や再従兄(はとこ)も美形だが、フリードリヒには及ばない。本当に容姿だけは呆れる素晴らしさの第二王子である。

「うーん。まあとにかく少し喉を潤そうか。そう見詰められるとなんだかねえ」

枕越しに首の後ろに彼の片腕を入れられ、マーリカは少しばかり頭を起こされる。腕と入れ替えでベッドの上にあったらしいクッションを入れられた。続いて、ケットごと肩を包むようにして、上半身もずり上げる形でわずかに起こされる。

介助であってもすべて寝具越し、直接触れないのはフリードリヒの配慮を感じる。執務中に時折マーリカを揶揄(からか)うことはするが、こういったマナーは良い人だ。

だが、再び吸い飲みの飲み口を唇に押し当てられマーリカは首を振る。自分は王族を世話する側で、間違っても王族に世話される側ではない。マーリカとしてはものすごく抵抗を覚える。しかし、引かないフリードリヒに従うしかなかった。

自力でまともに動けず話もできないのではどうしようもない。仕方なく少しばかり水を飲んだ。冷たく美味しいと思って飲んだが、久方ぶりに喉を潤す刺激にむせる。

「っ……もうしわけっ………っ、っ」

「いいから、慌てず」

やや命じるようなフリードリヒの口調に頷いて、もう一度マーリカは恐る恐る水を飲む。今度はむせなかった。

「……解任ください」

一体どうしてとか、ありがとうございますとか。

もっと他に先に言うべきことはいくらでもあるはずなのに、若干掠れ気味でも声を出せた喉から滑り出たのはそんな言葉でマーリカ自身も驚いた。

「辞めたいの？　怖い目にもあったしね。無理もないけど」

ベッドの側に置かれた、薄紫のビロード生地を貼った教会の椅子のような古風な椅子に腰掛けていたフリードリヒが静かに尋ね、無意識にマーリカは頭をわずかに揺らすように振っていた。

「じゃあどうして？」

「休暇だけでなく……七日も。しかもこれでは務まりません」

「マーリカは、未消化の休暇が呆れるほどの日数で溜まってるから問題ない」

「そういうわけにはっ」

「じゃあ治るまで保留。大臣達が調整した懲罰枠だから勝手に決めたら叱られる」

「その間は……」

「アルブレヒトと君の部下達がなんとかしてくれる。今は冬で暇だし、別に困ってない」

そう言い切られてしまっては黙るしかない。

しかし、第三王子の補佐や部下達が頑張っても肝心のこの人がこんな場所で遊んでいては……と
マーリカはフリードリヒの顔を見ながら困惑に眉根を寄せる。

「殿下も……お仕事してくれなければ、困ります」

「ふむ、目が覚めてきた？　それはマーリカによる」

「なにを」

「安静にしてしっかり休んでくれるなら、きちんと片付ける。ここで」

「……は？」

フリードリヒと話しているうちに、だんだん彼を見る目に力がこもってくるのがマーリカは自分でもわかった。

たぶんいまは彼から見て、睨むような目つきになっているだろう。

「本当っ、マーリカって私をまったく信用していないよね」

「そういったことは、信用にっ……足る行動を、して……から仰ってください」

「水飲む？」

一応、諭している最中で間抜けなこと極まりなく、ものすごく不本意ではあるけれどマーリカは頷いて、フリードリヒの介助を受けて水を飲んだ。今度はさらにごくりと喉を動かし容器の三分の一程を飲めた。

「あまり張り切って飲まない方がいいと思うよ。ずっと寝ていたわけだし」

「黙ってください。話の途中です」

けほっと、弱々しい咳をしてしまったけれど話をすることはできそうだとマーリカがフリードリヒを睨むと、彼は口元に薄く苦笑を浮かべる。

「……回復早いね。若さかな」

「殿下とは五つしか違いません。どういうことです」

「なにが?」

「ここで仕事をするとは」

「ここは王家所有の離宮だし、たまに場所を移して仕事をするのは珍しいことじゃない」

「非効率です」

「だから、いまは結構暇で。アルブレヒトの見立てでは三日に一度まとめて決裁書類に署名してくれたらいいんだってさ。ここから王都まで割とすぐだから、急ぎは鳩飛ばすって。鳩速いからねー」

「まさか調整済み?」

「私だってたまにはマーリカみたく休暇が取りたい」

「――っ」

これだけ休んで穴を開けてしまっていては、休暇を持ち出されると分が悪い。

王族だから休みなどないとは流石に言えないし、しかも第三王子のアルブレヒトと結託までしている様子だ。

フリードリヒを反面教師とし真面目で几帳面。公務の補佐に入って早々にあの条約締結騒動に巻き込まれ、乗り越えただけにアルブレヒトは非常に優秀である。

フリードリヒがなにもしない分を、初の公務でほぼ引き受け回してしまったアルブレヒトが協力の構えなら、本当にフリードリヒが話す通りに三日に一度の見立てで事足りるのだろう。

そこまで考えたマーリカがフリードリヒの顔に意識を戻すと、彼はなんだかつまらなそうなため息を吐いた。

「やっぱりまだ全然だ。普段のマーリカならこの程度では黙らない。とにかくそういうことだから。向かいが執務室。私の寝室は左隣。護衛の騎士を廊下と建物周りに何人か配してる。右隣には医官がいて、部屋には看護の侍女を二人……いまは外してもらっているけれど常時ついているから心配ないよ」

矢継ぎ早に次から次へと、部屋だの人員だのを説明されてマーリカは理解が追いつかない。

事故に遭って、重症だったのだと思う。

しかし目を覚ましたのだし、一介の文官の自分は王家所有の離宮でこんな高待遇な療養をする身分ではないはずだ。

これではまるで王族同然……しかしすでに七日寝込んでいたようで、手配され切っているものなら無下にもできない。

おそらく先ほどのフリードリヒの口ぶりでは手配され切っているとマーリカは判断した。

妙なところで本気を出されても困る。

認めたくはないが公務でなければ彼はそこそこに有能で、しかもあまり苦手分野もない。

それについては丸一年以上仕えていて把握済みだ。

「なにか物言いたげだね。でももう疲れたろうから眠るといい」

「殿下」

「これは命令」

「く……っ」

再び体の位置をフリードリヒに戻されながら、マーリカは軽く下唇を噛む。

なんだか口惜しい。

それにフリードリヒの言葉は憎たらしいのに、口調が妙に優しく甘く静かに囁くようだから調子が狂う。

大体、日頃から見慣れ、彼に悪態を吐いているマーリカであっても、ふとした一瞬惹き込まれそうになる。腹立つまでに顔がいいのだこの第二王子は！

「マーリカ」

呼ばれて我に返り、あまりに近づいていたフリードリヒの顔と、目の前が陰っていることにマーリカは驚いた。

額にごちんと彼の額がぶつかる。考えなしの冗談は言っても、こんなことはしない人のはずだ。

混乱に鈍い頭の働きが追いつかずマーリカは完全に思考停止状態に陥る。

「私を怒る元気があるのは結構だけどさ。君、わかっていないみたいだけれど、まだ結構熱あるから」

「……顔が……近ぃ……っ」

「従兄（いとこ）だか再従兄（はとこ）だかには、甘やかされているくせに」

「はぃ？」

「三日に一度の仕事以外、私は休暇だから。マーリカも療養中は休みで決裁済み。君いま文官じゃなく伯爵令嬢。この離宮は王太子である兄上の心遣い。臣下が無下にするものじゃないよ」

「なっ……」

「諦めて療養すること！　これは王家がエスター＝テッヘン家に確約した待遇だから」

なにか言い返したいのに。

フリードリヒが話すたびに吐息がかすかにかかるのが落ち着かない気にさせて、熱のためか言葉がまとまらない。

体も、思考も、なんだか気持ちも思うようにならない苛立ちに、マーリカは下唇の内側を軽く噛む。

この状況はフリードリヒの一存だけで、決められているわけではないらしい。

ものすごく癪（しゃく）ではあるけれど、フリードリヒの指摘通りではあった。

ほんの少し動いて話しただけであるのにひどく疲れ、ずっと頭は重くぼんやりとしていて、うっすらと吐き気もありとにかく起きているのが辛い。

もういい、寝ようとマーリカは思考を手放して眠りに落ちる。

目を閉じる寸前に、フリードリヒが完璧な王子の微笑みを浮かべているのが見えた気がした。

十二　首尾はどうなのと言われても

「で？　首尾はどうなの？」

午前のお茶の時間に離宮の執務室で顔を合わせるなり、開口一番、そう尋ねてきた弟アルブレヒトには答えず。

フリードリヒは無言で護衛の近衛騎士であるアンハルトを軽く顧みた。

アンハルトはフリードリヒの意を汲み取って、アルブレヒトに随行してきた秘書官から書類を受け取る。彼等の受け渡しを横目に見て、フリードリヒは弟へ注意を戻す。

令嬢達より〝あざと可愛い〟と評されている愛らしげな雰囲気の顔にまったく愛らしくない無愛想な表情を浮かべている。

なんとなく胃が悪そうな顔つきでもある。それからフリードリヒの扱いが若干雑で辛辣になった気もする。

兄弟の間が気安いものになるのは歓迎するところではあるけれど。

「まさか第三王子直々に書類を持ってくるなんてね」

「マーリカのお見舞いも兼ねて。これだけ尽力している弟の問いかけに答えないつもり？」

「首尾はって、聞かれてもなにを答えたらよいのやらだから」

マーリカであれば、「〝で？〟の脈絡がありません。首尾というのも意味不明です」と返すところだろうなと考えながら、同じ指摘を受けそうな問いかけを唐突にしてしまうあたり成程兄弟かとフリードリヒは微苦笑すると随行者の労いをアンハルトに任せて、アルブレヒトをお茶の席に誘った。

「残念ながら、マーリカの部屋は王族立ち入り禁止」

「は？」

「感冒(かぜ)を引いてね。医官の話では、高熱で消耗したところに、私や私の滞在の準備で人が離宮に出入りしたのがまずかったらしい。マーリカに王族が近づくなって怒られた」

「そりゃそうでしょっ！」

「そんな怖い顔で睨まなくても」

白大理石に紫檀の猫足をつけた小円卓へ、淡い金でダマスク模様を織り出した薄紫の絹地を貼った椅子にアルブレヒトを誘導し、フリードリヒはその向かいの席に落ち着く。

離宮の管理を任せている使用人によって手際良くお茶の支度がされて、アルブレヒトはカップを取り上げた。

「マーリカは大丈夫なの？」

「熱は下がったようだね」

「まったくもう。見舞いの品だけ置いていくよ」

（てっきりマーリカにべったりと思ったら、執務室に通されて驚いたけどそういうことか。人に仕事押し付けて、本当になにやってるの兄上。例の事後処理やっぱり上手くやったなと思ったらこれだもの）

「……初めて来たけど、古い割にいい離宮だね」

「まあね、大祖母様の気に入りの離宮で過ごしやすい造りだから。修繕もしているし」

「ああ、兄上所有でもないのに私財で少しずつ手を入れてたんだって？　父上が〝太王太后(ばあさま)の小離宮などあったことすら忘れていた〟って言ってたよ」

「だろうね。アルブレヒトが生まれる位まで、父上は内政固めに大変だったから」

「大兄上も兄上がマーリカの移送場所に提案するまで忘れてたって」

「時折、ここで執務をする大祖母様に、私は連れられて過ごしていたからね。兄上は王宮のしきたりを覚える時期で来ていない。君がまだ生まれる前の話だ」

「へぇ」

フリードリヒが執務室としている古い暖炉のある居間は、彼にとってこの離宮で最も寛げる部屋だった。長方形の部屋は広過ぎず丁度いい広さである。

暖炉に火も焚(く)べてはいるが、老朽化した部分を修繕した際に近代設備も入れているため部屋は十分暖かい。

暖炉上部と、窓と窓の間に嵌め込まれた大きな金枠の鏡が空間を広く見せている。

「いまは冬枯れだけど、初夏になればこの窓から見るバラの庭はとても綺麗だよ」

「ふうん」

「隠居先、第一候補なのだよねぇ」

「いまからそんなこと考えてるの……」

「正直、いますぐにでも引退したい」

「ほとんどマーリカに任せて、署名するくらいしか仕事していない人が。やる気がないにもほどがある」

「む、失礼な」

「あのね、社交とか会食とか式典とかあるって言いたいなら、王族なら日常生活の延長ですからね」

「……アルブレヒト」

「決裁書類を仕分けながら他諸々の仕事や雑務もやって、兄上に仕事もさせてたなんて。本当、マーリカには尊敬の念しかない」

「マーリカは優秀だからねえ」

「優秀たって権限的に限度があるでしょ！　ここ一年何ヶ月か国の重要行政事項はマーリカの判断も同然って、秘書官になにさせてるの兄上は！」

マーリカの抜けた穴を埋めるべく、フリードリヒから仕事を受け取り、その内容を把握したアルブレヒトは変な薄ら笑いが出てしまった。こんなのはもう秘書官じゃなく執務代行だ。

「最終判断は私がしているよ。マーリカの精度がすごいからほぼそのままだけど。私でないと駄目な事は頼み込んでもマーリカ絶対やってくれないし」

「頼み込まずに、自分でやれ！」

「言うことがマーリカに似てきたね、アルブレヒト」

カップを口元から離し、窓の外が見えるように設えられている書物机へちらりと視線を送って、はーっ、とフリードリヒは気乗りしない長いため息を吐く。

アルブレヒトもフリードリヒの目線を追う。

植物を描く寄木細工に装飾された、美しい飴色の艶を放つ机と椅子の背が見えた。机の上には王宮から持ってきた書類が三つの山を作っている。

「持ってきた書類。全部、兄上じゃないと駄目なやつだから」

「うん。書類仕事片付けないと、私は休暇を得られないしね」

書物机からさらに部屋の斜め奥には書物机と意匠を合わせたピアノが置いてある。

本来は、音楽や歓談を楽しむ部屋なのだろうなと思いながら、アルブレヒトは天井から吊り下がる真鍮のシャンデリアを軽く見上げて、彼の兄へと視線を戻す。

「医官が見立てたマーリカの療養期間。こんな手伝い、年明け三週までだから」

「わかってるよ。そんな念押ししなくても」

「マーリカをただ好きなだけ構って終わりとかやめてよ」

「そういったわけにも、でねぇ。実家では従兄だの再従兄だのに構われてるらしいけど、私は違うって扱いのようだ」

「そういった惚気はいいから。あと兄上が、条約相手国にエスター＝テッヘンの親族と一緒に道理・・・・・を説いて、彼の国の後継者はほぼ第二公子に確定したらしいね。密書がエスター＝テッヘンの親族から父上に届いて。〝オトマルクの第二王子の手腕をこの目で見られて光栄だった〟てさ」

「道理？　手腕？　利権絡みで逆恨みしそうなのが他にもいそうか尋ねただけだけど」

（向こうからしたら、エスター＝テッヘンの親族の取次で内々の会談持ちかけられて、あの〝オトマルクの腹黒王子〟に「思惑あってそんな輩を放置しているのか」って圧かけられたようなものだから……それ）

それになにか、マーリカの親族に兄が目をつけられたような文面にも思えるのは気のせいだろうかとアルブレヒトは思う。

密書とは別に、鉄道事業に伴う人事交流制度の提案文書も彼の国から届いている。明日、大臣達と協議予定だ。方針が決まればフリードリヒに報告となる。

方針が決まってもないことをこの兄に伝えてもどうせ忘れる。

「マーリカがこんなに弱ったのは事故のせいだけじゃなく、過労もあると思うよ。事故の発端も含めたら十中八九、兄上のせいだから」

「うん、マーリカにも言われた」

フリードリヒの言葉に、おやとアルブレヒトは思った。

直接その場を見たことはないが、兄フリードリヒに対するマーリカの言動がかなり辛辣で遠慮のないものであるらしいのは、フリードリヒ自身から聞いて知っている。

けれどフリードリヒを否定し責めるような事は、彼の話でもアルブレヒトの前でついマーリカが零した愚痴からも聞いた覚えはない。

（ふうん。鉄壁の忠臣を少しは切り崩せている？）

マーリカは臣下として実によく弁えた人物だ。

弁え過ぎていて、口説き落とすのは難しそうだとアルブレヒトは思っていた。

なにしろ美の女神に愛されし容貌なフリードリヒが、普通の令嬢なら一瞬で誤解しそうな構い方をしても通用しない。

（兄上は兄上で、大兄上の道徳教育のおかげかマーリカが承諾しないことは絶対しないし。マーリカも他の相手にここまで付き合うとも思えないから、たぶん兄上のことは憎からずだとは思うけど。あああっ、どうして兄のこんなもだもだした恋愛に僕がやきもきしないといけないのさっ！）

不毛だ。兄には幸せになってほしいけれど、弟である自分が尋常じゃない倒れそうな量の仕事を被ってまで応援することだろうか。

それに人に任せるだけ任せていたフリードリヒであったけれど、ともかく尋常じゃない量の仕事を彼はこれまで捌いてはいたということでもある。十八の時からずっと。

なんだよ本当にこの兄は有能なのか無能なのかわかんないよ、と若干拗ね気味なアルブレヒトであった。

「兄上が動いて大臣連中マーリカにほぼ乗り気だから、王国と全文官組織のため本当がんばって」

「そう言われてもね」

（自分でこれだけ周囲に示すようなこととして、この期に及んでまだ言うかこの人）

「マーリカじゃないと兄上は無理だと思うよ。次からは今日連れて来た秘書官が書類持ってくるから」

「戻るの？　なら庭に出ようと思っていたし見送ろう」

「……暇なら仕事しなよ。あとマーリカ疲れさせないようにね」

フリードリヒに嘆息しながら、アルブレヒトは随行の者と馬車に乗り込むと護衛の近衛騎士数人と共に王宮へと帰った。

弟を見送って、フリードリヒはさてと呟くと、広い庭のあまり整えられていない隅を歩く。時折立ち止まっては地面にしゃがんでを繰り返し、寒い寒いと言いながら建物の中へ戻った。

使用人にハンカチに包んだものを渡して綺麗な水で洗うよう指示し、執務室に戻った彼は渋々アルブレヒトが持ってきた書類をめくる。

室内に響くような大きなため息を吐いて、フリードリヒは机に向かった。

三日に一度やってくる書類仕事を終えないと、彼は休暇を得られない。

休暇中の第二王子として、マーリカを構いにいけないから仕方なくだ。

アルブレヒト曰く、書類を確認して署名するだけ。

しかしながら、こんなに真面目にたくさん仕事するのは人生初だとフリードリヒは思う。

「本当、寝てても私に仕事をさせるのだから。マーリカは優秀だよね」

護衛として側についているアンハルト他、近衛騎士達に塩と砂糖を間違えてなめた時のような渋い表情をさせつつも、フリードリヒは昼下がりの頃までペンを動かし続けた。

これもまた、フリードリヒの人生において初めてのことであった。

十三 人の気も知らないで

けほ、けほっと、マーリカは軽く握った手を口元に当てて咳き込んだ。

高熱が下がって目が覚めたと思ったら、翌日の午後から寒気がして喉が痛みだし、咳が出始めた。

下がりかけていた熱は再び上がり、医官に感冒だと診断される。

うつらうつら微睡んでは、どろどろの雑穀粥と水薬と水を順番に飲んで、またうつらうつら微睡むを丸一日半繰り返す。

ようやく熱は下がったものの、まだ倦怠感は残っている。

咳がおさまって、うんざりした気分でマーリカはため息を吐く。

(もういい加減、治る方へ向かって欲しい)

七日も眠り込んだ高熱は事故のショックや打身や怪我の影響、それと過労のためでもあったらしい。

怪我は左足の骨にヒビが入り、左腕も捻挫している。他にも切り傷や打身がいくつか。

幸い眠り込んでいる間に痛みは薄れ、寝ている分にはそれほど苦にならない。

たまに忘れて動かしてしまい、痛みに涙目になったりはしているけれど。

ともあれ怪我は比較的軽傷で済んだのは、寒いから帽子を被って厚着していたおかげであるらしい。

目立って残りそうな傷もなさそうで、利き腕も痛めなかったし、着込んでいてよかったとマーリカは思う。

ブランケットやクッションなど、車中に積んでいたものが衝撃からマーリカを守り、湖の浅瀬に転倒した馬車が大破せずに済んだことも大きい。

ただ医官の話では、怪我や高熱より、救助直後の体が冷え切っていたことの方が問題だったそうで、早く、適切に救助してもらっていなければ危なかったと聞かされて、マーリカはベッドの中でまだ熱があるのに背筋が冷たくなった。

冬場、人通りの少ない林道の途中で事故なんて、そうそう気がついてはもらえない。

ありえないほど運が良いと言われて、なんとなくマーリカはフリードリヒを思い浮かべた。彼の強運のおこぼれに与（あずか）ったのかもしれないと、そんな馬鹿げたことまで考えてしまう。

（たまたま近くに訓練中の騎士団の一部隊がいてということだったけれど。そんな偶然ってあるものかしら）

二週間近く実家の伯爵家で普通の貴族の娘として過ごし、その後も仕事から切り離されているため、令嬢としての自分が少し尾を引いている。

熱が下がっても寝ていることしかできず、あれこれと一人、ベッドでとりとめなく考えに耽っていると特に。

寝具の中で右腕を動かし、マーリカは少し身を起こした。

食事は偉大だ。どろどろの雑穀粥でも食べるようになったら、日に日に動けるようになってきている。

(殿下がいたら一瞬で考え事なんて吹き飛ぶけれど。それに……あんな、あれはずるい)

普通、大丈夫かだとか、痛むところはだとか。

事故にあった人を訪ねたら、その人に状態を尋ねるものだろう。それなのにフリードリヒはマーリカと顔を合わせて一言もそんな言葉を口にしなかった。

マーリカが七日間眠っていた事実と状態を伝え、渇き切っていた喉を潤しマーリカが話す手助けをした他は、まるで普段通り。

人がこんな状態でもお構いなし。勝手気儘で無茶苦茶なことを言う。

いつも通りな〝無能殿下〟過ぎて、おまけに彼の言葉で簡単に黙ってしまったマーリカに「本調子じゃない」と、つまらなそうにすらしたのだから呆れてしまう。

呆れたと同時に、彼の中では休暇前と何一つ変わらず自分は秘書官なのかとなんだかほっとしてしまったのも事実だ。

(それなのにどうして。なにを言うより先に「解任ください」なんて……でも、こんな大穴開けて当面満足には務めを果たせないとなっては。殿下が寛容なのをいいことに日頃、悪態吐いていただけに)

けれど結局、解任の件はフリードリヒにうやむやにされてしまった。眠っていた間も、約一ヶ月といった医官が見立てた療養期間も、すべて溜めに溜めていた休暇の消化で問題なしということにもされた。

文官ではなく、伯爵令嬢として仕事一切を忘れて療養に専念しろといった命令まで。

（あれは事故ではなく、鉄道利権絡みでの逆恨みによる人為的なものと殿下から聞いたけれど。これもなんだか）

もう処理も終わり、大丈夫くらいのことしか聞けていない。

普段のフリードリヒならそんな迅速な対処は有り得ない。王太子殿下が動いてのことと聞いてそれならと一応の納得はしたけれど。

（この高待遇な療養だって王太子殿下のお心違いということだけれど、いくら第二王子付筆頭秘書官だからってこんなのは）

釈然としない思いでいたらまた咳が出た。

喉の奥に不快な熱と痛みがまとわりついているのが煩わしい。

ベッドの側に交代で看護につく侍女に、すみませんとマーリカは掠れた声で呼びかける。

「どうされましたか、マーリカ様」

咳き込んだせいか荒れた喉が辛い。

少しでも喉がましになるようなハーブティーはないかと尋ねて、入れてもらうよう頼む。

「かしこまりました」

「お願いします」

「ああ、そうですわ。フリードリヒ殿下のお見舞いのバラの実を煮詰めましたから、そちらのシロップもお持ちしますね」

侍女の言葉にマーリカは一気に複雑な気分になった。

咳が出始めてすぐ、様子を見に来るフリードリヒを部屋から追い出し、マーリカは来るなと彼に言った。

当然だ。疲労や怪我の熱ならともかく、人に感染る感冒にかかった身で王族を近づけるわけにはいかない。

それなのに人が眠っている隙に様子を見にきているらしい。

先ほど侍女が言っていたバラの実もハンカチに包まれて、侍女も知らない内にいつの間にかサイドテーブルに置かれていた。他にも小さな瑪瑙のような小石が枕元に置いてあったりだとか。

（おそらく離宮の庭にあるもの？　なにを考えてこんな子供みたいなことを。本当にずっと離宮にいるし）

子供じみた見舞いの品に看護の侍女達はくすくすと笑う。それはそうだろう。金でも宝石でもいくらでも持っているような王国の第二王子の見舞いの品ではない。

王子の威厳に関わらないか少々心配になる。〝無能殿下〟なんて文官達から揶揄されていて今更かもしれないけれど。

（いつもながら、なにを考えているのかさっぱりわからない。心配してくださっているのか、人が困惑するのを見て面白がっているのか。そもそも、近づくなと言っているのに。ご自分の立場をなんだと思ってっ）

勘弁してほしい。いまは怒る元気がない。

それに侍女の笑いはなんだかマーリカにも向けられている気がして、なんとなく居心地の悪い気恥ずかしさも覚える。

再びため息を吐き、寝具の中に潜り込んで目を閉じる。

体が怠くてすぐうつらうつらしてしまう。文官になってからの睡眠不足を取り返すように眠っていると思う。

(それに心配してくれてるとしたら。それはそれで、なんだか)

幼い頃からマーリカを構い、揶揄(からか)いながらも甘やかす従兄(いとこ)や再従兄(はとこ)のようで、懐かしみも刺激されてほんの少しうれしい気持ちもあるのは否定できない。こういった小さな贈り物は、時に、贅沢な贈り物よりうれしいものだ。

マーリカは王宮勤めの文官で、フリードリヒに仕える秘書官だ。

日頃から、仕事のためとはいえかなり不敬な対応もしている。

兄妹や親族の親しみからくる甘やかしとも違う、けれどいずれ第二王子妃として寄り添うことになるだろう、社交界にいる令嬢ともきっと違う。

「第二王子妃、か……」

フリードリヒは二十六歳。王族や高位な貴族には珍しく、婚約者すら決まっていないけれど、結婚していてもおかしくない年齢ではある。立場的にもこのまま第二王子がいつまでも独り身でいるのは現実的ではない。

第二王子妃候補が確定したら、流石に秘書官は解任されることにはなるだろうなとマーリカは考える。

　執務とはいえ四六時中他の女性が側にいるというのは、妃殿下からみて心安からぬことだ。

（アルブレヒト殿下が補佐について、部下の秘書官達だけでも当面なんとかできそうなら、これを機にやはり解任してもらうのがいいのかも……引き継ぎなどもできるうちに）

　それこそ再従兄（はとこ）の伝手もありかもしれない。マーリカにとっては鉄道利権絡みで妙に因縁めいた国になってしまったけれど、彼（か）の国で文官をしている。

　あちらは王国よりずっと貴族女性が働くことに寛容と聞いているし、文官はさすがに無理でもなにか仕事があるかもなどと考えていたら部屋のドアが開く音が聞こえた。

「ああ、ありがとうございます」

　寝具に潜り込んでいたので、もぞもぞと這い上がる。

　侍女のエプロンを付けた薄灰色っぽい制服のスカートが見えるのを想定していたマーリカだったが、上等な革のブーツとそれに続く生成（きな）りのトラウザーズを見て、彼女はぎゅっと眉根を寄せた。

「なにもしていないけど、なんのお礼？」

「来てはいけませんと、申し上げたはずですが？」

「言ってたね。気がついていると思うけど実は三度来ている」

「殿下……」

　ごろりとマーリカが仰向けになって目を動かせば、さっきまで侍女がいた椅子に腰掛けて足を組むフリードリヒの姿が見えた。

「声が掠れているねマーリカ。喉が辛そうだ。しみるかもしれないけれど、はいこれ」

寝具から出した顔の口元に小さな赤い実を押し付けられて、仕方なく口を開く。

甘酸っぱい味と果汁が口の中に広がる。

どろどろの雑穀粥と水薬にうんざりしていた口にはうれしいが、軽く果汁が喉にしみた痛みで少しばかりマーリカは顔を顰（しか）めた。

なにがおかしいのか、フリードリヒがくすりと笑む。

「人が苦しむ様が楽しいですか」

「いや、可愛らしいなと」

「!?……っ」

想定外の言葉に咳が出た。

慌ててマーリカはフリードリヒとは反対方向へ顔を向けて、寝具の中に顔を伏せる。

「大丈夫？　むせた？」

「いえ、咳です。殿下、本当に……」

「三度も来てたら同じだと思うよ。蜂蜜も持ってきたらよかったかな」

「殿下っ……けほっ……」

「事の発端も、感冒（かぜ）も、そもそも私が発生させたようなものだし」

「なにを……ごほっ、わけのわからないことを……っ」

「それに〝愚者は病（やまい）にかかっても気づかない〟っていうじゃない」

咳が落ち着いたところで、はいと再び赤い実を寝具の隙間へ指を差し込むように口元へ押しつけられる。

実の汁で寝具を汚してもいけないので、大人しく口に収めるしかない。

「……なんです？　これ」

「フユイチゴ。この離宮の庭は色々なものが採取できてなかなか面白いのだよ」

「それで採れたものを見せに……、ん」

飲み込めばまた次の実が押し当てられる。熱で消耗していて抵抗する気力が出ないマーリカはされるがまま。せめてと寝具から顔を出しフリードリヒを睨みつける。

フユイチゴの実を食べさせられるばかりで、間の抜けた感じにしかならなかったけれど。

「それもあるけど、お見舞い」

七つ八つ食べさせられたところでなくなったらしい。フリードリヒの手が彼の膝からハンカチを掴んでサイドテーブルへと動く。

「お見舞いはもう結構です。殿下は無能であっても、愚者ではないと思いますが？」

「アルブレヒトが本を置いていったけど、もう少し後かな」

手袋をつけない乾いた手がマーリカの額に触れて、顔が熱くなる。

どうしてこんなことになっているのか、触れるようなことはしない人だったのに、まるで従兄や再従兄のように接してくるフリードリヒに困惑する。

「一体なんです？」

「なにって？」

「先日から……こんな。わたしは妹君でも懇意なご令嬢でも……」

「仕事も終わらせたし、お互い休暇中だし、私に最も身近なマーリカ嬢を甘やかしたい」

「……は？」

思い切り顔を歪めて、まじまじとマーリカはフリードリヒの顔を見る。

そんなマーリカの視線を黙って鷹揚に受け止めているフリードリヒは、なにか深遠な賢しいことを考えているようにも見える。見えるだけなのだが。

（まったく言動が意味不明なのに、なにか意味がありそうに見える、この顔っ！）

マーリカを見下ろしている瞳はどこまでも澄んだ空色。誠実さを感じさせる凛々しい眼差しである。短めに整えた、柔らかな光を放つ波打つ金髪が頬にかかっている様は、どこか物憂げな雰囲気を醸し出してもいる。

その頬は相変わらず羨ましいまでにしみひとつなく滑らかで、通った鼻筋や引き締まった口元も……本当に、絶対なにも深い意味もなければ考えもないとわかっているはずなのに、なんだか胸の奥がざわざわしている自分が腹立たしい。

「うん、どの程度甘やかしたいかと聞かれれば、次に君が従兄だの再従兄だのに構われても物足りないと思うくらいにはかかな」

「誰もそんなことは聞いてはおりませんが？」

「じゃあ聞いてよ」

「……どうしてまたそんな酔狂なことを。何故わたしの親族を引き合いに？」

　我ながら律儀に聞くのはおかしいと思うものの、こういったフリードリヒの突飛な言動には、なにかしら彼なりの理屈があることももう知っているマーリカなので一応尋ねる。

「美形の家系とは聞いてたけどさ、あんな夜会の場に出て来たら男女構わず搔(か)っ攫(さら)いそうなの二人がかりで、小さい頃からよしよしされてるって、想像しただけでもう面白くない」

「面白くない」

「うん、面白くない」

「いくら殿下でも、人の親類付き合いをとやかく言う筋合いはないかと」

「とやかく言う気はないけど、負けたくはない！」

「なにと戦って……」

「私はちょっと近づいただけで破廉恥事案(セクハラ)って怒られるのに、親類ってだけで撫で放題ハグし放題お菓子を手ずから食べさせ放題って」

「なっ。ちょっ、ちょっと待ってくださいっ！　どうしてそんな事を殿下がっ‼」

　わーっと叫んでフリードリヒの言葉を遮りたいのをなんとか抑えて、マーリカは慌てて彼が話すのを止める。

　羞恥で顔が熱い、絶対に真っ赤になっていると自分でもわかる。

　兄同然の従兄(いとこ)や再従兄(はとこ)に、小さい頃からフリードリヒが言うように構われてはいる。いるけれど、それを最も身近な他人、仕えているフリードリヒの口から聞かされるのは恥ずかし過ぎる。

「ん？　君の従兄や再従兄に直接聞かされたからだけど？　事故の件で、エスター＝テッヘン家を訪ねた時に」

「わたしの実家に、殿下が⁉」

「あれ、言わなかった？」

「聞いていません！」

「ほら私一応マーリカの上司だから。お預かりしたお嬢さんがこんな事になったお詫びついでに彼の国との取次を……君の親族便利だねえ」

使い様によっては、お父上を介して大陸中の国と内々で接触できると呟いたフリードリヒの言葉は、彼が自分の実家を訪れていた衝撃で頭が一杯になってしまっていたマーリカの耳には入らなかった。

フリードリヒとしても便利だなとは思ったけれど、そんな面倒そうなのは兄や弟が上手いことしてくれればいい。

「こんなに弱ってるマーリカ珍しいし、甘やかされ慣れた妹みたいなところがあるなら見てみたい。そうだねえ……いっそ私の手でどろどろに甘やかして、私がいないと駄目なマーリカにもしてみたい！」

「殿下」

「ん、なに？」

「……病床の人間で遊ぶのもいい加減にしろ！」

人の気も知らないで。

感冒でもなんでもそんなに感染されたいなら、感染って高熱にでも苦しめと、マーリカは心の中でフリードリヒに悪態を吐いたのだった。

十四　今度こそわたしの文官人生終わりなのでは

終わった――。

今度こそわたしの文官人生、本当に終わりなのでは……？

看護の侍女にハーブ入りの石鹸水で髪を洗ってもらい、香油で頭皮をマッサージされながらマーリカは胸の内で呟いた。

救助されたマーリカがこの離宮に運ばれて、早くも十四日が過ぎている。

驚いたことに、今日で今年も最後の一日だそうで。

熱も下がり、どろどろの雑穀粥は卵やスープへ、さらに通常の食事へと戻りつつある。

食事量に比例し、起き上がっても苦にならない時間も長くなり、湯を使っても大丈夫だろうと医官の許可が下りて、マーリカは湯殿に看護の侍女二人に車椅子で連れてこられた。

眠ることしかできない間も湯に浸した布で清拭されたり、髪や地肌も拭われて薄く香油を塗った櫛で丹念に梳いてもらったりはしていたけれど、やはり湯や石鹸を使ってさっぱりするのとは雲泥の差だ。

王家所有の離宮である。湯殿は広く作りも凝っている。おそらく古代の浴場を模したのだろう。温水と冷水の浴槽があり湯殿全体は蒸気風呂のようになっていて体は冷えず湯あたりしないように作られている。

マーリカは袖なしの麻の薄い湯浴み用のワンピース一枚で石棺のような大理石を貼った台の上に寝そべっているが、床下に蒸気か湯沸かしの熱気を通しているのか、石造りの台そのものもじんわりと温かくて心地よい。

(温泉保養地の施設にこれあったらいいなあ。後で誰かに構造を聞いてお父様に書き送ろうかしら……って、そんな暢気なこと考えてる場合ではなくて!)

順調に回復する中、マーリカは突然はたと気がついた。

いくら医官の見立てた約一ヶ月の療養期間を休暇扱いとされ、王太子殿下の気遣いで、王家所有の離宮で優雅に養生するのを許されているとしても。

文官組織に属する上級官吏としての評価は別であるということに。

そういった事へ頭が働くだけ回復してきたのは喜ばしいけれど、正直気がつきたくはなかったとマーリカはベッドの中で項垂(うなだ)れ、看護の侍女に無用の心配をさせてしまった。

(弱小とはいえ伯爵家の人間であることを考えたら。殿下が保留と言っても、こんな事故に巻き込まれたこと自体よろしくないと王宮の大臣達は考える)

王家に仕えし臣下である以上、いざとなれば国や王族を己の身や家より優先させるのは当然で、だからこそ謁見や進言等の特権も与えられている。マーリカが貴族女性でなければ怪我を負っても問題にもならないだろうが、武官でもなく文官で、あからさまに弱そうだから狙われたとなれば、そんな面倒事を引き寄せる筆頭秘書官など替えるべきとなるだろう。マーリカ自身がそう思うのだから、他の者なら尚更だ。

今回はたまたま単独行動の最中だったけれど、フリードリヒが一緒だったらと考えると、マーリカは血の気が引く思いがする。

そもそもがフリードリヒに不敬を働いた懲罰枠といった、よくわからない処置による第二王子付筆頭秘書官への抜擢人事。

これ以上、面倒事は避けたいのが大臣達の本音ではあるまいか。

だとしたらマーリカが務めがどうのと考えるまでもなく、すでに解任が議論されているかもしれない。

(休暇前なら、解任されても他に受け入れてくれそうな部署はあったけれど、丸一ヶ月半も仕事に穴を開け、他国の貴族の恨みを買ってる文官なんて。もはや行くあてなどない！)

そう考えるとこの高待遇な療養は、彼女が臣下として仕えることを一度は認めた王家の労い、もしくはこれで穏便に辞めてほしいといった補償のようなものなのかもしれない。

(そういえば、殿下もこれはわたしの家に王家が確約した待遇って)

「……どうしよう」

「なにかお悩みですか？　マーリカ様」

「いえ、その。あの、年の瀬までこんなことさせているのが心苦しくて」

仕事から離れている時間が長過ぎて、なんとなく医官や侍女の人達には令嬢言葉になってしまっているマーリカはそう言った。

「まあ、とんでもないことですわ。私達は王立療養院勤めですもの。世間の休暇とは無縁です」

意外な返答にマーリカは目をぱちぱちと瞬かせた。

仰向けに香油を薄く髪に伸ばし、念入りに布で水分を拭ってくれている茶色の髪を小さく結い上げている侍女を眺める。

「それにこう言ってはなんですが、こんなに優雅でのんびりした仕事はなかなかないですもの」

「そうですよ。こんなにお美しいお嬢様のお世話ができるなんて、療養院の同僚に自慢したいわねーって話しているくらいなんです！　ねっ、エルマさん」

「こら、マリー。失礼よ！」

ちなみに頭だけでなく、手足も薄く香油を伸ばして解されている。

骨にヒビが入っている左足は避けているが、ほぼ寝たきりでいたのでかなり気持ち良い。

マリーと呼ばれて注意を受けた、少し年の若い侍女がその担当だ。

四六時中、交替でマーリカの世話をしてくれているこの二人。エルマとマリーの二人とはかなり打ち解けて話をする間柄になりつつあった。

「本当、マーリカ様ってお顔だけでなくお体も。すらっと長い手足に腰なんか両手で掴みきれそうなほど細くて、同じ女として羨ましい！」

右手の指先まで解しながら、マリーが言った言葉に、えっとマーリカは戸惑う。

（そんな女性として羨ましいなんていうものではないと思うのだけれど）

社交の場には出ていないものの、エスター＝テッヘンの美人姉妹の残りの一人なんて言われていることくらいは知っている。

柔らかな雰囲気で淑やかな母親似の姉二人と自分は違う。

顔形は整っている方だとは思うものの、貴族令嬢としての愛らしさは皆無と言っていいし、美女と評価されるには愛想や艶っぽさに欠ける。

仕事で男装するには都合がよいけれど、殿方が求めるふかふかした肉感にも欠ける。

フリードリヒの背が高いから並んでも支障がないだけで、背丈も女性としては高すぎる。ヒールを履くドレス姿では、夜会に出てもまずダンスにも誘われはしないだろう。

「あら、どうされました？」

「いえ。伯爵家の娘といっても、社交の場にも出ていないような身には過分な褒め言葉だったものですから」

「あれほど第二王子殿下に大切にされていますのに⁉」

「は？」

比較的、礼儀を重んじてマーリカに接しているエルマが張り上げた声に驚いて、いやそれは違うと思う前に、更にマリーがそうですよっと湯殿にやや高めの声を響かせる。

「毎日のようにマーリカ様をお慰めにお部屋にいらして！　あんなのご夫婦だってそうは見ませんよ！」

「いいえ、あの無の――――んんっ。殿下は物珍しさで……いえ違う」

「マーリカ様？」

なにか大いなる誤解をしていそうな二人に説明しようとして、言葉に迷ってマーリカはしどろもどろになってしまった。

王宮から手配されている侍女にしては病人を世話し慣れていると思っていたら、王立療養院で働く看護人なら納得である。

よく考えたら、彼女達の立ち居振る舞いは貴族女性のものではない。王宮で働くなら最低限の礼儀作法と言葉遣いも教育される、平民登用の雑務に従事する女性とも違う。

(いまのいままで気がつかなかったなんて、弱ってたにしても注意力が無さすぎる)

二人は、市井で働く一般の平民女性。

(一般の方に、第二王子が独特のアレな感性の持ち主で、少しばかり特殊性癖の気もありそうなんて知られて広まったら、王家の名誉に関わる!)

「ええと。日頃、臣下として振る舞うわたくしとは様子が違うのを楽し……心配してくださっているだけなのです。情はあるお方ですものっ!」

「……そう、なのですか?」

「えーそれはちょっとぉ」

「そうなのです! あの方は王族と思えないほど天真爛漫で人の良いお方で!」

これは嘘ではない。寧(むし)ろ天真爛漫なお人好し過ぎて時々訳がわからない言動をみせるために、他国からは底の読めない腹黒王子などと評されている。

しかし、マーリカがそう言い切ったことで、なんだといった空気が二人の間に漂ったのを見て取るとマーリカはほっとため息を吐いた。

これでも国や王家に忠節を捧げる身。休暇でいまは文官ではないなどと言われていても関係ない。王宮を去るその時まで、マーリカは王家に仕えし臣下である。

フリードリヒが休暇で王子の責務から解放されても、王族であることに変わりはないことと同じだ。

「わたしは社交界に出ている令嬢とは違い、王家に臣下として仕える身ですから」

一般人なら、十中八九事情を知らされず、マーリカの看護だけを命じられているはずだ。フリードリヒが部屋に来る時、彼女達を下がらせているのは事故や仕事に絡む話が出来ないからだろう。なにも事情を知らず、公務に著しくやる気のない王族であるフリードリヒの事を知らない人から見れば、フリードリヒがマーリカを離宮に囲っているように見えなくもないのかもしれない。誤解も甚だしいけれど。

念には念を入れておこうと、マーリカは更に言い添えた。

口調はいつの間にか文官のそれに戻っている。

「殿下がわたしを気に掛けるのは臣下としてです。一応年頃の女性ではありますから、殿下が縁談の心配をされて、まず文官として身を立てたいとお話ししたら苦笑されもしましたけれど……」

なんだろう。事実を話しているだけなのに、そうじゃないと言った端から否定したいような気分になってくると、マーリカは目を軽く閉じて胸の内でひとりごちる。

（よく考えたら、第二王子は気まぐれに女性を囲うような人ではないと言えば済むことを、なにをわたしは必死になって……）

「……殿下は」

「マーリカ様？」

上手く言葉にできないけれど、家業を手伝ったり生きるために働くのが当たり前な平民女性と違って、この国の貴族女性は働くことが一般的ではない。

マーリカだって、文官になろうと思ったきっかけは、二人の姉に続いて自分まで結婚したら、その支度の費用で家が破産しかねないと考えたことだった。そこから一般的な貴族女性の人生以外の将来の可能性に気がついた。試してみたいといった気持ちのままどんどん進んで、国王陛下に王家に仕えし臣下と認められ、上級官吏として勤めることになった。

異例中の異例のこと。それをすんなり何故とも尋ねることなくフリードリヒは受け入れて、マーリカを臣下として扱う。あの丸投げは少々どうかと思うけれど。

「たぶん、理解者で……常識の枠に囚われず公正な方ですから。わたしのような者にも色々と任せてくださって、気に掛けてくださるのはきっと仕事のこともあるからでしょう。こうなってしまっては……お役ご免かもしれませんが」

そうはなりたくないなと、マーリカは胸の内で呟く。

王宮勤めは、想像していたよりずっと忙しくて厳しいものだったけれど、領地屋敷で伯爵家の娘として過ごしていた頃は知らなかった世界、単純に居所が王都や王宮に変わっただけではない場所にいまはいる気がする。

気がついたら辿りついていた。もう元いた場所には戻れないし、戻る気もない。

「……貴族令嬢が働いて身を立てるというのは、そんなに悪いことでしょうか？」

「私達にとっては当たり前のことですから、そうは思いませんけれど」

「よくわかりませんけど、貴族のお嬢様もそれはそれでご苦労があるのですね」

終わりました、とマリーが呟いてマーリカの体から手を離した。

最後にまたお湯に浸した布で全身を拭われて、乾いた下着に着替え、湯殿の入口の小部屋で新しい衣服とストールを身につけてマーリカは部屋に戻る。

ベッドも離宮の使用人の手でシーツなどが取り替えられ、すっかり綺麗に整えられていた。

さっぱりした状態で新年を迎えられるのはありがたい。

「でも貴族のお嬢様は、貴族の家に嫁がなければいけないものなのでは？」

エルマに尋ねられて、普通は、とマーリカは答える。

礼儀作法やマーリカへの接し方から見て、エルマは比較的身分が高めかお金持ちの患者担当なのかもしれない。

「でしたら！　マーリカ様はどんなお相手をお考えに？」

身分にかかわらず女子は恋の話が好きである。

それはマーリカも文官組織にいる、平民登用の同僚女性達の会話を耳にして知っている。

「そうですね……たぶん従兄(いとこ)か再従兄(はとこ)が候補になるかしら。幼い頃から親しいし、なにより親族達が勧めるでしょうから」

昔から、どちらかにとずっと言われている。しかし、マーリカはあくまで妹として彼等が自分を可愛がってくれていると知っている。

「マーリカ様のご親戚なら、きっと美男子でしょうね」

「ええ、おにい様方は美形で優秀。だから引く手も数多（あまた）だと思います」

相手に困らない。それに二人は自由を尊ぶ気質だ。

なんとなくマーリカが望めば、妻というのではなく家族として承知してくれそうな気もするけれど、小さな頃から可愛がって貰っているだけに、それは気の毒だと思う。

「親族だからと横入りするのも気が引けるから。そうね、貴族と縁付いて箔（はく）をつけたい商家の跡取りだとか、資力はあっても歴史的な重みはなく、軽んじられがちな新興貴族の子爵か男爵あたり？」

それなら箔付けを餌に、結婚支度は相手持ちで交渉の余地もあると、役人的な考えでマーリカは思う。あからさまにマリーががっかりした顔を見せるが、貴族の結婚はそれが普通だ。恋愛結婚である母や二人の姉の方が珍しい。

「そんなあ。マーリカ様のような方が勿体無いですっ」

「マリー！　それくらいにっ」

「でも、エルマさんだってそう思いません？」

それは……と困惑の表情を見せたエルマに、やはりこちらはある程度貴族がどういうものか知っているようだと、マーリカは気になさらずと微笑む。

「資力も権力もあまりない、古いだけの伯爵家三女ですから。縁談としてはそのあたりが妥当です」

「でもマーリカ様と結婚すれば、その家に箔が付いて扱いが変わるほど、由緒ある伯爵家ということですよね。第二王子殿下のお側に付けるほどですもの」

「そう言えなくもないですけれど、上位の家からしたらなんでもないことですから」

（もし、三女じゃなくて嫡男だったら違っていたのに……）

貴族女性だからと考えるのは、なんだか久しぶりだとマーリカは思った。

フリードリヒの下にいると容赦無く仕事を任せられるからそんなことを考える暇がなく、第二王子の言葉を伝える役として扱われるから忘れていた。

解任されたら従うしかない。異例中の異例の貴族女性の文官など、本来はないことを叶えてやったのだからもういいだろうと、きっと貴族男性より簡単に処遇は決まる。

どう考えても、年明け三週経った後、マーリカの文官としての先は絶望的に思える。

再従兄（はとこ）の伝手を頼るにしても、自ら職を辞したのと、王宮を追い出されて困ってではまるで違う。

どんな末端仕事でもいいから文官として残ることを考えなければと、ベッドに横たわった。

（あてにできたものではないけれど、殿下に相談してみようか）

一応、上司なわけだしと、マーリカは清潔な寝具に潜り込みながら考える。

さっぱりしたけれど、久しぶりの入浴は少し疲れた。

全身を香油を使って解（ほぐ）されたこともあってすぐに眠くなってくる。

（わたしを秘書官にした人だし、そもそもこんなことになったのも殿下が……）

「本当に……、もぅ……」

この一年と何ヶ月かで、面倒ながらもそれなりに構われるくらいにはフリードリヒに気に入られ、信頼も得てはいると思う。

いつだったか、ずっと側にいて欲しいようなことを言われたことも。

（そういえば……重宝な秘書官だからかとわたしが呆れたら、そうだけど違うって……違うって、なにが……だろう……）

マーリカの思考はそこまでだった。

だから彼女が眠りについたすぐ後、彼女の部屋を訪れ、控えていた侍女達を下がらせた人物が洗ったばかりのさらさらとした髪に触れたことなど知らずにいた。

十五　年越しの夜会で

オトマルク王国、王都リントン。

その日、街を見下ろす高台に立つ王城は、夕暮れ時であるにもかかわらずきらきら輝いていた。

年越しといえば夜会である。

社交シーズンではないものの、王都住まいの貴族達は王宮に集まり、仕事を納めた者達も彼等の集まりの場で一年を労い楽しむ。

休暇中とあっても、そこは王族。

フリードリヒも仕方なく夜会に顔を出していた。

臣下を慰労し、年越しの挨拶を交わすのは務めでなくて義務である。

「フリードリヒ殿下」

ほんの少しばかり威厳を忍ばせる、淑やかでゆったりした抑揚の声音にフリードリヒが振り向けば、薄い紫色の瞳の目をにこやかに細めた令嬢がお手本のような淑女の礼を彼に見せた。

「今宵もご機嫌麗し……そうではありませんわね」

「まあね。ああそうだ、婚約おめでとう」

オトマルク王国の五大公爵家が一つ、メクレンブルク家の令嬢。

クリスティーネ・フォン・メクレンブルク嬢。

家柄、資質、容貌、その立ち居振る舞いにおいて第二王子妃候補として申し分ないとされる令嬢だった。

だったというのは、様々な方面を操るようにして候補から外れたからである。つい最近とある辺境伯の跡取りとの婚約が公示されたばかりである。

「さしずめ今夜の主役は君だろうね。君が本気なのは知っていたけれど」

「宰相家として、西の隣国との縁が深い辺境伯領を押さえておこうと判断したのは王国の為です。わたくしも貴族の娘として父の意を汲んだまでですわ。殿下とのご縁が遠ざかるのは寂しいことではありますけれど」

「よく言うよ。王家を振り切っても皆納得だ。感嘆に値する」

「あら、殿下がそんな嫌味を仰るなんて、わたくし少しは自惚れてもよろしいのかしら」

「必要ならどうぞ。君の意思は大いに尊重したかったし、祝福する」

一介の護衛騎士だった恋人を、よくぞ辺境伯家の跡取りにまで押し上げたものである。その執念は少々怖い。はっきり言って令嬢の手腕ではない。

(自分の恋が成就しないなら王妃にでもならないと割に合わない、なんて考えそうだから上手くいってよかったよねえ。本当)

クリスティーネの恋が成就せず、フリードリヒの婚約者として確定すれば、彼女はきっと五大公爵家筆頭の家の力も使って第二王子派閥を形成する。絶対そうする。

いまの宰相家がつくとなれば、王宮内は王太子の兄ヴィルヘルムを支持する派閥と二つに割れるだろう。そうしておいて王太子を廃すようなことはクリスティーネはしない。

自分が悪人になるようなことはしないのだ。おそらくはフリードリヒの功績をあれこれ積み上げ、何か条件をつけて……。

（兄上と私を競わせ、一部の高位貴族による投票かなにかで選ぶ流れに持っていく……くらいはしそうかな。私が次の王に選ばれるよう、水面下で灰色に似た黒い工作をするのだろうねえ）

「人の顔をじっと見て、なんですの？」

「幸せそうでよかったよねえ、と」

「それは……どうも」

正直、良き友人以上のお付き合いはしたくない。

兄弟で争うのも、ましてや王位につくのもフリードリヒはご免である。

「人の事より、殿下っ」

ばさっと白蝶貝の扇を広げて、クリスティーネはフリードリヒに囁いた。

「離宮にエスター＝テッヘン嬢を囲って引きこもっていらっしゃるとか。もっと攻めるべきとは申しましたが、余りに性急では？　王家ならなんとでもなるとはいえ、流石に合意は取っておきませんと」

「君さあ。公爵令嬢として実に正しく、心が真っ黒というか。それに危ういところに踏み込んでもいるよ。たとえ公爵令嬢といえど、入ってはいけない王家の庭はあるものだ」

マーリカの件では、兄である王太子直属の諜報部隊が情報操作に動いている。

事故の件が噂になって、条約締結国との間に妙な空気が生じても困るため、全て王家の内々で処理している。

こちらから打ち明けない以上、クリスティーネは知り得ない情報だ。

宰相である彼女の父親が娘に漏らすとは考えにくい。

良き友人ではある令嬢にフリードリヒは、一応忠告はしておくことにした。

「折角、幸せを掴み取ったのだから満喫したほうがいいよ」

「まるで、〝腹黒王子〟そのものですこと」

「どうしてそんなこと言われちゃうのかさっぱりなんだよねぇ。マーリカは休暇中。いまは伯爵令嬢としてゆっくりしてる。休暇いいなあと思って」

フリードリヒがしみじみとそう言えば、扇で顔半分を隠したクリスティーネはほんのわずかに眉根を寄せた。

「アルブレヒトも補佐についたことだし。私も隠居先第一候補の離宮でのんびりしてもいいかなあって。まあ三日に一度は仕事する約束だけどね」

フリードリヒを見るクリスティーネの眼差しが、一瞬探るようなものになったのには気がついたが、彼にとってはそれが真実その通りなので平然と受け流す。

ますます、夜会の場を出て離宮に帰りたくなった。

眠っているマーリカを眺めたり、頬をそっと突いてみたりしている方がずっといい。

そんなフリードリヒの、心底からのやる気のなさが伝わったのだろう。

「左様ですか。では離宮でごゆるりと良いお年をお迎えくださいませ」

にっこりと美しい微笑みでクリスティーネは、夜会に来ている人々の群れの中心へと戻っていった。これ以上、フリードリヒとの会話に利はないと判断したのだろう。やれやれと彼は息を吐く。

（まあ、彼女がああなら貴族の間で噂が回ることはないかな……たぶん）

クリスティーネは、その突き抜けた腹黒さゆえに信頼のおける令嬢ではある。

また上位貴族令嬢達の親玉のような立ち位置なので、彼女が白と言えば、どんなに黒い噂も白にもなる。

（彼女にも挨拶したし、もういいかなあ……いいよね。あとは兄上やアルブレヒトが上手いことしてくれるだろうし）

そっと夜会を抜け出そうとして、フリードリヒは、「殿下」と年老いた固い声に今度は捕まった。うんざりとした表情を隠さずに声の方向を見れば法務大臣だった。

「お話が……」

そう深刻そうに言われると、彼に従うしかない。子供の頃から孫のように可愛がられているし、なにかと融通も利くし便宜も図ってくれる。

フリードリヒは愚かではない。やる気がないことを回避することや、興味関心を持っていることにはそこそこに有能である。

執着しているものについてなら尚更。

たぶんマーリカに関わることだろうなと、法務大臣の顔を見てフリードリヒは読み取った。上にも下にも兄弟がいる彼は相手の思うところを読むのはまあまあ得意である。

ただ、それが役立ったことはないだけだ。役立てる気もない。

「かように遅く、このような日に申し訳ございませんが」

「いいよ。でも一応休暇だから。手短に」

「承知しております」

案内された一室には大臣達が集まっていた。こんな年の瀬ぎりぎりまで仕事熱心だなと思いつつ、フリードリヒは案内された席を見下ろす。

そこにペンやインクと共に用意されていた書類に、夜会向けの手袋を嵌めた手で触れる。

「マーリカ・エリーザベト・ヘンリエッテ・ルドヴィカ・レオポルディーネ・フォン・エスター＝テッヘン」

書類に記された名前をよく通る声でフリードリヒは読み上げる。

彼の署名を待つばかりな秘書官解任の書類であった。

「やっぱりそうなる？」

「流石に、かような危険な目にあわせては。今回内々で済ませられているのも、無事であったからで」

「だよねえ」

緊張感のない返答に困惑の色を浮かべる大臣達とは対照的に、議長席に座ったフリードリヒは澄んだ空色の瞳の目を微笑むように細めた。

　その様子だけ見れば、高貴で穏やかな、懐の深い威厳すら感じさせる美貌の王子である。

　フリードリヒ・アウグスタ・フォン・オトマルク。

　言わずと知れたこの国の第二王子。

　深謀遠慮を要求される王国の文官組織を管轄する、なにかと現場を振り回す考えなしな発言と執務へのやる気のなさが評判の〝無能殿下〟。

　そしてこんな年越しの夜にまで、彼等はこのフリードリヒに振り回されている。

「恐れながら殿下。エスター＝テッヘン家は、我がオトマルク王国前身の小国から続く伯爵家です」

「王宮とは疎遠な弱小伯爵家だよね？　資力もそうない」

「はい。しかし、その血縁を辿れば、遠く細いとはいえ周辺諸国の様々な王侯貴族とも繋がります。その歴史と血筋は蔑ろにできるものではありません」

「それはすごいね。由緒正しさでいったらオトマルク家（うち）よりすごくない？」

「殿下。滅多なことを言うものでは」

「そうだね」

　フリードリヒの中で意味合いは異なってきているが、以前とほぼ同じやりとりを繰り返して彼は肩をすくめた。

　以前。

　もう随分と遠い昔のように思える。去年の秋口だったかなとフリードリヒは考える。

「殿下、優秀ではありますが、あのうら若き令嬢がまさか〝オトマルクの黒い宝石〟などと名を轟かせる……それほどまでとは、我々も考えてはいなかったのです」

「いくら優秀でも秘書官としてこれ以上は。次になにか起きる前に」

「殿下とて、彼の令嬢を危険に晒すのは不本意かと存じますが？」

「別に不本意ではないよ」

「え？」

フリードリヒに承諾させようとする法務大臣の言葉に対し、どうしてそう思うのと不思議そうな表情でのフリードリヒの返しに、法務大臣の口から素の声が漏れた。

「彼女は王家に仕えし者だよ。その務めで危険な目にあったらってなに？」

「殿下……？」

「それにもう遅いと思うけどね。私と対をなす秘書官として名もその姿も広まっている。だって黒い宝石だよ。一目で記憶に残る。私だってそうだったのだから」

「殿下」

マーリカは実に弁えた臣下だ。それくらいのことは承知している。いくらうら若き女性だからといって彼女の自負を蔑ろにするようなことに、フリードリヒは同意できない。

「ま、辞めたいって言われたのだけどね。それが、死にかけたからじゃなくて務めが果たせないからなんて理由でね……まったく、いじらしいよね」

「はあ」

「そんなことを言われたら、骨にヒビ程度でなく、足が潰れてても利き腕を失くしてても、必要だと言って側に置き続けたくなってしまう。マーリカの性格を考えたら壊れてしまうかもだけど。それでもきっと彼女はいるだろう。そう思うとねぇ……ふふっ」

「なんということを、殿下っ！」

法務大臣だけでなく、その場にいた二、三人から咎めるような戦慄するような声が上がって、フリードリヒは目を瞬かせた。

別にマーリカに辛い思いをさせたいわけではない。ただそうだろうなあと想像したら、少しばかりうっとりした愉悦も覚えて微笑んでしまっただけなのに、なにかよろしくなかったようだ。

（あー、最近なかったけれど、これはやってしまったかな？）

幼い頃はこういったことがよくあった。

自分のなにが、周囲のそんな反応を引き出してしまうのか、フリードリヒにはわからない。でもたぶん、王族としてあまりよろしくないことなのだろうなくらいの自覚はある。大祖母が幼い自分に向けていた心配も恐らく同じだろう。

上着のポケットの中に入っている真鍮の鍵の重みをフリードリヒは思い浮かべる。いま手にした時の重みではない。幼い時に大祖母に渡された時の重みだ。

鍵そのものに意味はないのだろう。王族としてよろしくないところがあると自覚させたかった。

公務にやる気が出ないのも、うっかりやらかしたら大変そうだし、幸い王宮に人は沢山いる。絶対にフリードリヒでなければいけないことは、それほど多くない。できたらそれも任せられたら楽だけれど。怠惰なところも真実フリードリヒの生来の性質である。

「……殿下？」

「まあいいや。まったく君たちときたら、こんなどさくさに紛れるように……老害って言われちゃうよ？」

「い……いえ、それは……殿下が……」

「なに？」

「その、殿下がお望みなのでは？　秘書官ではなく王子妃であれば身辺もお護りできます」

あのねえ、と。フリードリヒはテーブルの上に置いた手を滑らせて、秘書官の解任書類のその下に重ねてあった複数の書類を、カードを机に広げるように並べた。

「メクレンブルク公爵家の推挙状。アルブレヒトの推薦書類。クリスティアン侯爵って、これ兄上の圧力でしょ？　強要事案（パワハラ）すれすれじゃない？　あ、君たちも連名書類作ったのだねえ」

「付け加えるならば、元候補の令嬢の方々も一様に」

「まあ、こっちの書類はいいけどね」

フリードリヒはペンを取ると、秘書官解任の書類にさらさらと署名した。

今後似たような恨みを買うことや、フリードリヒを邪魔に思う存在が出てきた時に手っ取り早く最初に狙われるのはマーリカなのは間違いない。

彼女のことを人の記憶から消すことはできない。

アルブレヒトに言われるまでもなく、フリードリヒはいまや彼女がいないと色々だめだなと思う。

マーリカ本人にもそれは告げている。

「でも、こっちはねえ。こちらの都合で解任する以上、新しい職は用意してあげないといけないのだけれどね」

暢気そうに頬杖をついたフリードリヒを、その場にいる全員が注視し、また困惑もしていた。誰がどう見ても、誰の話をどう聞いても、マーリカに執着し、側に一生置きたいと考えているのは彼ではないのか。だから皆でこうして整えたのだ。

エスター・テッヘン伯爵令嬢を第二王子妃とするためのすべてを。

それを何故、フリードリヒが押し止めるような様子でいるのか。

そんな思いが喉の半分まで出かかっていて、しかし誰もが言えずに沈黙していた。

「一旦、保留で」

「は……あの、殿下……？」

「こんな年の瀬まで皆ご苦労様。良いお年を」

すっと立ち上がって、誰もが唖然とする中、フリードリヒは部屋を出る。

そのまま王宮を出て、離宮へと帰る。

「忖度っていうの？　あれこれと手を回して応援してくれるのはいいけどさ、マーリカ本人をそっちのけにするのはね」

まだ彼女の上司としては認められないよねと、乗り込んだ馬車の中でフリードリヒは肩をすくめた。

十六　長く適任が見つからずにいた仕事はある

マーリカ、そう誰かに名前を呼ばれた気がした。

とても大切な言葉であるように。

愛おしげな響きで柔らかくそっと囁くように。

「ん……って、はっ――ッッんん！」

叫び声を上げかけて手袋をした手で口を塞がれ、首を振ってマーリカは抵抗した。

目が覚めたら、明かりはついているのにマーリカの顔周りだけ陰っていて、こめかみあたりに何者かが頭を伏せていた。声を上げないわけにはいかないではないか。

口を塞いでいるのは、明らかに男だとわかる大きさの手。

マーリカは恐慌状態で、右手を相手の腕に振り下ろして叩く。

「いたっ、たたっ、マーリカ！　驚かせたのは謝るけれど……私もびっくりしてっ」

「んーっ、んーんんっ！」

「マーリカっ。護衛が来ちゃうから落ち着いてっ！」

「んー……っ……で、殿下？」

前屈みにマーリカを真上から見る空色の瞳と金髪が目に映って、マーリカはぴたりと動きを止めた。

「おはよう、マーリカ。まったく勇敢だ」

「ひ、人が寝ている隙に、な、なにを」

「なにかいい匂いするなあと思って、つい。オレンジの白い花の香油？」

　すんっ、とマーリカのこめかみ付近で鼻をひくつかせたフリードリヒに、ひっと息を引き込むようなか細い悲鳴の声を発して、マーリカは次の瞬間、彼の腹部を掛布越しに右足で蹴り上げる。

（――令嬢を嗅ぐな‼）

　掛布が邪魔をして、大した威力にはならないけれど威嚇にはなったようである。

　マーリカから離れ、ベッド側の椅子に腰掛けたフリードリヒに、彼女は休暇中でもそれは立派な破廉恥事案（セクハラ）だとひとしきりお説教したのだった。

「わかりましたか？」

「わかった。反省しました。ごめんなさいっ、申し訳ないっ！　謝るからっ……マーリカ、王子をゴミを見るような目で見ない！」

「王族がそんなに簡単に頭を下げないでください！」

「どっちなのさ！」

「反省していただければ結構です！」

　フリードリヒは頬を膨らませたが、そうしたいのはこちらのほうだと横になったままぼやいて、マーリカは彼の衣服に目を留めた。

　金の飾り紐をしゃらしゃらと垂らした斜め掛けの白絹のマントに、やはり白地に金糸で細かく刺繍をされた上着に鮮やかな赤いサッシュを斜め掛けにしている。

「王宮に？」

「うん、夜会でね」

「ああそういえば年越しですね……ん？　だとするとお戻りには早すぎるかと」

「むしろ遅すぎるくらいだよ。もっと早く抜けたかったのだから」

「殿下。この一年の労いです」

「父上と母上、兄夫婦と、今年はアルブレヒトまでいるのだよ。私が抜けたところで問題ない。一通り挨拶もして義務は果たした。一仕事もしたし」

このフリードリヒの言葉は鵜呑みにしていいものだろうかと、マーリカは迷う。社交の場に出ていないからよくわからない。

王族の社交については、秘書官として予定は知っていてもその中身については詳しくない。

「問題があっても、もうここにいる時点でマーリカが悩んでも無駄なことだよ」

言いながらフリードリヒは、嵌めていた手袋を外してサイドテーブルへ放りなげる。

それだけのことなのに、妙に艶っぽい仕草に見えてしまって、少しばかりマーリカはどきりとする。きっとここ最近の彼の妙な構い方と湯殿での看護の侍女達との会話のせいだ。

気にしないとマーリカは心の中で唱える。

「殿下」

「本当に、最初に一通り挨拶したらあとは騒ぎたいだけの会だから……さっぱりした？　お湯に浸した布では十分ではなかっただろうしね」

マーリカの頭に手を伸ばし、また従兄（いとこ）や再従兄（はとこ）のように撫でてきたフリードリヒに言った側からとマーリカは顔を顰（しか）める。

年の近い妹がいたらこうするのだろうなといった彼の様子に、シャルロッテ王女殿下もいるわけだし似たようなものなのかもと、半ば無理矢理に納得して諦念の息を吐く。

なんとなく、慣らされてきているようでもあって癪（しゃく）なのだけど。

「……まだその酔狂は継続中ですか」

「ん？」

「わたしを〝甘やかしたい欲〟とやらの」

「まあね。マーリカ、執務以外は私に甘いよねえ。ぶつくさ文句言いながらもこうして付き合ってくれるし、案外すんなり順応してしまっているし」

「抵抗しても、体力を消耗するだけですので」

「ふうん」

ひとしきり撫でて満足したらしい。手をマーリカから膝に戻す。

フリードリヒの酔狂のおかげで、近頃やや親密な距離感になってきている気がする。

それにやっぱり湯殿での侍女達との会話が頭から離れてくれない。

他人目線でどう見えるか、一度意識してしまうとマーリカだって年頃の女性だ。療養で、面白半分に世話を焼かれているとわかっていても少しは気になる。

「あまりこのような誤解が生じそうなことは……」

「このような誤解って？」

「それは……殿下が」

「私が？」

（わたしを離宮に囲っているようなとは、流石に言えない！）

「いいです……なんでもありません」

「そんな顔には見えないけどね」

そうでしょうねと、マーリカは心の中で毒づく。

いまの自分はさぞかし不服そうな、不機嫌な表情をしていることだろう。

いつも微笑みを絶やさない、貴族女性にはあるまじき表情であるのは確かだ。

「殿下に、伯爵令嬢として大人しく療養するよう命令されましたが、殿下がいらっしゃる以上そういうわけにはとてもいきません」

「そう？　仕事から遠ざかっているからか、近頃、そうでもないよ」

するりと、洗ったばかりの髪の一筋を人差し指に掬（すく）うようにしてフリードリヒに軽く持ち上げられ、彼の指先で弄ばれる。

だから言った側からとマーリカは彼を睨みつけるけれど、同時になんだか胸の奥がざわざわするようで落ち着かない。寝具の中に潜り込みたい気持ちを抑えようと、頬を右手で押さえる。

「抵抗しても、体力を消耗するだけなんて言うなら、大人しく付き合ってよ」

「いつまで」

「当分、続くだろうね。結い上げていた時は硬そうに見えたけど、思ったより細くて柔らかい毛だ」

「毛って、人を馬かなにかのように」

「絡まないように編んであげよう」

「は？」

「王子の私が、編んであげようと言っているのだよ」

「ぐっ」

なにを勝ち誇ったような顔でとマーリカは思ったものの、フリードリヒ自身がそう言うように彼は王子だ。

（だから破廉恥事案（セクハラ）……ていうか、執務に戻ったらシメる！）

「またそういう、物騒な目で私を睨んで。これでも、シャルロッテに好評なのだよ。コテなんかもなかなか上手く巻けるのだから」

「王子が、なに王女の侍女の仕事を奪っているのです。ご自分の仕事をしてください」

「兄と妹の微笑ましい交流と言って欲しいね。案外会う時間がないのだから」

「それはまあ」

王族付秘書官だけに、一般的な貴族の家庭と比べてもずっと親兄弟と過ごす時間が少ないことはマーリカも知っている。

観念して、マーリカは起き上がるとフリードリヒに斜めに背を向けた。

そっと後頭部から腰まで届く髪を、梳くように撫でるフリードリヒの指先を感じてマーリカは小さく身震いしてしまう。

これは……どう言い訳をつけても、結構親密な行為なのではないだろうか。

（髪を結い上げずまだ下ろしている年頃なら、おにい様達にもこういうのされたものだけれど。シャルロッテ王女殿下の話もあったし、その延長気分だろうけど……でもっ）

気にするなと胸の内で唱えても、顔は熱くなってくる。

それがまたフリードリヒを意識しているようで、ますますどうしようもない。

マーリカはそんななのに、フリードリヒの方はといえば、手慣れた様子でせっせと指を動かし、いく筋かの束に分けたマーリカの髪を編んでいる。

そのことに気がついて彼女は少しばかり心の余裕を取り戻した。

（ご自分で仰るだけあって……上手い）

「お上手ですね」

「でしょう」

「やはりこういったことは、ご令嬢相手にし慣れているのですか？」

なんの気なしについそう言ってしまってから、ん？　と、マーリカは自分が口にした質問に違和感を覚えて、フリードリヒが右肩に髪を寄せるのに合わせて首を傾げた。

斜め後ろでフリードリヒが妙に乾いた苦笑を漏らすのが聞こえ、ますますその思いは強くなる。

（あれ、わたし。なにか……あまりよろしくないことを言ってしまったような気がする）

「あのねえ、マーリカ」

「はい」

「私は王子だよ。そんな迂闊なことできると思う？」

こうして編んだり結ったりするということは、服から髪型から完璧に装っている令嬢のそれを解いているということで、マーリカ自身が感冒でフリードリヒを遠ざけたように、普通は病人を見舞うこともないと噛んで含めるようにフリードリヒから教えられて、マーリカは固まった。

服から髪型から完璧に装っている令嬢のそれを解いている――って！

意味を理解して、頬から耳まで一気に熱くなりながら、なんて質問をしてしまったのだとマーリカは狼狽した。それはそうだ。し慣れるなんてとんでもない。

そんな王家の血をばら撒くようなことをするはずがない。

「っ、失礼しました……」

「本当……そのあたり上手く隠して甘やかされていたのだねえ。流石は君の親類といった、あの麗しき従兄だか再従兄だかに」

「あのっ」

「動かない！　ああ、留めるものを考えてなかった……まあこれで」

マーリカの背後でごそごそとなにかしている音が聞こえて、彼女の髪を編んだ先に金糸を組んだ細い飾り紐が結び付けられた。

マーリカの艶のある黒髪に金色はよく映えていたが、なにぶん療養中の夜着に近い簡素なワンピースだから、その豪奢の色はかなりちぐはぐである。

「次は、リボンでも持ってこよう」

次があるのか、と若干虚空を見つめそうになって、「こっちを向いて」とフリードリヒに命じるように囁かれたマーリカはつい従ってしまう。

うんと満足気にフリードリヒは頷いた。なにを考えているのかマーリカにはさっぱりわからないけれど。ご機嫌麗しそうだ。

「なにから話そうか、マーリカの髪を編みながら考えていたのだけどね」

掴みどころのない調子と表情でそう言って、うーんとフリードリヒは唸った。

なんとなくその言葉には不穏な響きがあると、マーリカは彼の目を見る。

「なにか？」

「まあ、はっきり決まったことから話すのがいいのだろうね。来月末でマーリカは、第二王子付秘書官を解任になる」

唐突に来たと、マーリカは目を見開いた。

ただそれは、半ばそうなるだろうと考えていたことではあったので、突然告げられた衝撃が去った後は、本当にこの方はといった呆れしか残らない。

「そう、ですか」

「意外と猶予があるといった表情だ」

「面倒はもっと早くに避けるものと考えていましたので」

「そういえば、次のアテがあるのだっけ？」

休暇前に交わした会話のことだなと思いながら、マーリカは首を軽く振った。

フリードリヒに秘書官を解任されても、他からの引き合いがあるといった話をした。だがそれは休暇前の話だ。

フリードリヒの秘書官だけに、これだけ休んでいては仕事に穴を開けていることは隠しようもない。いくら休暇扱いでも、以前の話はなかったことになっているだろう。

「もう無いと思います」

丁度、そのことをフリードリヒに相談しようかとマーリカも考えていたところだった。

厚かましいと思われるだろうけれど、フリードリヒはなんとなく話は聞いてくれそうに思う。

「あの、殿か――」

「一つ質問なのだけれど」

マーリカの言葉を遮ったフリードリヒに、彼女は少々驚いて瞬きした。

「マーリカは文官でいたい？　私に仕える者でいたい？」

「は？」

（質問の意味がわからない）

そんなのどちらも同じことだ。フリードリヒは文官組織の長なのだから文官でいる以上、フリードリヒに仕える者である。

「〝どちらも同じことでは？〟って心の声が聞こえるようだ、マーリカ」

「ええ。仰る通りですから」

「あー、じゃあ。兄上と私なら？」

「わたしは武官ではありません」

「武官組織だって文官いるでしょう」

「おりますが、最低限の武官の訓練と知識は必要です。でなければ武具の管理もできません。ご存じでしょう」

「あ、そうなの」

（どこまで不勉強なのか。知らないというより忘れているのだろうけど）

「殿下」

「あっ、いや知ってる、いま思い出した！　そんな気がする！　あーじゃあっ、私とアルブレヒト！」

もう答える気もしない。第三王子のアルブレヒトはフリードリヒの補佐である。彼に仕えるのなら必然的にフリードリヒに仕えることになる。

最初の質問と変わらない。マーリカは嘆息した。

こういった突飛なよくわからないことを言い出して、彼が言葉を重ねる時は考えなしでのことではない。マーリカに理解できるかどうかは別として、彼なりの理屈と理由がある。

「まずご質問の意図を。元の質問にはなにか区別があるのですか？」

「君は、本当に律儀に私の考えを確認してくるよねえ」

「でなければ殿下にお応えできません」

「大半切り捨ててると思うのだけどね」

「そうですか？」

清々しいまでにばっさりと、とフリードリヒは呟いて、しばらく黙考するように目を閉じた。そうしていると大変に深遠な考えある賢しい王子のように見える。

ただこういった時は比較的、単純明快なことが多いのもマーリカは知っている。

「んー、私の側を離れてもいいかって話」

「は？」

「ほら、王族付や私の側近や余程偉い立場でないかぎり、私と直接の接点なんてないからさ。そういった仕事でもいいのか、どうか」

「構いませんが？」

即答も即答。一片の迷いも曇りもなく即答すれば、右肩に手を置いてフリードリヒが寄りかかるように項垂れてきた。

一応、左手と左足を痛めているのですが、とマーリカが言えばわかってると返事は聞こえたが変化はない。わかっていない。

「そこまできっぱり言うかな。この一年何ヶ月か一緒にいてなにかないの？」

「ですから、殿下の管轄組織なのです。側にいようといまいと同じことでしょう。あまり文官を振り回すようなことをされたら、また進言しには行くでしょうし」

「マーリカ、あれは進言じゃないよね？　素晴らしい出逢いではあったけれど、いきなり説教しながら平手で叩くのは進言とは言わないと思うのだよ。私の近衛に取り押さえられたの覚えてる？」

「ええ、ですが近衛班長殿とはいまは知らない間柄でもないですし、殿下も事情くらい聞いてくださるでしょう？」

（いや、むしろ絶対聞かせる）

マーリカは、項垂れていた頭は上げたが、相変わらず人に寄りかかっているフリードリヒを胡乱げに見据える。

そんなマーリカに、「一回やったら二回目三回目も同じみたいな目をするのは止めよう。それは危険思想だ」とフリードリヒは訴えたが、知ったことかと彼女は思う。

（この人は、何度でも言わないと懲りないし。気をつけていないとすぐなにかやらかすし……後任の人にしっかり引き継いでおかなくては）

「……マーリカ。まあでもそうか、たしかに」

「殿下？」

「そもそもマーリカは私がどうの以前に、勝手に私のところに来たのだった」

「は？」

「で、どこにいようと物申したければ来ると？」

「なにか微妙に引っかかる物言いではあり、そうならないようにしていただきたいものですが、そうですね」

「だったら私の側に仕えていた方が早くて効率的では？」

「え？　ええ、まあそれは」

けれど秘書官は解任なのではと、マーリカは首を傾げる。

「こちらの都合で解任するわけだから、新しい仕事は用意すべきと思ってね」

フリードリヒの言葉に、そんなことを考えての質問だったのかと、ようやくマーリカはぐるぐると巡るような問答の不可解さから抜け出せた。

それならそう言ってくれればと、まだ彼女の右肩から手を離さないフリードリヒの淡い色が綺麗な金髪とつやつやした白絹のマントを見る。

「長く適任が見つからずにいた仕事があって……私が推せばマーリカは間違いなくその地位に就くと思う」

正直、王宮勤めを辞めずに済むのならなんでもいいけれど、なにか勿体ぶるような言い方が気になる。しかも長く適任が見つからずにいたとは。

いまより酷い仕事はそうはないとマーリカは思うものの、調整官からフリードリヒの秘書官になった時もそう思っていて違ったのだから油断ならない。

相手がフリードリヒだけに、受けるにしても一応心構えとして確認はしておこうと彼女は彼に尋ねた。

「それは一体どのような？」

「私の側で公務を支え、私がよろしくないようなら諫め、場合により執務を代行する権限があり、また独自の裁量も多少ある。こういってはなんだけど結構重責ではあると思うよ」

「はあ、殿下の公務を支え、殿下を諫め、執務を代行し、独自の裁量も多少ある……結構重責……」

フリードリヒの言葉を繰り返し、マーリカはその仕事に考えを巡らせて思った。

（いまとさして変わりないのでは？）

「秘書官、ではないのですよね？」

「違うね。代行権限がある。あと式典参加とか王家の催しにも関わる」

「なるほど」

（式典や催し……たしかにそちらはそれほど関わったことはない。でも裏方は大体わかっている。代行権限がなかなか重いけれど、いまの〝秘書が勝手にやりました〟な状態を思ったら、まだ責任所在もはっきりしているだけ気が楽というかマシかも）

「そのような仕事、殿下の秘書官を解任となる、わたしのような者でもよろしいのですか？」

「よろしいもなにも、秘書官としての実績もあるし、私に仕事をさせる点でマーリカの優秀さは既に皆が認めるところだろうね」

「それは過分なお言葉ですが。もしそのような立場をいただけるなら……」

マーリカが受諾の返事をしかけたところで、ああっもう一つ、とフリードリヒは声を上げた。

マーリカは訝しみながらもなんでしょうと彼を促す。

「これでも一応、第二王子なのだよ私は」

「そうですね」

「受けてくれるのはいいけど。第二王子を動かしておいて、後で無しは聞かないよ？」

「それは勿論」

「この仕事は、一度就いたら一生退くことはまずできない」

一生……それは確かに重責というだけはある。

それから、そんな重大事項は先に言え、とマーリカはフリードリヒを軽く睨んだ。

少し慎重に考えた方がいいのかもしれない。

口元に手をあてて考えたマーリカは、右肩の後ろから不意にかかった力に押されて鼻先をすべすべしたものにぶつけた。急になんだと反射的に閉じてしまった目を開ければ、しゃらしゃらとぶら下がっている細い飾り紐が目の前で揺れている。

「えっ？」

「マーリカ」

低く掠れた、なんだか震えがくるような声音で名前を囁かれる。

フリードリヒに右肩から抱き寄せられている状態だと、マーリカは気がついて慌てて身を動かそうとしたけれどできなかった。

特に強く抱き寄せられているわけではないというのに、彼の腕はマーリカが体で押し退けようとしても動かない。

「それからね、受けるのはいいけれど。逃げられないよ。そうしたらもう、私の目の届く範囲から出してあげない」

（うん、慎重に考えよう。これはただの仕事ではない）

フリードリヒの甘い囁きから、精神を防御するようにマーリカは脳裏でそう呟いて、彼の言葉を整理するように反芻する。

一度就いたら一生退くことはまずできなくて、さらにはフリードリヒの目の届く範囲から出してはもらえない。

フリードリヒの公務を支え、彼を諫め、その執務を代行し、独自の裁量も多少あって、結構重責。彼に仕える者でもある……。

（ん？　それって）

ゆっくりとマーリカはフリードリヒを仰ぎ見る。

マーリカがそうするのを待っていたみたいに、彼女を見下ろしていたフリードリヒと目が合った。冗談や酔狂ではなさそうな、少しマーリカを探るような眼差しになんとも形容し難い気分になる。接している箇所から伝わってくる、彼の温かみが不快ではないことも、そのもやもやとした気分に拍車をかける。

望まれていると知れば、なんとなく色々と思い当たることもないこともない……マーリカが鈍いのか、フリードリヒが分かりにくいのか、おそらく両方なのだろうと彼女は考えを巡らす。

フリードリヒが推せば、間違いなくその地位にマーリカは就くと彼は言った。

言葉通りだとすれば、周囲はおそらく固まっていて、彼がそれを止めてくれている。

マーリカの意思一つで、なかったことにもできるように。

（ありえない）

その仕事は、立場は、そんな簡単に決まることはない。勿論なかったことにもできない。末端の役人の募集とはわけが違うのだ。候補に挙がれば公爵家の令嬢だって簡単には断れない。何故なら第二王子とはいえ、国や王家の行く末に多かれ少なかれ関わる。

様々な審査を経て選出される。適当な人選などできない、いくら第二王子でも彼の好きにもできない。ましてマーリカが自由にできるはずないのに、できると彼は言う。

（いつも、ものすごく下らないことで人を簡単に振り回すくせに……本当にずるい。いや、いまも振り回されているといえばそうだけど）

マーリカは息を吐いた。

「王宮の調整はついているのでは？」

「君は王家に仕えし臣下の上級官吏。まだ私の秘書官。異動させるにしても上司として部下の意思確認は当然では？　君の上司は私だから、異議申し立てすることは私にしかできないことだしね」

「お断りすることもできると？」

「もちろん。そうなれば認めない。時期尚早……くらいの理由にはするかもだけど」

毅然とした調子で言い放った後、呟くように添えられた言葉に、再調整するつもりなのかとマーリカは軽く目眩を覚える。

少し胸の奥が震えかけたけど、高官達を大困惑させるに違いない言葉のおかげで少し平静を取り戻せた。

（本当に、この方は……悪い気がしないというか、憎めないというか。絶対ちょっと特殊性癖で性格的にもアレな人だと、わかりすぎるほどわかっているのに）

随分と速い鼓動の音が聞こえる。マーリカ自身のものではない。少し動揺はしているけれど、迷う考えを巡らせて自分の中にある答えを探るだけの冷静さは保っている。だからこの音はフリードリヒのものだ。

「……殿下」

王宮の調整に拒否権などないに等しい。マーリカを望むのならそのまま候補にしてしまうことだってできるのに。それは止めさせた。

けれど、王家に仕えし臣下で上級官吏、フリードリヒの秘書官であるマリーカに用意した仕事を選んでほしい、仕える気はないかと持ちかける。

結局はどちらも同じこと。しかしフリードリヒは示してくれている。

マーリカを蔑ろにする気はない、と。

選ばないことも残して。言葉でも、態度でも、胸の音でもそんな気はないくせに。

それで十分なのではないかとマーリカは思った。

「止めている人が、打診するって意味不明なのですが？」

「そうだねえ、大いなる矛盾にして葛藤だ」

後頭部に柔らかな力がかかって、フリードリヒの言葉が途中からくぐもって聞こえるようになって聞こえていた鼓動の音が大きくなる。右肩と頭を両腕に囲われて、マーリカは彼の肩に額をつけている。

「おまけに断ってもいいとは」

「マーリカが選んでくれなければ意味がない」

本当にこの人は、聞こえてくる音も言葉も態度もめちゃくちゃで、そして肝心なことが抜けている。

「殿下、あと一つと言いながら三つも四つも言っているのは見逃すとして、わたしも一つお聞きしますが」

「なに？」

「この仕事は一生退くことはできない。殿下の目の届く範囲から出してはもらえない。殿下は一生わたしに叱られる人生でよいと？」

「え……あー、うん」

少しばかり彼の体が遠のき、囲っていた腕と手の力が緩んだことにマーリカは少しばかり呆れる。案の定、ご自分のことはあまり考えていなかったらしい。

マーリカは彼の肩から顔を上げた。出会った時のように、彼は目を見開いてマーリカを見詰めていた。

仕事どころではない、公私全般に渡って一生この人を支える、仕事で、役目で、立場だ。

「慎重にお考えになって選ぶのがよろしいかと思います。なにしろ重責ということです。きっといまより殿下に容赦なく接することになると思います」

そうだろうねえといった呟きと共に、空色の瞳が細まり斜めに降りてくる。

なにが可笑しいのか、くすりと笑んだ吐息がマーリカの頬をくすぐった。

「それが第二王子妃の主な仕事になるだろうから、まあ甘んじて受け入れるよ」

「でしたら、問題ありません――」

薄く硬くて思ったより冷たい唇が触れて、マーリカの言葉を止め、彼女は目を閉じた。

触れただけですぐに離れて、その吐息がマーリカと囁く。

「私の側にいてほしい、ずっと」

「以前お答えしたはずです。殿下がわたしを不要と仰るまで、勝手に職を辞してお側を離れるなどありえません。一生退くことはできないのでは？」

慎重に考えても結局同じ結論を選んでしまうだろう自分が、マーリカ自身もどうかしていると思う。

けれどもフリードリヒが伝えてきた条件が、いまと大して変わらなすぎるのだ。

十七　そして仕事が増えていく

軽く伏せたまつ毛に翳る、瞳の色が揺れる様が綺麗だとマーリカは思う。

その色は、青く澄んだ空の色。明るい日差しのように繊細な光を放つ金髪。

よく晴れた麗らかな春の日のようだ。年が明けて、二週間が過ぎたばかり。冬の次に来るその季節はまだ少し先である。

でなければ困る。それまでにすべきことが山積みなのだから。マーリカはそろりと右手を持ち上げ、近づいてくる端整な顔と彼女の顔の隙間へ、ていっと手刀を振り下ろす。

マーリカの頤を捕えた指先は手刀によって外れ、広いベッドに散らばる書類へ腕を伸ばす彼女に、ベッドの上から膝立ちに身を乗り出し迫っていた人物も離れた。

「マー……」

「なにか？」

これ以上ない冷ややかさで言葉を返して、マーリカは仕えている第二王子、そして婚約者でもある人を睨みつける。まったく油断も隙もない。

お祝いとお見舞いに離宮を訪ねてきたシャルロッテ王女殿下の話によると、どうもこの国の王族男子は婚約したとなったら手が早いらしい。

王太子殿下が婚姻してからの年数と、その一番上の王子の年齢は同じ。

国王陛下に至っては結婚時、王妃殿下はまだ十五歳。翌年王太子殿下が生まれている。いくら時代が違うといっても若すぎる。第二王子の誕生はその十年後にはなるけれど。

「ここ最近で一番の、氷片突き刺さるような冷ややかな眼差しだ……マーリカ」

「浮かれる陽気にはまだ早い季節かと思いますが？」

「いつ雪解けは来るのかな」

「そうですね……婚約承認の如き早さで、殿下がお仕事してくだされば。まさに春告げる稲妻の光の如き速さでしたので」

年の瀬に求婚を受けた一週間後には、国王陛下の承認もされ、お披露目は復帰後になるものの書面上の婚約は成立した。王宮が調整済みでも一ヶ月はかかることが、電光石火とはまさにこのこと。すでに公示も出ており、仕事でなければ本当にやればできるから腹が立つ。

「そう言うけどさ、君ちょっとうっとりしてたよね。手でばしってする直前まで」

「してません」

「私の部屋の、ベッドの上で！」

「してません。殿下がいつまでもだらだらとお昼寝しているから、手っ取り早く執務場所をこちらにしたのでしょう」

ここは離宮のフリードリヒの寝室だ。

白と淡い黄色に塗り分けた天井の漆喰細工が見事な、淡い緑と金を基調とする部屋。

部屋の中央に陣取る、やたら大きなベッドの上に散らばる書類を拾う作業をマーリカは無言で再開する。

ベッドの縁に片膝を乗せて腕を伸ばし、手に取った決裁済み書類の署名を確認した。

フリードリヒ・アウグスタ・フォン・オトマルク。

深謀遠慮を要求される文官組織の長。オトマルク王国の第二王子は、三日に一度の書類仕事にもいまひとつやる気がない。おまけに近頃少々色惚けている。

「マーリカ……」

囁く声は、うっとりとした甘さを含む誘うような美声であるが、しかし。

「騙されませんので。あと残り三・案・件！　本日中に決裁してください」

「マーリカ、私達は想い通じ合ったばかりの二人なのだよ」

「それに関しては否定できないのが、自分でも複雑ですが。いまはお仕事。それは後です」

「後？」

「はい」

「後」

「ええ」

二度も聞き返してくるフリードリヒに、そんな問答が後回しなのは当たり前のことではないかと、マーリカが胡乱げに彼を眺めていたら、彼は膝立ちからぽすんとベッドに倒れ込むように腹這いになると、まだ未確認の書類の束を取り上げてめくり始めた。

「……視察先なんて、アルブレヒトが適当に決めてくれていいのに。まったく」

やっと仕事を再開したとマーリカは息を吐いて、右肩から前に下りてきた編み込んだ長い髪を背に手で振り払う。

「アルブレヒト殿下の胃を、これ以上痛めつけないでください」

一方に寄せて編み込んだ髪は、何度後ろにやっても垂れ下がって邪魔である。かといって結い上げると横になって休めないから不便なものだ。

まだ完全に復調しているわけではなく、マーリカは簡素な白いコルセット無しの薄いシルクを重ねたワンピースに、燕脂色の絹ベルベットのガウンを羽織った姿で仕事している。幅広な袖も仕事するには邪魔である。

（最初は女だから舐められてもと思ってだけど、やっぱり男装の方が仕事はやりやすい）

大体、貴族令嬢の衣服というのは、見た目と所作の優雅さを優先させ過ぎている。

装飾的なひらひらもだけれど、衣服の重さ、腕を高い位置に上げられない、美しい姿勢を固定するような縫製など、服の設計からして不便が多いのだ。

王族規程には、公式行事等のドレスコード以外に服装の制限はない、王子妃になる令嬢でそんなことを考える人は誰もいないためだが、明文化されていない以上、ドレスコードがない執務は男装で通そうと目論むマーリカである。

ベッドの縁に掛けていた右足を床に下ろし、未処理の書類に囲まれているフリードリヒにマーリカは背を向けると、窓際のチェストまでひょこっと痛めた側の足を浮かせ気味に歩く。ワンピースの長い裾を引っかけそうで少し怖い。

「しかし婚約しても、厳しいよねマーリカは」

「公私は区別する主義です」

「王族に公私なんてないよ」

チェストの上に集めた書類の束を置き、どうしてこうばらばらにするのかと胸の内でぼやきながら、内容を見て順番を直す。

文官達から〝無能殿下〟と揶揄(やゆ)される彼を、第二王子妃として一生こうして面倒を見るのかと思うと、若干頭の痛いマーリカだが、自ら受けることを選んだのだから仕方ない。

「殿下、たとえ婚約しても破廉恥事案(セクハラ)は成立しますよ」

大体、ベッドの上にマーリカは片足しか乗せていない。

痛めていない右足をベッドの上に引っ掛け、前屈みに終わった書類を選別していたら、書類を確認していたはずのフリードリヒに不覚にも頤(おとがい)を取られて彼が顔を近づけてきたので、手刀を振り下ろし回避した次第である。

フリードリヒから望まれ、マーリカも彼を憎からず思っていることを自覚した以上、彼の護衛につく近衛騎士のアンハルトまで払って、彼の部屋に二人きりでいるこの状況も避けたいものではあったが、三日に一度のフリードリヒの執務に滞りが出始めているとあってはそうも言ってはいられない。

まだ療養期間は一週間残っているものの、ちょうど痛めた左足の痛みも取れて、危ういながらも立って動けるようにもなっている。

復帰へ向けたならし運転も兼ね、一ヶ月と二週間ぶりに王宮と同じく「おはよう」から「おやすみ」まで、執務室から私室まで、フリードリヒの仕事を監督するマーリカだった。

「じゃあ嫌だったの、マーリカは」

「困ります」

いいも嫌もない。婚前の節度というものは保つべきだ。

「ふうん」

ぱらりと書類をめくる音と共にマーリカの耳に届いた、なにか含みを持つ響きなフリードリヒの相槌は無視して、彼女は順番を直した書類を重ねてチェストの上でとんとんと音を立てて書類の端と角を揃え、そのまま揃えた束を置いた。

「マーリカ！　やはりここは！　私に愛を囁かれるところではないかな？」

「寝言は寝てから仰ってください」

ああっ、鬱陶しいとマーリカは根負けして振り返った。

単に構って欲しいだけ、気にしたら負けだ。

この程度、以前であれば無視して仕事に集中できたのに。療養の間で削がれたのは体力だけではないらしい。

「ああっ、その地を這う虫を見るかの如き蔑みの眼差し。久しぶりだねえ。回復してなによりだよ……マーリカ」

フリードリヒを見据えたマーリカに対し、不可解にも喜びに打ち震えるような様子を見せる彼に、何故、わたしはこの人の申し出を受ける選択をしてしまったのだろうと胸の内でひとりごちるマーリカであった。

「大体、我々はまだ休暇中だよ、マーリカ」

「わたしはともかく、殿下におかれましては、休暇は書類仕事を終えたらの約束では？　繰り返しますが、たとえ親密であっても破廉恥案件（セクハラ）は成立します」

「立って歩けるようになった途端に厳し過ぎる！」

その気になってやれば数分で片付くことなのに、王宮にいる時以上にぐずぐずとなにか拗ねている。御歳二十六の王子が。

チェスト前に立って控え、マーリカはフリードリヒが仕事する様子を眺める。

腹這いの姿勢でいるのは肩や腕が疲れるのか、フリードリヒは身を起こしてベッドの上に座り直した。携帯式のペンを口に咥え、書類を手にしていない側の手で手招きする彼に、マーリカはため息を吐く。

「殿下、節度というものが」

「わかってる。でも王宮みたいなソファはないから」

たしかに、王宮の彼の私室のように一時期マーリカの簡易寝台と化していたような立派な大きさのソファはこの部屋にはない。

（変なところはよく気がつく……）

足を気遣われてのことだと思うと無下にもできない。

ひょこっと、また足を動かしてマーリカは寝台に近づき、失礼しますとその縁に腰掛ければ、這ってやってきたフリードリヒに彼の左腕を腹部に引っ掛けられる形でマーリカはベッドの上に攫われた。

しまったと思った時にはもう、捕まっているといった早技だった。

「殿下……っ」

甘さなど皆無なうんざりした声でマーリカが非難すれば、半分片付けたと彼は言う。

「左腕だけ休暇！　ちゃんとやるから黙って大人しく見張ってて」

無茶苦茶だ、と。

そう思いながらも、胴に巻きついているフリードリヒの左腕を引き剥がす気が起きないくらいには、絆されてしまっている理不尽を抱えて、マーリカは彼の言う通りに黙る。

引き寄せられて彼の肩先に頭を軽く預け、少し軋みを感じはじめていた足を投げ出し、ようやく真面目に書類に目を通し始めたフリードリヒの横顔を眺める。

（本当に……腹立つほどに、顔のいい）

マーリカだって年頃の女性だ。

夢見る少女が理想の貴公子の姿を思い描いたならこうなるだろうといった、美貌の王子。

望まれ、このように片腕の中に引き寄せられれば、人員補充を持ちかけられた時ほどではないにせよ、多少は、少しばかりは、小指の爪先ほどは、胸ときめいてしまったりもするのである。

（それに、お気遣いいただかなくても大丈夫なのに）

マーリカが薄っすら疲労と足の軋みを感じ始めた時に、この状態はできすぎている。

これは酔狂じゃない。マーリカに対する口実だ。

まだ本調子ではなく、治りきってはいない足に負担をかけないように、マーリカが立って控えずに休めるようにするための。

婚約者だからと、彼の寝室、それもベッドの上になんていられるわけがない。けれどフリードリヒの気まぐれと酔狂に仕方なく付き合わされてなら、対外的にも言い訳が立つ。寝室のドアは開いているし、そこには近衛班長のアンハルトもいる。

まさか昼食後に眠いから寝ると仕事を放り出した時から配慮していた、なんて考えすぎだろうか。

実際フリードリヒはだらしなく眠りこけていたし、本当にどこまで考えがあってないのかわからない。

なんとなく不貞腐れた気分でマーリカは、髪の先に結んだリボンの端を軽く指先で弄る。

（でもって、九割ほどが酔狂と思いつきでできているような人のくせに……執着が重い）

次はリボンでもと言った通りに、フリードリヒが持ってきたそれは、彼の瞳と色を合わせた空色の絹、おまけに細い金糸で超絶技巧な繊細さの刺繍まで施してある。

うれしくないわけではないのだが、なんでもない様子で包みもなく直に渡されるには、たかがリボンとはいえ重すぎる逸品である。

「……無能な上に、色惚けなんて救いようがありません」

「真面目に片付けているのに酷い言い様だ」

室内は、離宮を改修した際に導入したらしいセントラルヒーティングのおかげで暖かい。久しぶりに朝からフリードリヒの執務に付き合った疲れと、ほのかに伝わる彼の体温の心地よさもあって、マーリカはうとうととしてくる。

（いけない……）

かさりと紙が鳴る音とペンの音に紛れて、くすりと笑む吐息の音が聞こえた気がした。

「――マーリカ」

「ん……、っ！　申し訳ありませんっ！」

呼ばれた声にはっと気がついて、しまったと慌ててマーリカはフリードリヒに謝る。

いつの間にか本当に眠ってしまった。一体どれ程の時間、と内心焦った彼女の心の声が聞こえたようにフリードリヒがのんびりと答える。

「二十分ほどかな。本調子ってわけでもない。別にいいよ、許す」

王子らしい口調でマーリカの失態を許し、そもそも休暇中に仕事する方がどうかしていると実に彼等しい見解を口にするが、マーリカはやはり体力集中力の回復をせねばと思うばかりだ。

「しかし……片付きましたか？」

「うーん、そこできっちり確認してくるのが。マーリカだよねえ」

「当然です」

「片付けた。ああそれと、王立の学園……いま弟のヨハンがいるえーと……」

「王立ツヴァイスハイト学園でしょうか」

「それ、そこ」

「……学校というよりは山の頂(いただき)にある城塞学園都市。現在王家の直轄領ですが、かつて彼(か)の地を治めた学識高い領主ツヴァイスハイト公が居城、壮麗優美なツヴァイスハイト城を校舎に使用する、厳しい選抜試験を突破した優秀な学生が集う全寮制の学園」

一応は婚約者の腕に抱えられている状況ながら、甘さの欠片もなく事務的機械的な淀みなさで、マーリカが尋ねられた学園の概要説明をすれば、深いため息を吐いてフリードリヒは首を落とした。

「私の知識のなさを見越した流石の説明をありがとう……マーリカ」

「弟君が在学中の学校くらい覚えておいてください。第四王子のヨハン殿下は生徒会長を務めていらっしゃいますよ」

「マーリカって、〝ねえ、マーリカ!〟って尋ねれば、なんでも全部答えてくれそうだよね」

「人を喋る辞典か便利帳のように言わないでください……学園がどうしました」

「ん、たしか父上か兄上の命で何年か工事かなにかやってたなって」

「老朽化した礼拝塔や大時計塔、城壁等の修繕事業ですね。一昨年に完了してます」

「修繕後の不具合はないか確認してもいいかなって、ヨハンもいるし」

「……本当の目的は？」

じっとフリードリヒの横顔を睨みあげて、マーリカは低めた声で尋ねる。

この〝無能殿下〟がそんな一見まともそうな理由で視察を考えるはずがない。大体、山の上で陸の孤島も同然な場所。北の国境近くで王都から遠く、視察に行くには面倒すぎる。

「すごいんだって」

「は？」

「復活祭の頃、学園祭？　近隣領地からも名店が出店し、それはもう美食の遊歩道だとか。歴代の生徒会活動の賜物らしくてね。やはり王子として攻めるべきだと思うのだよ……うん」

（攻めるってなんだ。それは王子は王子でも、王都流行誌の人気案内人〝美食王子〟の話だろ！　視察関係ない！）

「それに、王国三名景の一つでもあるらしいよ？」

古城を学舎に利用する彼の学園が、春や秋の頃、稀に発生する雲海に浮かぶ様は、〝天空の城〟とも呼ばれている。マーリカも一度見てみたいとは思うが、公務に趣味を混ぜる気はない。第一、修繕後のことなど、在学中の第四王子に問い合わせれば済むことだ。

「学園の名前すら覚えていない方が、その情報はどこから？」

「アルブレヒトが私が好きそうだって。ほら私は十八で公務についたから学園に行っていないし」

（余計なことをっ……！）

「復活祭など、豊穣祭に次いで視察と式典行事が目白押し。無理です！　絶対に無理です！」

「本当に無理？　絶対無理？　オトマルクの全臣民と神にかけてそう誓えるの？」

「ぐっ……それは」

（今年は、アルブレヒト殿下がいらっしゃる）

いずれフリードリヒの公務をいくらか渡すことになる。また、月末には秘書官解任となるマーリカの後任が見つかるまで中継ぎで筆頭秘書官の役割を引き受けてくれるらしく、引き継ぎを考えても、フリードリヒの予定をいくらか分けるのは有益ではある。

（調整もいまなら死ぬ気でやればなんとか、ぎりぎりできないこともない）

しかしだ。そもそもフリードリヒの趣味のために、マーリカ他関係者が死ぬ気で苦労する必要はない。

「マーリカ」

さも賢(さか)しげに見える顔。命じ慣れた者特有の人を従わせる響きの声音。

（無駄に仕えたくなる王子の雰囲気出してくるの、本当にっ。その手に乗るかっ）

いやいやとマーリカは首を横に振り、署名済み書類をさっさと回収し、直ちに立ち去るのが最善と判断した。

（どうせ一晩過ぎれば、別のことに気が向くはず）

腰を浮かせたマーリカだったが、不運なことにいまはフリードリヒの片腕の中にいる。

書類仕事も終えて空いたもう一方の腕も使って、完全に捕まえられた。

「できないことはないって様子だ、マーリカ」

「……時期をお考えください」

「考えてるよ。ヨハンは今年卒業だ。弟の活躍、その手腕を振るう様を見て王族としての能力を見るのは兄の役目」

「思いつきでそれらしいことを言っても駄目です。それを仰るなら、王太子殿下やアルブレヒト殿下でもよろしいのでは。むしろ感性アレな殿下より、お二人の方が適任です」

「いま、さらっと私にひどいこと言ったね？」

「事実です」

「マーリカ～！」

左腕の捻挫は治ったからって、ぎゅうぎゅう抱き締めながら泣きついてこられても困る。うんざりと目を閉じたマーリカの瞼の裏に、アルブレヒトの胃が悪そうな姿、部下達が絶望を浮かべる顔、関係各所の皆様の死んだ魚のような目、げんなりした近衛の者達の様子が次々浮かんでは消えていく。

（どうしてわたしが、殿下の我儘の最終防衛線になっているのか……解せない）

「そういえば……近頃学園では女子教育も盛んだとも聞いたよ。才覚ある貴族女性が国の重要な職務を担えれば良き発展につながると……」

「耳打ちせずに普通に話していただけませんか。それがなんです」

吐息がくすぐったい。大体、見た目同様にフリードリヒは囁かれると反射的に震えがくるような美声なのだ。質が悪い。

「〝マーリカ様が講演してくださったら、きっと先輩令嬢方も新たな視界が開けますわ〟って、シャルロッテが言ってた」

「……妹君の声色を真似て仰る意図は？　ご兄妹だけにちょっと似ていて気持ち悪いのですが」

「より伝わるかな、と」

後ろからフリードリヒに抱きしめられている格好で、多少毒気を抜かれたマーリカが彼の顔を仰ぎ見れば、ふふんと、彼は得意気に笑んだ。

その表情は、周辺諸国の高官達を震え上がらせる〝オトマルクの腹黒王子〟のそれだ。

「学園祭なんて絶好の講演機会。王家の直轄領で未来の第二王子妃が、これから国の将来を担う者達へ考えを示すのにこれほどいい舞台もない。王都や王宮と違い邪魔も入らない」

（本当にっ、己の興味関心ごととなればそこそこに有能なの、納得いかない！）

マーリカは握りしめた両手を震わせる。

「君、女性の高官育成ができればって言ってなかった？　意に染まぬ結婚を強いられる令嬢の逃げ道にもなるとかいって」

低い声音の囁きは、悪魔が誘う声だ。

「でしたら、わたし一人で……」

「却下」

フリードリヒの腕が柔らかな抱き締め方に変化して、マーリカのこめかみに唇が落とされる。

「言ったよね。私の目の届く範囲からは出してあげない。血気盛んで怖い貴族の若者の巣みたいなものだし」

「……人を都合よく巻き込むのか、脅すのか、甘やかしたいとかいう酔狂か、いずれかにしていただけませんか」

「失礼な。いまは王子の私に厳しい秘書官を口説いている。仕事が終わった〝後〟だしね」

そういうことをその顔で真顔で言わないで欲しい。

(断じて殿下に甘いわけじゃない！　悔しいけれど、わたしの今後の実績や協力者を得ることを考えても、殿下の言うことには一理ある)

殿下、とマーリカは彼を振り仰いで、見詰めるではなく睨め付ける。

「うーん、婚約者に向ける目じゃないよね。その物騒な目は……」

「承知しました。殿下の趣味に付き合うわけではなく、わたしの今後のために善処しましょう」

「あ、本当？」

「ええっ、善処してやるからには、全行程文句言わずに従っていただきますので」

「マーリカ……？」

「従っていただきますので！」

ふんっ、とマーリカは正面に顔を戻してフリードリヒからそっぽを向く。

まったくあんな陸の孤島を行程に差し込むのがどれだけ大変か、大体、婚前の節度というものを……復帰したらシメると、ぶつぶつフリードリヒへの文句を口の中で呟くマーリカだったが、フリードリヒの目から見れば「なにか物騒なこと言いながら、ちょっと涙目になってるのが可愛いのだよね」といった感想にしかならないことが、マーリカにとっての不幸でもあり幸福でもある。

三日後。自ら書類を持って離宮の執務室に現れた、第三王子のアルブレヒトは胃が悪そうな顔色で、ぶるぶる震えていた。

「許してください、本当、許して……余計なこと言いました。僕がすべての元凶……誰も僕を愛さない……」

「……アルブレヒト殿下」

「マーリカ様ぁぁっ」

「様ってなんですっ、お気をしっかり！」

取り縋ってきたアルブレヒトに、男装でよかったとマーリカは思う。

もう起きて仕事をしていて、流石にアルブレヒトやその側仕えも来る時にガウンに編んで垂らした髪といった、寝る時同然の姿なわけにはいかない。

帰省の時から数えたら、実に二ヶ月以上ぶりの男装姿である。

「落ち着いてください。全行程組み直しましたから」

しかし、これから死ぬ気で調整しましょうとは……すでに死にそうな顔をしている第三王子にどう言ったものかと迷うマーリカであった。

「お、大兄上が……王子妃教育はいつから始められるかって」

「そちらは休暇が明けてすぐにでも。後ほど予定をお渡ししますね」

従順にこくりと頷くアルブレヒトの精神がまずいと、胃薬を出してお話を聞いて差し上げてくださいと彼を医官に引き渡して、マーリカは額を押さえて息を吐く。

マーリカが解任された後、筆頭秘書官の中継ぎを引き受けてくれたアルブレヒトに対する引き継ぎもある。本当に、やることばかりが増える。

「マーリカは、アルブレヒトを甘やかし過ぎる」

執務室の机に向かい、アルブレヒトが持ってきた書類をやる気のない手つきでめくりながらぼやくフリードリヒに、なにを言っているのかこの人はとマーリカは呆れる。

「殿下に対するほどではありません」

マーリカは、あの日、フリードリヒの執務室へ乗り込んでいった過去の自分を、いまから止めに行けるなら止めに行きたいものだと思う。

そうすれば彼に仕えたくなることも、つい絆されて尽くしてしまうことも、彼から執着されることも、こんなに仕事ばかりが増えることも、たぶんなかったのだから。

（まあでも止めたところで……彼にも言った通り、ゆくゆくは行ってしまうに違いない）

そして気がつけば随分遠い所に辿りついている。

領地屋敷で伯爵家の娘として過ごしていた頃は知らなかった世界。気がついたら辿りついていたような場所。

「マーリカ、これ――」

書類の束を片手に空いた方の手で手招きされ、どうしましたとマーリカはフリードリヒの側へ移動した。彼が手に持つ書類を渡され、また例の勘かと彼女は内容を確認する。

「なにかと思えば、〝メルメーレ公国との人事交流制度〟ですか。鉄道に関係する開発事業の連携と技術提供も兼ね整備局に技官を受け入れるその計画書……」

先方から打診された案を元に双方協議し、宰相閣下も審議に加わり決まった制度だ。

計画書にも特段おかしなところは見当たらない、とマーリカが言えば、フリードリヒはうーんと唸りながらだらしなく机に突っ伏した。

「やる気が出ない……とはいえ、制度自体は決まったことだし……」

戻してと言われて、マーリカが言う通りにすれば、彼は机にうつ伏せたまま書類にペンを走らせた。やる気のなさが滲み出ている筆跡にマーリカは呆れる。

「アルブレヒトに渡しておいて」

やる気がないと言いつつ即処理するとは、普段のフリードリヒらしくない。少しばかり気になった。認めたからには問題はないと思うけれど。

「メルメーレ公国の後継者争いは、第二公子に確定し落ち着きつつあると報告書で読みましたが、なにか気になることでも？」

「んーまあ、そっちはそうだろうけどね……人事交流ねえ、誰の発案か知らないけれど……面倒そうだなと思って……」

他国との人事交流であるから、なにかと想定外の事は起きるだろう。しかしこのような制度が決まるような流れを、そもそも誰が作ったのだとマーリカは思う。

「殿下。殿下が発端で彼の国との協力関係が進展しているのをお忘れですか？」

マーリカが軽く諌めれば、私は別にそんなつもりはなかったのに……と、ぼやくのだから呆れる。怠惰もいい加減にしろと言いたい。

ふと、メルメーレ公国で文官をしている再従兄に少し様子を尋ねてみようかと一瞬マーリカは考えたが、書記官らしいからたぶん無関係だろうし下手に尋ねるものではないかと思い直した。

「はあ……本当にやる気がでない。マーリカ、あとはもう私の代わりに……」

「は？　公文書偽造は致しません。机に向かって半時間もしないうちからっ」

「今日だけ、ちょっとだけ！　王子妃になった時の練習！」

「……その必死さを、仕事を片付ける方へ向けてください」

なにが練習だ。とはいえ、そう遠くもない未来ではある。いまより大変なのは確実だろう。重責ではあるが、一方で官吏ではなかなかできないことにも取り組めそうでもある。

マーリカが仕えるのはそういう人だ。マーリカが考えてもいなかった所へ行ける可能性を勝手に拓いて、どこまで行けるのだろうと思わせる。重ねる日々の大半が腹立たしいのに、一日もいらないと思える日はなく、認めるのは悔しいが、楽しい。

渋々身を起こし、書類を手に取るフリードリヒをその側で眺めていたら、ああっ……と情けない声を彼が発して、机に積まれた書類が崩れてばらばらと床に落ちる。

「殿下、机から書類を払いのけるほどやる気が出ない、と」

「違っ、そんなことはしてない……って、マーリカ」

声を低めた文句の後で、床に散らばった書類を拾い立ち上がったマーリカが軽く笑えば、少しばかりフリードリヒはむっとする。

「人を揶揄うのよくない！」

「たまにはいいでしょう。殿下も少しは仕事中に揶揄われる煩わしさを味わうといいんです」

そう言ったマーリカに、理不尽だと頬を膨らませながらもフリードリヒは書類にペンを走らせる。

そんな彼を見て再び彼女はくすりと小さく微笑んだ。

閑話　主従二人と側周り達の雑談と

オトマルク王国、王都リントン。

賑わう街を見下ろす高台に立つ、王城の、ここは第二王子執務室。

精緻な木彫り細工が施された重厚な扉。白と金に彩られた壁に、深い青の絨毯。

部屋に入れば真っ先に目に入るのは、王冠を戴く双頭の鷲。国の紋章を掲げる柱である。

部屋を訪れた者に王家の権威を存分に示す、流石は王族執務室といった内装である。

室内の調度も一級品だ。

執務室の最奥、紋章を掲げる柱を背にした、この部屋の主(あるじ)のための猫足の優美な執務机。

向かって右手に、補佐する第二王子付筆頭秘書官の箱型の執務机がある。

筆頭秘書官の机の方が天板が大きいのは業務上の利便性に配慮してのことだろう。

足元が見えない側面は、この部屋の扉の木彫り細工と意匠を合わせてあるあたり手が込んでいる。

本来王族のためだけの執務室であり、秘書官詰所が隣室にあるにもかかわらず、筆頭秘書官の机を設置させた者の意向を感じる。

そんな部屋全体の様子を見渡せる、紋章を掲げる柱の左側に開いた窓辺が、第二王子付護衛の近衛騎士班長、アンハルト・フォン・クリスティアンが控える定位置であった。

赤髪が人目を引く、美丈夫である彼は、ちらりと室内の暖かさに曇った窓硝子(ガラス)へ目をやると再び室内へと注意を向ける。

社交期間を終えて、いまは冬。

今日は随分と落ち着いた日である。

特に、第二王子だけでなく、三ヶ月前に着任したばかりの筆頭秘書官までがそうであるのは大変に珍しい。

朝、一日の予定の確認をし、届いた手紙の仕分けを終えて、午前の書類が執務室に届けられるにはまだ少しばかり間がある。そんな時間帯であった。

いま、二つの執務机に、各々の使用者たる主従二人の姿はない――。

彼等はいま、部屋を入ってすぐの位置に客人の応対用に備えられている、飴色の艶を放つローテーブルを囲むソファの席に座って対峙している。

「たしかに勝負に主従は関係ないとは言ったけれど……先般打った時から、随分と鍛えてきたものだねえ……マーリカ」

「先日は久しぶりでしたから」

「ふむ、久しぶり」

「勘を取り戻すべく、少々復習はしましたが」

ローテーブルの上には、表裏を白と黒に塗り分けた、平たい円盤状の石が並ぶ木製の盤がある。

相手の色石を自分の色石で挟めば石をひっくり返し自分の色石にできる。

最終的に残った数の多い色石の方が勝ちといった単純な対戦ルールの、ボードゲームである。

深謀遠慮を要求される王国の文官組織を管轄する、この国の第二王子とその補佐の筆頭秘書官は、ただいま勝負の真最中であった。

そんな彼等を、アンハルトは護衛として、少し離れた位置から見守っている。

「少々、ね。戦術解説書の一冊、二冊読み込んだ上で前回の私の手筋も研究してきているよね？　主を全力で刺しにくるとは、随分と負けず嫌いなものだ……」

淡い青に金糸でダマスク柄を織り出した絹地張りのソファ、奥の三人掛けの中央に悠然と足を組んで座る金髪碧眼の美貌の第二王子、フリードリヒ・アウグスタ・フォン・オトマルク。

「手加減したら、面白くないと仰いましたので。フリードリヒ殿下のご要望にお応えしたまでです」

出入口寄り、揃いの一人掛けソファにかけて対するは、黒髪黒目のすらりとした姿にして、涼やかというよりは冷ややかに近い佇まいの男装の麗人。

第二王子付筆頭秘書官のエスター＝テッヘン伯爵令嬢。正式な名前はマーリカ・エリーザベト・ヘンリエッテ・ルドヴィカ・レオポルディーネ・フォン・エスター＝テッヘン。

オトマルク建国以前から続く古い伯爵家の三女にして、王家に仕えし臣下の上級官吏な文官令嬢である。

（いつの間にか、随分と打ち解けている……）

アンハルトは不可解さを覚えながら胸の中で呟いた。

この二人の出会いはお世辞にも良き出会いなどとは言えない。

むしろ最悪と言っていい部類のものだ。

その後も、お互いの性格とその職務上、そう穏やかな付き合いでもない。

「あーそう。なら私も容赦はしない」

「ええ、勿論」

この二人、いまから四ヶ月前に起きた事件の一応の被害者と加害者である。

王都の豊穣祭期間に行われる視察ルートを急遽変更したフリードリヒに、異議申し立てをすべくマーリカはこの部屋を訪れた。

その際、アンハルトから見ても身勝手にしか思えないフリードリヒの言動への怒りと、二十五連勤の疲労もあって若干取り乱したマーリカは、フリードリヒを壁際に追い詰め、彼の言動がいかに現場の文官武官を振り回し迷惑を及ぼすかを説きながら、その頬を平手で往復数回打ったのである。

本来、不敬罪どころか、王族に危害を加えた罪で幽閉塔送りになるところ。

結果を言えば、彼女は罪を不問とされ、第二王子付筆頭秘書官に抜擢された。

理由は主に三つ。

一つは、文官組織上層と人事院との間で最初の配属に手違いがあったこと。

一つは、調整官という過酷な職務を単独で約二年こなしていたと知った高官達が、彼女のその優秀さを惜しんだこと。

そしてもう一つ、この件で何故かフリードリヒがマーリカを大いに気に入り、空席であった筆頭秘書官に彼女を強く望んだためである。

　表向きには抜擢人事、裏では第二王子に暴力を振るってまで説教した分、身をもって大いに働いてもらうといった懲罰的任命であった。

「殿下、ご自分でお約束したことは守っていただきますよ」

「ん？　三本勝負でマーリカが全勝し、前の二敗を挽回して私に勝ち越せたら、今日は大人しく執務に徹する」

「左様です」

　おまけにフリードリヒは日頃から、執務へのやる気のなさを公言して憚らず、第二王子である彼でなければ絶対にできない仕事以外は、出来る限り他者へ丸投げしようとする。

　その上、アンハルトとその部下の護衛の近衛騎士がついていても、一瞬の隙をついてすぐ姿をくらますといった、怠惰な王子だ。

　フリードリヒを補佐し、彼に仕事をさせることが、第二王子付筆頭秘書官の最大の仕事である。マーリカは歴代の筆頭秘書官の中で最もその職務に忠実な秘書官であった。

「私ほど執務にやる気のない王族はいないのだよ、マーリカ……君が私に全勝？　はっ、やってみたまえよ」

（近隣諸国が〝オトマルクの腹黒王子〟と称して恐れる、一見只者ではなさそうに見える王子の顔で言うことなのか……それは）

　見た目は大変素晴らしい王子であるだけに、大層不敵な切れ者に見えるが、発する言葉はまったくそれにそぐわない。思わず額を押さえてアンハルトはため息を吐く。

「殿下のその、大いに間違っている能力の使い所を正すのがわたしの務めです。後で言ったことを忘れたは無しですよ」

「王子に二言はないよ。アンハルト、君、証人だから」

「……承知しました」

突然、飛び火してきたことに、アンハルトは「一体、なんの勝負だこれは……」と、胸の中でひとりごちる。

双方大真面目に、無駄に白熱した勝負を繰り広げている主従二人を眺めながら、まあしかし歴代の筆頭秘書より長く続きそうだとアンハルトはマーリカに対し思った。

「――勝ち逃げよくない！」

「知りません。お約束は守ってくださない」

勝負の結果は、マーリカの勝利であった。

「アンハルト様、知ってます？　筆頭秘書官殿って、大陸主要五言語不自由ないらしいですよ。親戚付き合いで覚えたらしいですけど……どんな家ですか」
午後は非番なアンハルトが部下と交代し、休憩によく使う東庭の隅に出たら先客がいた。

月日が過ぎるのは早く、季節は椎の若葉が輝くような初夏である。

その幹に寄りかかっていた、栗色の髪を後ろに額を出し、眼鏡をかけた青年に話しかけられて、彼を見ながらアンハルトは設えられている石造のベンチに腰掛けた。

青年は、第二王子付秘書官のカミル・バッヘムという中級官吏である。

中級官吏は、中等教育を学問で修めた者が登用試験を受けてなる。

平民の大多数は読み書き計算の初等教育を終えればそこで終わりか、次に進むとしても二、三年程度で修了する職人や技官の技能習得が中心の中等教育である。

たっぷり五年は費やすことになる、学問でのそれに進む者は経済的な負担も大きいこともあって大変に珍しい。

だから中級官吏は、下級貴族が多いのだが、カミルは平民である。

しかも登用された際、丁度公務についたばかりのフリードリヒ付の秘書官に配属され、以来ずっと勤めている古参だ。

「エスター＝テッヘン家は古い家だからな。分家筋も入れると大陸各地に親類がいる」

「世界が違いすぎて想像もできませんね」

「同じくだ」

アンハルトがフリードリヒ付の護衛になったのは、カミルが配属されて三ヶ月後。

第二王子付としてカミルは先輩である。身分は異なるが互いに同じ人物に苦労させられてきている者同士、こうして休憩時にたまに顔を合わせれば言葉を交わす間柄である。

ただ、カミルが石造りのベンチにアンハルトと肩を並べて腰掛けることはない。

彼曰くそこはお貴族様が使う場所であり、つまりはそういった距離感であるが、身分に配慮した一線を引かれつつも、アンハルトにとってそれなりに忌憚なく会話のできる相手でもあった。

「フリードリヒ殿下も外交の場で通訳を介すのが面倒なのか会話に不自由がない」

「無能は無能ですが、何気に色々できるのと、洒落にならない功績あげるのが質悪い人ですよね」

「エスター＝テッヘン殿もよく言っている」

「一緒にしないでくださいよ。あの人は殿下を無能と思ってないですから」

「ふむ」

「それでいて、時々無茶苦茶怒って叱りつけているのが……殿下は王族ですが、あれっていいんですかね」

「特に咎めはない」

護衛の近衛騎士の間では、その場に第三者がおらず当のフリードリヒの咎めがない以上は、なにもないということにしている。

でなければ、どう考えても執務に影響が出る。

歴代の筆頭秘書官の中で唯一、マーリカは、日々きちんとフリードリヒ殿下に仕事をさせている秘書官である。

己の保身など顧みず、それでいて献身的に執務を支えるマーリカにはアンハルトも脱帽であった。

また最近ではフリードリヒが姿を消した時、高確率で彼を見つけて連れ戻すのは、アンハルト達近衛騎士ではなくマーリカである。何故、彼の居所が掴めるのか不思議だ。

アンハルトは一度マーリカに尋ねてみたが、「殿下が考えそうなところを探せば大抵います」と彼からすれば謎が増えただけの答えが返ってきた。

「この間なんて、執務室前の廊下で王子の首根っこ掴んで引っ立てていましたけど」

「特に咎めはない」

「……いいなら、いいですけど」

じゃあ、戻るのでとカミルに言われてアンハルトは頷（うなず）いた。

彼も休憩はそろそろ終わりだ。護衛としては非番であるが、王太子ヴェルヘルムの側近、諜報部隊第八局長としての彼は非番ではない。

文官組織ほどでなくても、武官もそこそこに人手不足ではあるなとアンハルトは思った。

「あーやる気が出ないー……」
執務室に入って右側の窓辺には、木彫り細工の細い柱で四阿（あずまや）のように区切られた、小テーブルと寝椅子（カウチ）を備えた休憩スペースがある。
ただでさえ残暑の厳しい中、朝から寝椅子（カウチ）にうつ伏せにだらける王子の姿で余計に暑苦しい気分にさせられる。そう思うのはアンハルトばかりではないらしい。

「殿下、唯一の取り柄といっていいお姿すら台無しですが」

「マーリカは、本当王子の私に容赦がないねえ……しかし、そんな言葉も響かないほど、いま私はやる気が出ないのだよ。いつまで続くのだろうねこの暑さは」

「水でもおかけしましょうか？」

いつもながら淡々と、第二王子であるフリードリヒに対して、アンハルトも時折驚くようなひどい返事を真顔でするマーリカに、フリードリヒは涼しそうだが遠慮すると言って、上半身を跳ね上げるように身を起こすと、寝椅子(カウチ)に座り直した。

「水か……。マーリカ」

「はい」

「噴水見に行かない？」

「は？」

「今日の午後、出かける先にあったはずだ」

本日午後は、王都の郊外にある、王立芸術科学協会(アカデミー)の美術保管庫へ出かける予定であった。王家所有の絵画をいくつかそのコレクションに加えて収蔵するため、理事に名を連ねる王族としてフリードリヒは立ち会う。

丘陵地を利用した敷地の一部は公園として開放されてもおり、フリードリヒの言う通り噴水もある。たしか――。

「土地の高低差を利用した噴水ですか。たしか敷地中に水路が巡らされ、水道橋や人工滝などもあるようですね」

建築技術の粋を集めたような庭園というのは科学技術振興の協会施設らしいと、アンハルトが頭の中で思い起こしていたことを、マーリカが口にする。

この筆頭秘書官は、頭の中に文官組織の記録保管庫でもあるのではないかというくらい、公務に関する情報などほぼ完璧に記憶している。

おかげでなんでもすぐ忘れてしまうフリードリヒが、マーリカがいれば困らないとますますそれをひどくしているのだが、そのことに彼女は気がついていない。

「ご予定にないことをされては困ります」

「それくらいの楽しみでもないとやる気が出ない。たしか最近カフェができたはずだよ」

「公務にまったく関係しないことだけ、どうしてそうお詳しいのか」

呆れるマーリカにはアンハルトも同感である。同時に、一体この王子は城の中にいながらどうやってそう外の情報を拾ってくるのかと思う。

時折、王都の街にちょっと抜け出している程度では説明がつかないようなことを知っている。

「公務に関係していることは君たちが詳しいからね、私が詳しい必要がない」

「あーそれで、あの日の出る時間を繰り上げたわけですか、ったく、詰所はあれで午前が潰れまし

たよ。色々と連絡で。まあ近衛はアンハルト様がいるから融通きくし、先方への調整不要とのことでしたから別にいいですけど」

幸い前後の予定もなかったしと、カミルは椎の木の木陰で欠伸の口を手で塞ぎながらそう言った。

フリードリヒが気まぐれを起こした、五日後の昼である。

アンハルトとしては、色々あってようやくまともに取れた昼休憩だった。

「どちらかといえば、〝渡したはずがないもの〟の、後処理の方が面倒でしたけどね、色々と関連書類が届いて」

朝からやる気が出ないとフリードリヒがごねていたのは、そういったことであったらしい。元の予定はそのまま後ろにフリードリヒの要求を加えようとしたマーリカに、ちょっと早く来たで済むからさっさと終わらせようと予定を早めさせたのは彼である。

件の王立科学技術協会では、五日前のあの日、以前から不正に入手していた王家のコレクションの品を、フリードリヒが立ち会って収める美術品のリストの中に加えて消し込む算段となっていた。

彼が立ち会う時に渡すのは予定されていた王家の美術品であるし、後から渡す書面上のことは現場の文官がすることなので、文官組織と協会側の双方の担当者が関与しさらに、数もほどほどに抑えられていては発覚しにくい。地味ながら悪質ではある。

ところがだ、予定より早くやってきて「早く着いたし、折角だから新人の秘書官に保管庫他の部屋も案内しろ」と、言われて悪事を働いていた彼等は慌てた。理事に名を連ねる王族から言われたら断れない。

関与していたのはごく一部の者に限られていたため、不正に収蔵されていた品は別の部屋に移動させていただけだった。

こうして、不正の品が見つかり、見つかった後、協会は蜂の巣を突いたような騒ぎとなった。

珍しく偶然ではなく、半ば意図的なフリードリヒの気まぐれであり、後処理の仕事が増えるのは必至であるから、たしかに怠惰な彼としては「やる気が出ない」ことではある。

「そうなったら、嫌だなあって思っていたのだよねえ……やっぱりそうなった。やるなら上手くやって欲しいものだよ……そしたら私の仕事にもならないのに……」

人目があるため姿勢は保っているが、おそらく執務室であれば給仕されたお茶を前に、テーブルか机の上にだらしなく突っ伏していたに違いない。

ぶつぶつとカップを口元に運びながらぼやくフリードリヒに相対する席に座って、彼の筆頭秘書官はごほんと小さく咳払いをした。

「殿下、感心しかけたのをすべて消し去るお言葉です。しかし、そのようなことなら事前に教えてくだされば」

「上手くやっていたら、マーリカがただ収蔵品に感心して終わるだけで済んだはずだよ……そして私の仕事にもならない……お茶、飲まないの？」

「……いただきます」

これまたフリードリヒの気まぐれによって、連れの令嬢のようにカフェでお茶の席につくよう所望されている筆頭秘書官は、表面上は平然とした表情を保ってはいるが、全身から不本意といった彼女の胸の内が滲み出ていた。

噴水のある庭園を眺めながらの寛いだお茶の席にはまったくなっていないテーブルの様子を護衛の近衛騎士として控えて眺めながらアンハルトはやれやれと思う。

フリードリヒとしては、さしずめ「やる気の出ない」仕事の後の楽しみ、ご褒美とでもいったところだろうが、マーリカの側はいつも通りの男装であり、どこからどう見てもお付きの文官以外の何者でもない。

第二王子のお相伴にあずかる供の者といった、少々奇異な光景となっている。

「大祖母様の気に入りの小品を見た話を、社交の場で耳にしてしまってはね……」

「であれば、表沙汰にせず調査も手配できたのでは」

「ちらっと耳にしただけの話で？」

「それは……」

「兄上が動くだけの説明なんて考えるだけでも疲れそうなこと、したくないっ」

「殿下っ、調査や後処理を担う文官武官はしばらく大変です」

「折角の冷菓が溶けて温くなるよ、マーリカ」

「っ……」

「お説教はいまでなくてもできるし、作り手の苦心を無下にするものではないよ」

冷菓はワインで煮た桃を氷で冷やしたもののようだった。煮汁も凍らせて細かく砕いて散らされている。

「科学技術振興の協会だけに、人工洞穴を利用した氷室もあるからねえ」

「一番の目的はこちらですか」

「まあ、そうだねえ……思ったより時間を取られて、いい時分になってきたことだし」

首をわずかに傾けて、フリードリヒは庭園を見た。

丁度、日が傾きかけた空だけでなく外は薔薇色に染まっている。

昼と夜の間。まだ枯れ色は見せずに緑を保つ、夏の終わりの庭園に高く水が噴き上げる様は幻想的な風景だった。

流石の職務に忠実な彼の筆頭秘書官も、目を惹かれずにはいられなかったらしい。

少しばかりぼんやりと庭園を眺めながら、フリードリヒに勧められた冷菓を口にし、黒い瞳の目を一瞬大きく見開いて瞬きをする。

――おいしい。

そんな胸の内の声が聞こえるような表情で、普段が冷淡にも見える冷静沈着な秘書官の態度であるだけに、実に愛らしい令嬢に見えた。

(一番の目的はこちらだろうな)

実に満足そうな笑みを浮かべているフリードリヒの様子に、アンハルトは内心ひとりごちたのだった。

「それ、ただ殿下の楽しいおでかけじゃないですか……」

一通り、アンハルトから王立芸術科学協会でのことを聞いたカミルの感想はその一言だった。

「一応、今回は仕事以上の仕事も」

「表に出る時は概ねそうでしょう。筆頭秘書官殿も随分と気に入られたものですね」

「彼女はおそらくわかっていない」

「でしょうね。大体、あの人、殿下甘やかし過ぎなんですよ……」

「私もそれは貴殿に同意する」

「ぼちぼち豊穣祭のあれこれも始まりますからね……ちょっとは貴族として殿下に意見してやってくださいよ。あの人の仕事増える一方なんですから」

貴殿こそ、それだけ部下として心配していることを彼女に少しは伝えればいいのではないかとアンハルトはカミルに対して思ったが、それができれば苦労はしないのだろう。

（エスター＝テッヘン殿が真面目過ぎるからな）

月日というものはあっという間に過ぎる。

アンハルトが取り押さえた、文官令嬢が筆頭秘書官に着任して間もなく一年を迎える。

「それと、どう考えてもここ何ヶ月かの重要行政事項、あの人がやっていますよね？」

「いや、最終決裁はフリードリヒ殿下だ……」

「なに、目ぇ逸らしてんです？」

流石古参の主任秘書官。痛いところを突いてくる。

いまやフリードリヒの仕事は決裁に回ってきた書類を確認して署名することと、外交や慈善事業や文化振興事業の理事や支援者として表に出るといった、本当に彼の言う通りに、彼でなければ絶対にだめな仕事だけになりつつある。

それを叶えているのは、間違いなく彼の筆頭秘書官のマーリカだ。

「護衛の近衛騎士である以上、口は出せん」

「侯爵家のご令息も大したことはないですね」

「そう言ってくれるな、管轄外ではどうしようもない」

「わかっていますよ」

書類も馬鹿丁寧に見ていて本当に……と、カミルはぼやく。

「耳には入っていますよ。殿下がいつものなにを考えているのかわからない感じで、高官連中動かしてあの人を助けていそうなことは」

どこからどう耳にしているのか、少しばかり気になるが耳ざといことだ。

文官組織の連中は、どうも表向きの上下や横とは別のよくわからない繋がりがある。

「大事にはしているのでしょうけど、そこじゃないというか。秘書官任せにせず自分でやれというか。あの人も、人の仕事取り上げて家に帰す前に自分が休めって……」

「そう言えばいいのではないか？　ああそういえば、子が生まれたのだったな。めでたいことだ」

「どうも。って、そうじゃなくて。人の話を聞かない点では似た者主従でしょうが！」

たしかにカミルの言うとおりかもしれない。異例中の異例な文官令嬢であるだけに、彼女は意外と我が道を行く女性ではある。

（しかし、あのフリードリヒ殿下とこうも信頼関係を築くとは）

フリードリヒとは幼少の頃から付き合いのあるアンハルトでも、最早あの主従二人には入り込めないものがあると感じている。

おそらくもう、余程のことでもない限り、第二王子付筆頭秘書官が替わることはないだろう。それこそフリードリヒがマーリカを伴侶にするとでも言い出して、皆が、彼女が承諾するでもない限り。

ArianRose
アリアンローズ

忙しすぎる文官令嬢ですが無能殿下に気に入られて仕事だけが増えてます　1

*本作は「小説家になろう」（https://syosetu.com/）に掲載されていた作品を、大幅に加筆修正したものとなります。
*この作品はフィクションです。実在の人物・団体・事件・地名・名称等とは一切関係ありません。

2023年7月20日　第一刷発行

著者 ……………………………… ミダ ワタル

イラスト ……………………………… 天領寺 セナ
発行者 ……………………………… 辻 政英
発行所 ……………………………… 株式会社フロンティアワークス
〒170-0013　東京都豊島区東池袋3-22-17
東池袋セントラルプレイス5F
営業　TEL 03-5957-1030　FAX 03-5957-1533
アリアンローズ公式サイト　https://arianrose.jp/
フォーマットデザイン ……………………………… ウエダデザイン室
装丁デザイン ……………………………… AFTERGLOW
印刷所 ……………………………… シナノ書籍印刷株式会社